魔界帰りの劣等能力者

3．二人の英雄

JN035201

HJ文庫
868

口絵・本文イラスト　かる

Contents

プロローグ

「瑞穂《みずほ》さん、前方、北側から魔獣《まじゅう》が十数体来ます！」

「分かったわ！　マリオン、ここはお願い！」

そう答えると瑞穂は北側の最前線に走り出し空高く跳躍《ちょうやく》した。

戦場を高速移動する瑞穂を運転手だったグエンは必死に追いかける。

それは祐人《ひろと》からの連絡《れんらく》があった場合、すぐに瑞穂たちに無線を用意するためだ。

「シテンジさんを見失わないようにしなくては！」

グエンは祐人たちの作戦がどんなものかは知らされていない。だが、互《たが》いに連絡を密にする必要があることだけは知っている。

（この人たちへの協力はきっと私たちの部隊のためになる！　命に代えても離《はな》れません！）

グエンは歯を食いしばりながら走り、上空の瑞穂から目を離さなかった。

瑞穂は下方で横一列に並びマシンガンを放っている兵たちを確認《かくにん》し、着地するとその右拳《こぶし》に土精霊《つちせいれい》を掌握《しょうあく》する。そしてその直後、前方から迫《せま》る通常の狼《おおかみ》よりも二回りは大きい魔《ま》狼《ろう》とも言うべき魔獣たちを睨《にら》みながら右拳を大地に叩《たた》き込んだ。

すると……地面が小刻みに振動《しんどう》し、やがてそれは勢いを増しながら大地を割る大波となって魔狼たちに襲《おそ》いかかる。迫りくる地割れに足を取られた魔狼たちは体勢を崩《くず》す。そしてそのまま地面に引きずり込まれていくと血しぶきを上げながら地中に姿を消した。

もう何度も戦闘《せんとう》のたびに驚《おどろ》かされているはずのマットウの兵たちもこの精霊使いという少女の攻撃《こうげき》を見入ってしまう。

「皆《みな》、うち続けなさい！　もう少し踏《ふ》ん張《ば》れば流れは必ずこちらに来るわ！」

そう檄《げき》を飛ばした瑞穂に「おお！」と答える兵たち。

自分たちよりはるかに年下と分かっているのだが、この化け物相手の戦場で自分たちの生存率を上げることができる少女を信頼《しんらい》していない者はいない。

実際、瑞穂とマリオンのお陰《かげ》で命が助かった者は数知れないのだ。

「瑞穂さん！　右から二十、左から十五前後来ます！　私は後方の南側を援護《えんご》しますので、そちらをお願いします！」

「今行くわ！」

瑞穂はマリオンの索敵《さくてき》情報に頷《うなず》くとすぐにその場から人間離《ばな》れした跳躍で離れる。

「この攻撃圧力……どうやら、ついに敵も本気になったということかしら！」

そう呟《つぶや》きながらも瑞穂の目は力強い光を放ち、眼下に見える部隊の配置を確認しながら敵の出現ポイントを瞬時《しゅんじ》に把握《はあく》した。

「祐人……急ぎなさい。作戦がうまくいけば今後は私たちが優位に立てる。何としてもこの作戦を成功させるわ！」

そう言うと着地と同時に火精霊を両手に手繰《たぐ》りよせる瑞穂は山林の間から姿を現した妖《よう》魔《ま》たちに数百の炎《ほのお》の短剣《たんけん》を放った。


今、祐人は生《お》い茂《しげ》った山林の間を猛《もう》スピードで駆《か》け抜《ぬ》けていく。

「襲撃《しゅうげき》は予想通り……後は」

祐人は木から木へと飛び移りながら移動し、大木の幹を右足で蹴《け》ると上方に飛び上がった。そして山林の中で頭一つ抜けている大木の枝に着地すると眼前に広がる山林を見渡《みわた》して眉《まゆ》を顰《ひそ》めた。

「ム……！　なるほど、これが瑞穂さんたちが言っていたやつだね」

それは瑞穂とマリオンから聞いていた霊力《れいりょく》の霧《きり》だ。

感覚を研《と》ぎ澄《す》まさないと分からないぐらいの薄《うす》い霊力。

今、それが辺りに漂《ただよ》い始めたのを祐人は感じ取った。

第1章　グアラン

ミレマーの首都ネーピーに元帥府《げんすい》はある。

軍事政権の事実上ナンバー2であるグアランは、カリグダ元帥のいる元帥府の前に到着《とうちゃく》し、首相《しゅしょう》専用車であるロールスロイスの後部座席から降り立った。

ミレマーにも当然、国会や行政府はあるが、軍が立法、行政を掌握しているため、事実上この元帥府が国家意思決定機関と言える。

宮殿《きゅうでん》のように立派な元帥府を物々しく護衛する近衛《このえ》兵《へい》が現首相を出迎《でむか》え敬礼をする。

「近衛隊長殿《どの》、元帥は今どこに？」

「はっ！　現在、カリグダ元帥閣下は客人と面会中で司令部の応接室にいらっしゃいます。グアラン閣下には第二応接室でお待ちいただくようにとお達《たつ》しがございました」

「うむ。では、そこで待たせてもらおうか」

本来、近衛兵というものは世襲《せしゅう》の王制でその君主を守る直属の兵を指す言葉である。

それをカリグダが近衛兵という名の自身のエリート護衛部隊を設立した。

そこにカリグダの自身に対する評価や考え、そして今後、ミレマーをどうしていこうかと考えているのかが見《み》え隠《かく》れする。

グアランは近衛隊長に先導させ、しっかりとした足取りで元帥府に入っていった。

グアランは現在五十五歳《さい》になるがその風貌《ふうぼう》は若く、五十代には見えない。髪《かみ》もしっかりセットされ、身長も高く堂々とした体格である。元は軍の制服組から政治家に転身した身であるので、カリグダの近衛隊長を前にしても見劣《みおと》りはしない。

グアラン・セス・イェンの生《お》い立《た》ちは貧しかったと言われ、両親は幼い時に他界し兄弟はおらず、妻を迎《むか》えなかったことから現在、独り身である。その噂《うわさ》が本当であれば天涯孤《てんがいこ》独《どく》の身であり、本人もこの話を否定しないことから事実であろうと言われている。

そのグアランが首相の地位にまで昇《のぼ》りつめたのは才によるところが大きかったが、周囲にはそう思わない者も多くおり、主に妬《ねた》みや嫉妬《しっと》から端《たん》を発した様々な声が軍事政権内で囁《ささや》かれた。

本人はそういった風聞を知ってか知らずかは分からないが、誰《だれ》に対しても堂々とした振《ふ》る舞《ま》いで応対するため、それが逆に軍事政権内の諸将たちに疎《うと》まれた。

このように様々な噂が立つグアランだったが、一つだけ共通した悪評があった。

それは金銭に目がないというものだった。

この国の軍のトップたちは順法、違法《いほう》を問わず金銭を集めるのはもはや常識だ。だが、天涯孤独のグアランが蓄財《ちくざい》に勤《いそ》しんでいるという噂が流れると誰もが鼻で笑った。

「寒村の貧しい生まれから金銭に執着《しゅうちゃく》があるんだろうよ、残す者もいないだろうに」

「卑《いや》しい出自だから身分の低い女が趣味《しゅみ》で、女はいても首相という過分な立場のせいで妻に出来ないのであろうよ」

と怨嗟《えんさ》を含《ふく》んだ根も葉もない噂まで囁かれた。

しかし、これらが噂に留《とど》まり、誰も公《おおやけ》で口にせず、ましてや糾弾《きゅうだん》しないのは剛腕《ごうわん》と言われるグアラン首相の地位が盤石《ばんじゃく》であることの裏返しとも評価できる。

グアランはすれ違《ちが》う兵たちから敬礼を受けながら第二応接室に向かい、明らかに過大に配置された兵の数を見て軽く嘆息《たんそく》する。

（尊大なカリグダも、随分《ずいぶん》と気の小さいことだ……）

グアランは内心、このように考えるが、当然、顔には一切《いっさい》出さず歩を進めた。

現在、ミレマーの首都ネーピーの元帥府は独裁者カリグダの命令で常時、厳戒《げんかい》態勢が敷《し》かれている。厳戒態勢が敷かれて既《すで》に三年。つまり、彼《かれ》が民主化運動の完全な封《ふう》じ込めを諦《あきら》めた事件から三年が経《た》ったことを意味している。

「グアラン閣下」

斜《なな》め前《まえ》で先導する近衛部隊隊長からグアランに声がかかる。

「何か」

「いえ、もしよろしければ元帥府の守備に関するご意見でもあればお聞かせいただけないでしょうか」

「それは相手が軍隊のときか、それともそれ以外の場合か」

「はい、軍隊以外の場合です」

グアランと近衛隊長の言うところは民衆の反乱を指しているが、それは口にすることではないので〝軍隊以外〟と回りくどい言い方をしている。

「隊長殿」

「はい」

「まず忘れてはならないことがある。人民は差別、悪政、不自由な社会に所属していてもこれらに対し意外と我慢強《がまんづよ》い一面がある。そのような社会状況《じょうきょう》でも受け入れて生きていくことも可能なのだ。例えばの話だぞ？　我《わ》が国《くに》はカリグダ閣下の恩寵《おんちょう》でこの上ない善政を敷いているのだからな」

「もちろん、分かっております」

グアランはフッと笑うと話を続ける。二人の様子はカリグダ直属の近衛隊長とまるで師と弟子《でし》の会話のようにも見える。

「だが、そうであっても人間はある一定条件を満たせば、たとえ恐怖《きょうふ》の対象である組織にも牙《きば》を剥《む》くことがある。何点かあるが、筆頭に挙げられるのは飢《う》えを伴《ともな》う貧困だ。人は不自由でも最低限食べていければ、命を懸《か》けてまで戦おうと思うことは稀《まれ》なのだよ」

「はい」

「つまり、軍隊以外の襲撃があった場合、力だけで応戦するのは作戦として下の下だ。まずは軍の食料を渡《わた》してでも話し合いのテーブルを作ることが、結果、この場所を守ることになる。その後は政治の話だ。軍は表に出ない方が良い」

近衛隊長は大きく頷く。

「非常にためになります。思えば三年前の国難でも閣下はそうされていました」

隊長の言うところの三年前の国難とは旧首都ヤングラでの大規模な民主化を求めるデモのことを指している。当時、そのデモの規模は十数万にも達し、主に若い男性を中心として呼びかけられたものであったことから非常に危《あや》うい好戦性を秘《ひ》めていた。

そのため対応を一歩間違《まちが》えればミレマーの歴史に名を遺《のこ》す大事件に発展することも予想されるものだったのだ。

このデモを最小限の被害《ひがい》でかつ、ほぼ禍根《かこん》を残さずに解散に導いたのが他《ほか》ならないグアランであった。

そして、この事件こそがグアランを現在の地位に昇らせたきっかけともなっている。

「フッ……そう言ってもらえるのは嬉《うれ》しいが、あの時はすべてが上手《うま》くいったわけでもなく、私も苦労したのだ。特に指揮下にいる者たちの扱《あつか》いにはな」

そうグアランは自嘲《じちょう》気味に笑った。


当時、この大規模なデモが発生するとすぐに軍事政権トップであるカリグダは最高会議の場で速《すみ》やかな鎮圧《ちんあつ》を指示した。

ところがこの時、軍の重鎮《じゅうちん》たちはその命令を受けたがらなかった。様々な理由や理屈《りくつ》を並べて、自分がその任に当たるのは難しい、相応《ふさわ》しくない等々と、のらりくらりと躱《かわ》した。

重鎮たちのその態度の原因はカリグダの命令の中身である。

「如何《いか》なる手段の選択《せんたく》も現場司令官に一任する」という文言があったことだった。

それは裏を読めば、何か起きた場合、すべての責任は現場の司令官に帰すると読めるのだ。

これはいかにもカリグダらしいやり方だった。カリグダは決して責任を負うことはしない。称賛《しょうさん》や手柄《てがら》は必ず持っていくが、失敗や不名誉《ふめいよ》というものは部下に押《お》し付《つ》ける。

長年、カリグダの下にいる軍の上層部はこれが骨身にしみている。ましてや、今回のデモは軍事政権が発足《ほっそく》してから最大規模のものである。一歩間違えれば鎮圧どころか民衆の蜂起《ほうき》を誘発《ゆうはつ》し、軍による凄惨《せいさん》な大虐殺《だいぎゃくさつ》にまで発展しかねない。

その場合、軍にも少なからず被害も出ることが予想され、鎮圧したとしてもその後の軍事政権の統治に大きなマイナス要因となることは明白だった。

当然、それは現場司令官の責任問題に発展する。

カリグダの政治手法を考えれば現場司令官は極刑《きょつけい》で始末され、その罪は親族にも発展し、それらの家の財産のすべてがカリグダに没収《ぼっしゅう》されるだろう。

その後、それをカリグダが民衆に大々的に発表し、民衆のガス抜きを果たすという道筋が容易に見えてくる。そのため、この国家の大事に際しても、この命令を受ける気概《きがい》も理由も軍の重鎮たちには微塵《みじん》もなかった。

ところが……この明らかに困難な任務に自ら手を挙げて志願した者がいた。

「カリグダ元帥閣下、よろしければ私にお任せください」

「ほう……お前は確か新任の」

それが当時、異例の出世で大佐《たいさ》の階級にあったグアランである。

グアランは地方指揮官の立場から頭角を現し、数あるライバルを押し退《の》けて鳴り物入りで軍事政権中央に異動してきた。

最高会議に出席を許されたばかりである末席のグアランがデモ鎮圧の指揮官に志願すると他の軍幹部も驚き、そして内心、鼻で笑った。

功を焦《あせ》った世間知らずが、自滅《じめつ》の道を選んだ、と。

元々、グアランは軍中央の幹部には良く思われていない。

この男には上役から見て面白《おもしろ》くない風聞が中央にまで流れていた。

それはグアランの出世してきた経緯《けいい》だ。

グアランは地方にいた頃《ころ》、上司である前指揮官の不正を暴《あば》き、それに関《かか》わった軍関係者を上官、先輩《せんぱい》も関係なく糾弾すると容赦《ようしゃ》なく裁く、ということを繰《く》り返《かえ》してきたのだ。

そして彼は必ず、これらの報告と共にそれら裁いてきた者たちの溜《た》め込んでいた財貨を〝国庫に返納する〟という名目でカリグダに献上《けんじょう》してきた。

これが次第《しだい》に欲深いカリグダの目に留まり、心象を良くしていった。

そもそも軍関係者に潔白な人物は少ない。叩けば埃《ほこり》どころか粗大《そだい》ごみが出てくる。それをグアランが巧《たく》みに利用して自身の出世に利用したとも見える。

このような手段も平気でとるグアランには当然、敵も多かった。だがグアランは狡猾《こうかつ》で頭が回り、自身の敵対勢力には容赦がなかった。常に先手をとって敵対しそうな勢力やライバルを根こそぎ蹴落《けお》としていく。

するとついには皆、グアランを恐《おそ》れ、誰もグアランに逆らう者はいなくなった。それはある意味、グアランが一地方の軍区を掌握したといってよい。

その後、グアランは軍区統括長《ぐんくとうかつちょう》の強い推薦《すいせん》を受け、軍中央に抜擢《ばってき》されたのだった。

とはいえ、同時にグアランの軍事、政治の手腕《しゅわん》は卓越《たくえつ》しているという評価も存在する。グアランは民衆に対して厳しくもあったが一貫《いっかん》して公平であった。また、彼が担当する町は治安が良くなるので、麾下《きか》の軍兵の中にはグアランを上官として尊敬する者も多かった。

ただ……ここでもグアランの黒い噂は絶えなかった。

それはグアランは自分を推《お》した上官の弱みを握《にぎ》っている、ということと、カリグダに献上したという財貨は……すべてではなくどこかに消えている、というものだった。

そういうグアランであったので、軍幹部はこの生意気な新参者が潰《つぶ》れるなら、と、こぞってグアランをこの任務に相応しいと今までにないくらいグアランを持ち上げた。

「おお、グアラン大佐なら適任でしょう」

「私も同意見です。グアラン大佐は部隊の指揮から政治にも造詣《ぞうけい》が深いと聞いています」

これを受けてカリグダもデモ鎮圧の任務にグアランを指名したのだった。

だが重鎮たちは、よい生贄《いけにえ》が現れた、と喜んでいた。実際、幹部たちの間ではグアランの足をどう引っ張ろうかと考えだしている者たちもいた。

ところが……すぐに準備を始めたグアランは「如何なる手段の選択も現場司令官に一任する」という文言を逆手に取り、指揮する部隊や連れていく部下をすべて自分自身で指名し、重鎮たちの息のかかった人材を徹底的《てっていてき》に排除《はいじょ》した。

これで他の幹部からのちょっかいで足元をすくわれるリスクを無くし、現場での自由度を確保したのだ。

「それでは行って参ります。カリグダ元帥閣下」

命令からたった一日で準備を終え、出立の報告に来たグアランの冷静な横顔を苦虫を噛《か》み潰すような顔で睨む幹部たちが並んだ。

だが……グアランもすべてを見通すことができるわけではない。

後にグアランの大失態だ、と陰で叩かれる事態も招いている。

それはグアランが選んだ配下の上級指揮官の中に当時、中佐《ちゅうさ》であり、現在の民主化運動の盟主になるマットウ・ネス・ヒュールも同道していたのだ。

グアランはデモ鎮圧のために託《たく》された治安維持《ちあんいじ》部隊二万を一旦《いったん》、街の外に待機させ、大型テントの仮設指令室でデモを解散させるための作戦を大隊長たちに説明した。

「最初から力で押さえつけようとすれば暴発する可能性が高くなる。まずはデモの首謀者《しゅぼうしゃ》と話し合うテーブルを用意しなくてはなるまい。そこで首謀者たちの懐柔《かいじゅう》を図《はか》るのだ。家族から親族、友人までをすべて調べあげてな。それを交渉《こうしょう》材料にし、代わりに名誉《めいよ》をくれてやれば良いだろう。この間にデモ参加者たちには軍の物資を分けてやれ。備蓄《びちく》していた食料を多めに持ってきた。民主化だと騒《さわ》ぎ立てているが、つまるところ貧困からくる食料の問題だ。これで少しは大人しくなるだろう。事後処理はネーピーの官僚《かんりょう》に任せればいい」

つまり、グアランの言うところは首謀者にはデモのリーダーとして丁重《ていちょう》に扱い、面子《メンツ》は保たせてやりながら脅《おど》しをかける。本人だけでなく親族や友人たちの生活や命まで、危険が迫るとちらつかせるのだろう、と大隊長たちは受け取った。

あくどいと思う向きもあるだろうが、これまでの軍事政権のやり方を考えれば随分と穏《おん》健《けん》な方策でもある。少なくとも大隊長たちはそう考えた。

「大佐は貴重な軍の物資を？　しかもネーピーの備蓄物資をですか？　よく許可が……」

「いや、勝手に持ってきた。史上最大規模のデモを速やかに収束させるという命令だぞ。これぐらい安いものではないか。事後に承諾《しょうだく》を受ければいい。デモさえ何とかすればそこまで目くじらも立てないだろう」

この言に大隊長たちはグアランの大胆《だいたん》さに驚き、真剣《しんけん》な顔でグアランに集中した。

「何か意見はあるか。どんな意見でもいい。私は自分の考えを押し付けるつもりはない」

「では大佐はまず話し合いから始めると……それも今からすぐにですか？」

「そうだ。デモは今日で三日目だ。しかもデモの人数は増え続け今は十万を超《こ》えていると聞く。この命令を受けてすぐに現地の警察や軍には市庁から決して動くなと言っているが非常に危険な状況だ。それに我らがヤングラ近くに来ていることもすでに民衆に知られているだろう。いわば民衆は我らに不安と期待を両方抱《いだ》いているところだ。それでこちらから何もアプローチしなければ機を逸《いっ》してしまうぞ。不満を持つ者たちは性急だからな」

「大佐は甘《あま》い！　ここで民衆に甘い顔《かお》を見せては図に乗るだけです！　苦しいのは皆、同じ。それを若干《じゃっかん》の飢えがあったとして民主化を叫《さけ》ぶなど馬鹿《ばか》げている！　善良なミレマーの国民であればここは耐《た》え忍《しの》び、国土を豊かにするための労働をすべきところ。大佐も急ぐというのであればすぐにでも軍を突入《とつにゅう》させて追《お》い払《はら》い、教育してやるのが一番でしょう」

一部の大隊長から強行的な意見が出る。だが、これがエリート意識の強い軍事政権上層部の考えに近いものでもある。そして、そういう彼らは飢えたことなど経験したことはない。

「そうですね、今となっては二万の軍を街に入れるだけでも大混乱を誘発しかねません。

だったら制圧してしまっても同じではありませんか」

　この時、大隊長たちの大きな声が聞こえたテントの外にいる護衛兵たちが顔を強張《こわば》らせる。彼らの多くは平民上がりの志願兵である。命令とあらば何でもしなくてはならないが、国民に銃《じゅう》など向けたくはない。

　ましてや貧しい者たちの訴《うった》えは彼らも共感できる部分が多い。

「では、少数で行くとしましょう。具体的には我々で、です」

「……な⁉」

　突然《とつぜん》、大胆なことを口にした大隊長に皆の目が集中する。

「ほう……マットウ中佐の考えを聞こう。威勢《いせい》のいい話というだけではないのならば、な」

　グアランは若干、皮肉の交じった物言いで声を上げたマットウに顔を向ける。

「グアラン大佐、少しお伺《うかが》いしたい」

「何か」

「グアラン大佐は、もしデモが暴発した場合はどうするおつもりか」

「貴君はおかしなことを言う。今はそうならないための方策を私は話したのではないか」

「それはそうです。ですが、上手くいかないこともあります」

　マットウの物腰《ものごし》は柔《やわ》らかいが、言っていることは上官に対して失礼だ、と誰しもが思った。

　グアランも一瞬《いっしゅん》、眉根《まゆね》を寄せたが表情を変えずに答える。

「その時は致《いた》し方《かた》ない。武力をもって鎮圧しなくてはなるまい」

「その場合、民衆は十万人以上です。大多数は逃《に》げたとしても中には我々に牙を剥く者もいるでしょう。というより、間違いなくそうなります。失礼ですが大佐だけでなく、ここにいる隊長方は、少々、民衆を見下しているように見受けられますな。それでは作戦も上手くいかず悪戯《いたずら》に混乱を助長してしまうでしょう」

　この自分たちにも向けられた発言に他の大隊長たちがいきり立つが、グアランが手で制止した。マットウは周囲の苛立《いらだ》ちに構わず澄ました顔で話を続ける。

「考えて頂きたい。彼らはデモまで起こしているのです。それだけでも我が国では危険な行為《こうい》。にもかかわらずこれだけのことをしでかしている。大佐の言う通り、貧困が根本原因でしょうが、彼らの不満はそれだけではない可能性もあります。その不満のはけ口をこちらで止めてしまっては川の流れを堰《せ》き止《と》めるようなもの。必ず暴動が起きます」

「何を偉《えら》そうに！　そうなれば逆らう者から見せしめに殺して……！」

「それで収拾《しゅうしゅう》できなければ我々は粛清《しゅくせい》されるでしょうな。デモを抑えられなかった無能な指揮官として。さらに再度、付け加えておきますがデモ参加者は十万人を超えています」

「!?」

マットウを怒鳴《どな》りつけようとした大隊長はマットウの発言に目を見開く。彼らは軍事政権に所属する者としてカリグダの政治手法は良く知っている。マットウの言うことはあながち間違いではない。

また、マットウが穏《おだ》やかな言い方をするために分かりづらくなるが随分と危険なことを言っている。その意味ではマットウも肝《きも》の据《す》わった男であると言えるだろう。

「では、マットウ中佐の意見を聞こうか。そこまで言うのだ。当然、何か良い考えがあるのだろう」

静かだがグアランのその言葉から強い怒気《どき》を感じ取り、先程《さきほど》までいきり立っていた大隊長たちは口を閉ざす。彼らもグアランのことは噂で聞いている。とてもではないが敵に回したくはない人物なのである。

だが、ここで最もグアランに恐れず、ものを言っているのは一番穏やかそうな風貌のマットウであった。

「はい、私の考えは大佐の作戦に何点か付け加えたものです。まずデモ自体は解散させるのではなく、むしろ続けさせるのです。その間に首謀者と話し合うのがいいでしょう」

「何を馬鹿なことを！　我々はデモを止めに来たのだぞ！」

すぐさま他の大隊長たちが怒《いか》りと共に呆《あき》れかえった声を上げた。

「そうです。デモを止めに来ましたが、我々の存在意義は国の安全を守るというもの。そして国民とは国の根幹。つまり国民を尊重し国民を守るのが第一優先です！　もし我々が国民を傷つけることがあれば、それは本末転倒《ほんまつてんとう》どころの話ではない。末代までの恥《はじ》となります」

初めてマットウの語気が強くなり、テントの外にいる兵までその言葉が響《ひび》き渡る。

この時、グアランだけは目を細め、思案するような表情を見せた。

「ふむ……中佐の言うところはデモを続けさせるが、放置するのではなく我々の管理下で粛々《しゅくしゅく》と続けさせる、ということか」

「そうです。武器も持っていかない方がいいでしょう。その辺が落としどころです。その上で食料を配るのも良いでしょう。特に子供を抱《かか》えた女性や老人を優先すればいいかと思います。また、話し合いのテーブルでの議事録を公開するのです。話し合いがされていると分かれば暴発の可能性は大分、減るでしょう。いいですか、皆さん、暴発すればどの道、私たちは粛清対象です」

そう言われると、どの大隊長も黙《だま》り込む。

「議事録の公開……」

「はい」

これにはグアランが眉間《みけん》に皺《しわ》を寄せた。グアランの考えでは首謀者たちとの話し合いは誰にも聞かせたくない内容を含むのだ。

「議事録はこちらで作成する。それで出席者のサインを添《そ》え、その上で配布しよう」

「……ありがとうございます」

今度はマットウが眉根を寄せたが、それ以上は踏み込まない。

それはグアランが議事録のサインを強要する可能性が高いと考えたわけだがグアランは上官である。マットウもまずは民衆の命を最優先と考え目を瞑《つぶ》った。

「ところでマットウ中佐」

突然グアランの目が鋭《するど》くなり、声色《こわいろ》に有無《うむ》をも言わさぬ迫力《はくりょく》を内包する。

「なんでしょうか、大佐」

「私からも聞こう。これでも民衆の暴動が起きそうになったらどうするのだ。中佐は我々に武器も持っていくなと言う。それでもし襲われれば我々もただでは済まん。私たちは身を守る権利もないということか」

「いえ……そういうわけではありません」

「そうか、では武器携帯《けいたい》の部隊も編成しておこう。何か起きた場合、我々だって身を守らねばならん。失敗後の粛清に怯《おび》えて何もしなかったでは、それこそ末代の恥となろう。それでは……その部隊の指揮をマットウ中佐に任せる」

「……！」

マットウの目を見開く表情を見てグアランは口角を上げた。

この決定に他の大隊長も大きく頷き、さすがはグアラン大佐、と先ほどから偉そうなことを並べ立てたマットウに留飲を下げる。同時に民衆に肩《かた》を持ち過ぎたところのあるマットウにこの役目を負わせたグアランに畏怖《いふ》を感じ取った。

「承知しました。暴動の危険を感じましたら出動いたします。それで大佐、確認ですが……」

「うむ」

「暴動の抑止《よくし》、という役目もあるという認識《にんしき》で良いですか？」

「そうだな、暴動が起こらないに越《こ》したことはない。暴動を如何に起こさないかを私は考えていたが、中佐も随分と頭を使っていたようだ。その辺は中佐に任せよう」

「その言、確かに承《うけたまわ》りました！」

マットウがそう答えると、グアランはすぐに全員へそれぞれの命令を下した。

作戦会議の後、グアランの行動は早かった。

グアランはマットウの言う通りにヤングラに少数の人員で向かい、デモの最前列にいる先導者たちの前に立つ。これに民衆たちに緊張《きんちょう》が走り騒然《そうぜん》とした。

そして僅《わず》かな間、グアランたちはその場で話し合うとデモの進む道を開けた。民衆には何が起きているのか分からないが、デモの最前列が歩き出したので後続もそれに続く。

するとグアランは郊外《こうがい》にいた兵たちに武器を携帯させずにヤングラ市内へ呼び出した。兵たちを道の脇《わき》に配置し……デモをむしろ容認《ようにん》するように先導し始めた。

呼び出された兵たちは参加する民衆にゆっくり歩くよう注意を呼びかける。

「ゆっくりと進め——！　小さい子供もいる、注意するように！」

デモ参加者たちは軍のこの予想外の動きに緊張を保ちつつ行進を続けた。

この間に一部、店に強盗《ごうとう》に入るデモ参加者や配置された兵に襲い掛《か》かって来る者もいて、無血というわけにはいかない事態も起きた。するとマットウの武器携帯を許可した部隊がすぐに出動してこれを速やかに鎮圧した。

また、グアランは軍側に落ち度が認められた事例には厳しく、原因となった兵をその場で罪状を公にして射殺する例もあった。

グアランの指揮は非常に大胆で綱渡《つなわた》りのような危ういところもあったが、どれも暴動が起きる機運を削《そ》ぐものであった。この点からグアランも暴動が起こらないように細心の注意をしているのが分かる。

しかし、特筆すべきはマットウの動きだった。

長蛇《ちょうだ》の列をなすデモ参加者と軍との間に不穏《ふおん》な状況になりそうになった場所には武器携帯の部隊を指揮するマットウが必ず駆けつける。

そして必ず民衆と武器不携帯の兵の間に入ると……なんと民衆を背に武器不携帯の兵に銃口《じゅうこう》を向けさせたのだ。

この行動に呆気《あっけ》にとられる民衆と武器不携帯の兵たち。

「落ち着け！　デモを続けるのだ！　兵たちは後ろに下がれ！」

すると間髪《かんはつ》容れずにマットウが拡声器で鎮静化《ちんせいか》を呼びかけて、デモを中止するのではなく再開を呼びかけるということをした。この非常に危ういマットウの行動は結果的に良い方向に効果を発揮することになり、民衆の暴発が未然に防がれた。

作戦後、マットウは顔を強張らすグアランに対し「暴動を未然に防ぐためでした」と平然と伝え、後のマットウ派の将兵たちの間では今でも語り草になっている。

とはいえ、これは軍事政権にとっても良い面があった。

それは傍《はた》から見れば軍のコントロール下でデモが実施《じっし》されているように見ることもでき、

まるで軍政権の統治能力をアピールすることにもなったのだ。

デモに参加している民衆も自分たちによるデモなのか、軍の保護下で行われているデモなのか分からなくなってくる。

この間にグアランはデモの先導者たちを治安維持部隊司令部に招き、話し合いという名の説得工作を実施する。

飴《あめ》と脅しを混ぜたその会議の場で落としどころを探《さぐ》り、議事録をデモ参加者に配布した。

結果、ミレマー史上最大規模のデモは三日で終息することになった。

だが、軍にとって良いことばかりではなかった。

このデモの結果、最も民衆に人気を博したのはグアランではなくマットウだったのだ。

この時のマットウの行動は見た通り民衆の味方といったもの。

また、作戦会議中にマットウが言った、

「我々の存在意義は国の安全を守るというもの。そして国民とは国の根幹。つまり国民を尊重し国民を守るのが第一優先です！　もし我々が国民を傷つけることがあれば、それは本末転倒どころの話ではない。末代までの恥となります」

が、平民出身の兵たちから民衆にまで知れ渡ったこともマットウ人気に火をつけた。

このため、これがマットウを民衆派の盟主という今の地位に押《あ》し上げる原動力にもなってしまったのだった。

こういった経緯もあり、現在ヤングラはマットウの強固な政治的基盤《きばん》になり続けている。

しかし、このような功罪はあったがグアランの指揮には目を見張るものがあり、結果を見れば軍事政権の傷は非常に浅く、またその後にグアランが軍事政権の度量の広さを喧伝《けんでん》し、一部にはカリグダの支持者も増えた。

これによりグアランはカリグダからの評価をさらに上げ、厚遇《こうぐう》されることになる。結果、グアランは政治家に転身、現在の軍事政権ナンバー2の地位を確保するに至った。

これが、グアランがこのミレマーにおける首相に就任した経緯である。

◆

グアランは近衛隊長に連れられ、元帥府の豪奢《ごうしゃ》な廊下《ろうか》を進み応接室の前の扉《とびら》まで来た。

「ありがとうございます、閣下。またご教示いただけましたら有難《ありがた》いです」

「うむ、その時は時間をとろう。もうここまででいいぞ」

そう近衛隊長と言葉を交《か》わすと互《たが》いに敬礼して別れ、応接室に立つ二人の衛兵が扉を開けた。

応接室に入ろうとするとグアランは前方から明らかに異質で不気味な雰囲気《ふんいき》を放つ、フードを被《かぶ》った人物がこちらに歩いて来るのに気付く。グアランは眉を顰めるとこの人物がカリグダがマットウ暗殺のために雇《やと》った能力者だと理解した。

嫌悪感《けんお》のようなものが肌《はだ》を撫《な》で、フードの男の薄暗《うすぐら》い目とグアランの視線が重なる。

（何とも面妖《めんよう》な……）

グアランは警戒心《けいかいしん》を上げたことを気付かせない堂々とした態度でフードの男に体を向けた。

数ヵ月前、民主派の勢力拡大にシビレをきらせたカリグダからマットウ暗殺の命令が下された。

「早急《さっきゅう》にマットウを粛正《しゅくせい》する！　奴《やつ》は密《ひそ》かに国連でのロビー活動を強化していた。ミレマー国民のために粉骨砕身《ふんこつさいしん》している我らの人権を踏《ふ》みにじり、私腹を肥やしている者たちと訴えるのだと言う。なんという無知で恥知《はじし》らずな奴よ！　これは我らに対する明らかな反逆であり、栄誉《えいよ》ある我が軍への冒涜《ぼうとく》である！」

このカリグダの突然の言葉にそこにいる全員が驚《おどろ》いた。また、その情報を重鎮達《じゅうちんたち》は掴《つか》んでおらずカリグダの独自情報であったため、それは本当かと内心、訝《いぶか》しがる。

だが、カリグダはその情報の出どころを言わず、強い口調で暗殺を決定した。

「これは確定情報である！　このマットウの粛清は私自身がすすめる。異論のある者はこの場で言うがいい！」

カリグダは命令はするが自分自身で指揮を執《と》ることはめったにない。それがここまで言うのだ。当然、異論を唱えるなど自殺行為であり、全員、承知したのだった。

（今、思えば、その情報源はこいつなのだろう……）

グアランは怪《あや》しげなフードを被る男を見つめる。

先程、近衛隊長に言われたカリグダの客人とはこの不気味な男であると理解した。

カリグダは粛清という名の暗殺を決めた際、自軍の特殊《とくしゅ》部隊を使わず〝能力者〟と言われる異能の力を持つ者たちを雇ったのだ。グアランも含め、他の重鎮たちもこれには驚いたが、カリグダは配下の驚いた顔に満足するようにニヤリと笑っただけだった。

その後、カリグダは怪しげな連中と頻繁《ひんぱん》に密談をするようになり、雇われた能力者なる者たちについて如何様《いかよう》な連中なのか、重鎮たちですら誰も知らない。

このような者たちと国のトップが暗殺を目的に密に付き合うのはどうか、と誰しもが思ったが、それをカリグダに言える者はいなかった。

(能力者とは……そういった者たちがいるというのは耳にしていたが、何とも薄気味《うすきみ》の悪い奴らよ)

男はグアランの前まで来ると立ち止まりフードを取った。

そして、慇懃《いんぎん》に頭を下げる。

「これはグアラン閣下。お加減は如何《いかが》でございましょうか」

「ふむ……確かお前はロキアルムと言ったか」

グアランは不愉快《ふゆかい》な気持ちを抑《おさ》えつつ、ロキアルムの挨拶《あいさつ》に応じる。

「左様でございます。名宰相《めいさいしょう》と言われるグアラン様に名を覚えて頂き、光栄でございます」

「それは本名か？」

「グアラン様。私どもの名前などに意味はございません。ただ、今はロキアルムと呼ばれているだけのことでございます」

「そうか……まあ良い。それでマットウ暗殺は遅々《ちち》として進んでおらぬと聞いているが？」

「これは流石《さすが》と言いましょうか、お耳が早い。ですが、ご心配なさらず。必ずやカリグダ元帥《げんすい》閣下のご要望を叶《かな》える所存でございます」

「ふん、色々と報酬《ほうしゅう》を吹《ふ》っかけていると聞《き》き及《およ》んでいるぞ。あまり、感心はせぬな。閣下に一体、何を望んだのだ？」

「これは恐縮《きょうしゅく》でございます。ですが、私どもは根無し草でございます。依頼《いらい》の難易度でそれに見合った報酬をお願いするのは致し方ないことでございます。どうぞ、ご理解くださ い。私どもは報酬を無意味に吊《つ》り上げるような真似《まね》は致しません。この世界は信用が第一でございますので……」

「よく言う……で、金を吊り上げたのか」

「いえ」

「ほう……では、何だ？」

「はい、土地を所望《しょもう》しました」

「土地だと？　それはミレマーの土地を望んだというのか？」

「私どもは長年放浪《ほうろう》生活を重ね、些《いささ》か疲《つか》れを感じておりました。それで安住の地を探して ございました。もちろん、都市部の高級な土地を願うのは滅相《めっそう》もないこと。それにそのよ うな場所は我々の肌には合いません。そこで、人里離《はな》れた辺境でも構わないので、カリグダ様に我らの土地をと、お願い申し上げました」

「そこで何をするつもりだ？」

「そんな……何も考えておりません。この度の依頼を達成すれば小金も入ってまいります。そこで仲間たちとひっそりと暮らしていこうと愚考《ぐこう》しております」

「ふむ……まあ、分かった。閣下の期待を裏切らぬようにな」

「もちろんでございます。必ずや期待に添う働きを約束します。閣下も何かございましたら、我らにお声をお掛け下さい。辺境に引きこもる所存ではありますが、閣下のご要望とあらば、すぐにはせ参じる所存です」

「……その時は、考えよう。では、もう良い、行け」

「はは！」

ロキアルムはグアランに深々と頭を下げて、その場から離れていく。その姿をグアランは一瞥《いちべつ》して、第二応接室に歩き出した。

（何を……白々しい）

グアランは魑魅魍魎《ちみもうりょう》の住む軍事政権でのし上がってきた男だ。

そのため、相対した人間の腹の内を探ることに優《すぐ》れている。

そのグアランが確信を持った。

（あのロキアルムという男、嘘《うそ》も吐《つ》いていないが……本当のことは何も語っていない）

グアランはロキアルムという男に対する警戒度《けいかいど》を最大級に引き上げた。

（分からん、まだ分からんが……あの能力者、俺たちの計画の障害となるか）

グアランは近衛隊長の背後で目に力を籠《こ》め、唇《くちびる》を噛む。

（もう少しなのだ。もう少しで計画はなる。ここであのような者に邪魔立《じゃまだ》てはさせん！）

グアランは決意を固め、元帥府の第二応接室の扉を閉めた。


フードを深々と被ったロキアルムは元帥府を出ると存在感薄《うす》く街中に消えていく。

だが……その口は醜《みにく》く歪《ゆが》んでいた。

「ククク……グアラン、小賢《こざか》しい男よ」

そう呟《つぶや》くとロキアルムは首都ネーピーの人気のないスラム街に入っていく。

「まあ、よい。すでに道筋は出来た。話は単純だ。後はマットウを殺し……この薄汚《うすぎたな》い国を我らの橋頭保とするだけ」

「おい！　テメー」

突然、ロキアルムの前をガラの悪い男たちが行く道を阻《はば》んだ。男たちはニヤニヤしながらロキアルムを品定めするように見ている。だが、ロキアルムはそれを無視するように歩みを止めない。そのまま、その場を通り過ぎるように進んでいく。

そのロキアルムの肩をそのリーダー格と思われる男が掴んだ。

「おら！　テメーだよ、ジジイ！　どこ見てんだ？　ボケてんのか？　誰《だれ》の許可を得てここを通ってんだ？」

肩を掴まれたが、それでもロキアルムは歩き続けながら独り言のように話をしている。

「ククク……そうか。グアランはそういうことか……。ご苦労だった、我《わ》が眷属《けんぞく》よ」

「こ、こいつ……何なんだ。気持ち悪いジジイだ。無視すんじゃねーよ！　金ぐらい持ってんだろ？　あ、コラ！　待ってってんだよ！」

そのロキアルムの肩を掴んだ男が、歩みを止めないロキアルムが被るフードを後ろから力任せに引っ張り上げた。

ロキアルムのフードは取れ、一切髪《いっさいかみ》の生えていない頭部が露《あら》わになる。その頭部は肌の色というより、青黒く生気のない色で血管だけが大きく膨《ふく》れ上がっていた。

「う！」

気味の悪い露出《ろしゅつ》した頭部を見て、男たちは一瞬、怯《ひる》む。

ロキアルムは立ち止まり、ゆっくりとその男たちに振《ふ》り返った。

「あああ……な、何だ……何なんだ、てめーは！」

男たちは、その瞳《ひとみ》のない灰色の目をしたロキアルムを見て無意識に膝《ひざ》を揺《ゆ》らし、中には腰《こし》の抜《ぬ》けた者もいる。

直後、人気のない裏道の片隅《かたすみ》から数名の若者の絶叫《ぜっきょう》が響いた。

「クックック……ニーズヘッグ、ミズガルド。マットウを殺せ！　機関からの能力者もだ！

これであの土地は我らの聖地となろうぞ！」

高笑いするロキアルムの下にはつい先ほどまで人間だったであろう肉塊《にっかい》が散らばっていた。

第2章　反撃

襲撃《しゅうげき》を受けたマットウの部隊は多数の妖魔《ようま》に包囲されつつも何とか戦線を維持していた。

この間、山林を走《はし》り抜けていた祐人《ひろと》は背負っている無線で瑞穂《みずほ》に連絡《れんらく》をする。

「瑞穂さん、聞こえる？」

「……。あ、待って下さい、ドウモリさん。シテンジさん！　ドウモリさんからです」

無線機から銃声《じゅうせい》と共にグエンの声が聞こえてくる。すでに戦闘《せんとう》は始まっていた。

「瑞穂よ！　クッ、このぉ！　今日のこいつら、いつもとまったく違《ちが》うわ！」

瑞穂の言葉に祐人も表情を引《ひ》き締《し》めた。

想定したことではあったが、敵能力者の場所の特定を急がなくてはならない。

「瑞穂さん、たった今、こちらで霊気《れいき》を確認《かくにん》したよ。そっちはいつから感じた？」

「そうね、三分程《ほど》前からかしら！　右前方、火力を集中して！」

「こちらより漂《ただよ》うのが早いか……分かった！　また、連絡する！」

「分かったわ！　こちらはまだ余裕《よゆう》があるけど、急ぎなさい！」

祐人は無線を切ると地図を広げながらGPS機能のある機器を確認し、瑞穂たちの位置と自分の位置を確認する。瑞穂たちとは今回の作戦で、なるべくその場から動かずに戦うようにしている。そのため、少し戦いづらくもあるだろう。

「急がないと……でも、思ったよりも広範囲《こうはんい》だな。本隊はここだから、こっちか！」

祐人はマットウ本隊のいる方から背を向けて移動を開始した。木々の間を脅威《きょうい》のスピードで駆《か》け抜けていく。このような地形は修行《しゅぎょう》で慣れており、移動の妨《さまた》げにはならない。

しばらく進むと祐人がピタッと移動を止めた。

「ここまでか……。ここが霊力《れいりょく》の霧《きり》の届く範囲《はんい》ギリギリみたいだな」

祐人は地図を広げると、GPSの画面と照らし合わせながら現在地に印をつける。

「あと二つのポイントを急いで確認しなくちゃ。ここと高低差がない場所がいいから……」

祐人は地図を見つめて、次の確認ポイントを見定める。

「よし！　次はこっちだ！」

祐人は地図をしまい、すぐに移動を開始した。

瑞穂は前方から迫《せま》ってきた妖魔たちを退けるとマリオンに声をかけた。

「マリオン！　そっちはどう？」

「大丈夫《だいじょうぶ》です！　瑞穂さんは自由にやって下さい！　それと西の上空から多数ガーゴイルが来ます！」

「分かってるわ！　テインタンさん、部隊は東を固めて！　西側は私が食い止める！」

「了解《りょうかい》しました！　第一から第五小隊はそのまま！　第六から第八小隊は私と東側へ続け！　マットウ将軍に近づけさせるな！」

マットウを守る瑞穂とマリオンは敵の召喚《しょうかん》された妖魔たちに間断なく襲《おそ》われていた。まだ戦闘は始まって十数分程度だが、敵の執拗《しつよう》さが以前とまったく違う。

「確かに本気度はいつもと違うようだけどね……」

瑞穂はマットウの本隊の西側に立ち、兵たちを自分の後ろに下がらせる。

「私も、いつもとは違うのよ！」

瑞穂の頭上に複数の火炎《かえん》の玉が現れる。火炎の玉は徐々《じょじょ》に形を紡錘状《ぼうすいじょう》に変化させて、少々鋭いラグビーボールのような形状となった。

「行けぇぇー！」

その命令に反応し、炎《ほのお》の塊《かたまり》は西側上空から護衛部隊を切《き》り崩《くず》しに来たガーゴイルたちに襲い掛かる。ガーゴイルはそれに気づくとすぐさま散開した。

だが瑞穂の炎はそれを許《ゆる》さない。炎は散開して逃げたガーゴイルを追跡《ついせき》し、そのすべてを撃墜《げきつい》した。背後の兵からは歓声《かんせい》が上がり、士気が大いに高まる。

「フフフ……少しずつだけど分かったことがあるのよ。何故《なぜ》だか分からないけど……私はマリオンには負けられないの！」

マットウを護衛する兵たちは、瑞穂の背中から吹き上がる闘気に熱狂《ねっきょう》する。

「スゲー！」

「やっぱり四天寺《してんじ》様だぜ！」

「俺、一緒《いっしょ》に戦えて幸せです」

「闘神カーリーの顕現《けんげん》！」

「今日のスカートが短めで良いです！」

戦闘をするたびに、瑞穂とマリオンを崇拝《すうはい》する兵が増えていることを本人たちは知らなかったが、今、最も多く瑞穂信者が増えた瞬間《しゅんかん》でもあった。

マリオンは魔狼《まろう》の放つ咆哮《ほうこう》と衝撃波《しょうげきは》から光の聖盾で部隊を守り、近距離《きんきょり》、遠距離《えんきょり》にかかわらず、仕掛《しか》けてくる攻撃《こうげき》をひとつ残らずはじき返している。

たった今、マリオンに救われた小隊はまるで女神《めがみ》を見るような眼差《まなざ》しで彼女《かのじょ》を見つめる。

「皆《みな》さんは、私が力の限り守ります！」

マリオンの言葉に兵たちから割れんばかりの歓声が上がった。

「うおお！　シュリアン様ー！」

「シュリアン様！　俺、戦います！　あなたのために！」

「女神さまだ！」

「皆！　俺たちにはシュリアン様がいるぞ！」

「可愛いっス！　可愛いっス！」

護衛部隊の士気は最高潮に達する。

「フフフ……私は分かってきました。この戦いには意味が二つあると。それが何なのかは完全には分からないですけど……ただ、瑞穂さんには負けない！」

普段柔和《ふだんにゅうわ》なマリオンの全身から噴《ふ》き出《だ》す闘気を兵たちは感じ取る。

「皆さん！　全力でお願いします！」

「「「「おおお――――！」」」」

マリオンの信者が大勢増えた。

マットウは戦いの推移を見守り、自分のために身を投げ出して戦ってくれている兵たちを装甲車《そうこうしゃ》の中から窺《うかが》っていた。戦場では将軍として兵たちを気にかけつつ忍耐強《にんたいづよ》く待つしかないと承知している。

だが、マットウは今、楽し気にしている。

「うちの兵たちが今、誰のために戦っているのか不安になってくるな。この戦いが終わったら、あの娘《むすめ》たちに改めてオファーを出すか？　将軍待遇《たいぐう》で……」

マットウの冗談《じょうだん》とも取れない言葉に装甲車内にいる部下たちは思わず苦笑いをした。

この時、戦場から十数キロ離れた廃村《はいそん》でニーズベックが魔法陣《まほうじん》の中央で眉間に皺を寄せた。全身からプスプスと煙《けむり》を上げ、露わにしている肌の一部から血が滲《にじ》んでいる。

時間の経過に伴《ともな》い内出血や小さな傷が増えていくのが分かる。

霊力と魔力《まりょく》は相反する力であり、接触《せっしょく》すると強く反発する性質を持っている。この特性を使いミズガルドとニーズベックはより遠くから、より正確に召喚した妖魔を把握《はあく》するという連携《れんけい》を編み出したのだ。つまり反発のある場所に召喚魔《しょうかんま》がいる。

その距離《きょり》は恐《おそ》るべきことに通常の召喚士が感知できる距離の数十倍。もちろん、ミズガルドの出す霊力の霧の範囲にいなければならない。だが、この戦術の最大の利点は召喚士が非常に安全な場所から敵を好きに襲い続けることができるということだ。

とはいえ、薄い霊力の霧の中で魔力を発動することになる。そのため、ニーズベックはこの連携中、その全身に細かいダメージを負う。

極度の集中力を必要とする召喚士にとってそれ自体、大きなマイナスであるはずだが、ニーズベックの卓越《たくえつ》した集中力はそれを可能にした。

「忌々《いまいま》しい小娘《こむすめ》共が……」

今現在も、ニーズベックの体には軽微《けいび》な傷が増え続けているが、フッと余裕の表情で笑《え》みを見せた。

「テインタン……そちらはどうか？」

ニーズベックはマットウの護衛隊長の名を囁《ささや》くと頷《うなず》く。

「そうか……あの小僧《こぞう》は私を探しに出ているのか。とんだ屑《くず》だな……所詮《しょせん》、機関の抱える能力者など劣等《れっとう》能力者共ばかりよ！　放っておいても構わん、我の場所は掴めん」

ニーズベックは見下すように、片方の頬を僅かに上げる。

「それに奇跡《きせき》でここに来たとてランクDのゴミに何ができる」

ニーズベックは両手を力強く合わせ、合掌《がっしょう》したような仕草をする。

「やるぞ！　すべては我が理想を叶えるため。百年前の屈辱《くつじょく》を晴らし、能力者機関なる下らぬ組織を立ち上げた下衆《げす》どもに我らの鉄槌《てっつい》を下すのだ！」

そう吐き捨《す》てるとニーズベックを中心に強大な魔力のうねりが噴き上がる。それは新たなる妖魔を召喚する合図でもあった。

祐人は大木を両足で蹴《け》ると急停止して地図を広げた。

「うん、霊力の霧はここまでのようだな」

（ここは……さっきの場所よりも標高が百メートル上か。じゃあ、この霊力の切れ目沿いに百メートル降りて高さを合わせないとな。何となく分かってきたけど……やっぱり、もう一つ、霊力の届かないポイントが分かった方が確実だな）

祐人は慎重《しんちょう》に霊力霧《れいりょくむ》を確認しながら移動し、一つ目のポイントと同じ標高のところまで来ると再び地図上に印をつける。地図に一つ目の印を付けた場所……部隊から方向にして南西の位置から大きく移動し、部隊から見てやや南東五キロの場所に祐人はいた。

「この霊力……まだ分からないけど、直径十キロほどまで広がっている可能性があるな。これが僕《ぼく》らの予想通りなら、とんでもない奴らだ」

祐人は無線パックを下ろし、瑞穂たちに連絡をする。

「瑞穂さん、こちら祐人、応答お願い」

「あ……シテンジさん、ドウモリさんからです！」

「瑞穂よ、どう？　順調？　そっち！　手を抜かないで！」

「うん、今、二ポイント目に到着《とうちゃく》した。どうやら想像以上に霊力が拡散しているみたいだね。そちらは？」

「こちらは大丈夫よ。敵の数は依然《いぜん》として多いけどこのくらいなら退けられる。それに当初の猛攻《もうこう》に比べると、敵の勢いが若干《じゃっかん》落ちてきたように感じるわ。敵にも疲れが出てきているのかもしれないわね」

激しい銃声と一緒に聞こえてくる瑞穂の話に祐人は眉根《まゆね》を寄せて目に力が籠《こも》った。

「敵の勢いが……？　瑞穂さん、敵の数は？　減っている？」

「ちょっと待って。マリオン……！」

祐人は嫌《いや》な予感がした。当初の話だと今までにないくらいに攻撃が激しいと言っていた。ということは、やはり敵はここで決着をつけに来ている節がある。まだ、戦いは始まって二十分程度……この程度で息切れを起こすような相手ではないはずだ。

「祐人！　マリオンも敵の数が減ってきているように感じてたって。部隊に迫ってくる妖魔はそのままだけど、中距離《ちゅうきょり》からの敵の攻撃の数が減っているとのことよ！」

（目に見える妖魔は減らさず、姿の見えづらい中距離から攻撃してくる妖魔を減らしている……？）

祐人はそう考えると目を広げた。

「瑞穂さん！　注意して！　これは召喚士が余力を作った可能性が高い！」

「え⁉」

「瑞穂さん！　これから三ポイント目を急いで探すからその前に確認！　瑞穂さんの大技《おおわざ》を放つのにかかる時間は？」

「あの術は五分は欲《ほ》しいわ！　それよりどういうこと⁉　召喚士が余力を、って」

「敵の召喚士が大物を召喚しようとしている可能性があるってこと」

「……！」

「マリオンさんにも注意するように言って！　部隊の人にも！」

「分かったわ！」

「推測だけど僕は十分経《た》たずに三ポイント目を見つける。そうしたら敵の位置を連絡する！　瑞穂さんはすぐに術の発動準備をお願い！　僕はこれから部隊の北側に行く！」

「待ってるわ！」

祐人はすぐに移動の準備に取り掛かる。これから行く方向は部隊から見て北側。

（急がなくちゃ！）

「ひ、祐人？」

無線から瑞穂の声が聞こえてきた。

「何？　何かあった？」

「ううん、その、そちらも……気を付けてね？」

無線が切れた。

瑞穂の予想外の言葉に思わず鼓動《こどう》の跳《は》ねた祐人。

「うん！　分かったよ！　ありがとう、瑞穂さん」

祐人は一人、返事をしてその場から飛ぶように移動を開始した。

無線を切った瑞穂をやや距離のある場所からマリオンは見ていた。この忙《いそが》しい戦闘の中でも瑞穂の表情の僅かな変化をマリオンは見逃《みのが》さない。

「ああ！　瑞穂さん！　最後、何て言いました⁉」

マリオンは女の勘《かん》で瑞穂の最後の言葉は看過できないものと感じたのだ。

「な、何でもないわよ！　早くなさい、って言っただけよ！」

「ずるいです！　次は私が無線に出ます！　グエンさん！」

「はひ！」

「次に連絡があったら今度は私に無線を持って来て下さい！」

「イエス、マム！」

マリオンはそう言いつつ敵の攻撃を反射させ、五体の怪鳥《かいちょう》を叩《たた》き落《お》とした。

そのすぐ近くで各小隊に指示を出しているテインタンが薄暗い目で瑞穂の無線のやり取りを聞いていた。

（二ポイント目を見つけた？　あの術？　一体、何のやり取りをしている。あの小僧は二ーズベック様を探して、当てもなく走り回っているのではないのか？）

テインタンは眉《まゆ》を顰《ひそ》め、自身の無線機の周波数を祐人たちが使っている周波数にさりげなく合わせる。マットウの護衛部隊が使用する周波数はメインを含《ふく》めて三つと決められている。作戦の度に周波数を変更《へんこう》しているが、それは事前に全部隊に共有させている。

テインタンは祐人たちが使っている周波数を探すが、その三つの周波数のどれからも祐人たちの会話は入ってこない。

（クッ！　こいつら……周波数を変えている！）

テインタンは舌打ちをした。そして、あの愛想《あいそう》の良い少年に疑念が湧《わ》く。

（これが狙《ねら》ったものなら、あの小僧の話した作戦も本当かどうか……。もし、そうだとすれば、中々、食えない奴だ！）

テインタンはそこまで考えが回ると、周りに憚《はばか》らず不愉快そうに顔を歪めた。

「テインタンさん！」

「は、はい！　な、何でしょうか？　四天寺様」

テインタンは突然《とつぜん》、瑞穂に話しかけられ背筋を伸《の》ばす。

普段《ふだん》冷静な護衛隊長の狼狽《うろた》え様《よう》に瑞穂は一瞬《いっしゅん》、怪訝《けげん》そうな顔をするが、先ほどの祐人の警告をテインタンに伝える。

「テインタンさん！　敵が強力な妖魔を召喚する可能性があります！　全部隊に警告を出して下さい！」

「え⁉　敵が？　それは……」

「敵は召喚魔の遠距離《えんきょり》攻撃《こうげき》タイプを減らしているようです。それは大物を召喚する予兆の可能性があります」

「……何」

「テインタンさん？」

「いえ、分かりました。すぐに全部隊に警戒《けいかい》を呼びかけます！」

「よろしくお願いします！　もし、それらしい妖魔を確認したらすぐに連絡を！　そして、その部隊は直ちに下がらせて下さい！　その妖魔は私たちが相手をします！」

テインタンは頷き、手にしていた無線機でその旨《むね》を全部隊に指示した。

(何故《なぜ》、それが分かった？　この鋭《するど》さは……この娘のものではないな)

テインタンは何度も瑞穂たちと共同戦線を組んでいる。これまで瑞穂たちは戦場の僅かな動きで、敵の次手の予測をこのように素早《すばや》くしてくることはなかった。

戦いで最も重要なことは確かな目的と優先順位、そして、それらをどのような時にも確保する臨機応変さ、である。

ティンタンはこの少女たちと戦いを共にした時、その臨機応変さが欠けていることをすぐに理解した。それは主に経験不足からくる状況把握《じょうきょうはあく》の未熟さだということも分かった。

いくら個々の能力が高くとも全体が連動しなければ個々の強さすら発揮されないのが戦場だ。これが分かった時、テインタンは静かにほくそ笑んでいたのだ。

与《くみ》し易《やす》い連中だと……。

だが今は違う。この二人に足らなかった状況把握と次手の決定が速い。

では、何が前回と違うのか？

（まさか……あの小僧なのか？　たかがランクＤの若輩《じゃくはい》が）

「四天寺様、今、指示しました。しかし、よくお分かりになりましたね。流石《さすが》でございます。これで部隊の余計な損耗《そんもう》は避《さ》けられます」

「まだ憶測《おくそく》です。ただ、最大限の警戒をお願いします。あいつの勘は良く当たりますから」

あいつ、という言葉にテインタンは一瞬、目を細めるが、すぐにいつもの表情に戻《もど》す。

「分かりました！　そういえば堂杜《どうもり》様は？　敵の居場所は見つかりそうでしょうか？」

「いえ、まだだそうですが、もうすぐ割り出せると言ってました。あいつがそう言っているなら、ここが正念場です！　何とか戦線の維持《いじ》をお願いします！」

「了解です！　私どもも全力で敵を食い止めます」

「お願いします！」

瑞穂はそう言うと、ガーゴイル八体が迫る部隊の南側へ走り出した。

その背中をテインタンは睨《にら》みつけている。

「割り出せる、だと？　あの小僧……一体、何を考えている」

昨日、祐人はテインタンにただ走り回って召喚士を探し出すと言っていた。だが今の瑞穂との会話で、祐人には何か狙いがあって行動していると考えを改めた。

しかし、その狙いが分からない。

（ニーズベック様に連絡するべきか……）

ニーズベックからの指示で作戦中のコンタクトは必要最小限にと厳命されている。それにニーズベックは決して自分の居場所は見つからないと豪語《ごうご》していた。

祐人たちの狙いも分からない今の状況《じょうきょう》では、連絡もしづらい。

「忌々しい小僧め！　一体、何を狙っているのか！」

テインタンは周りに部下がいることを忘れて吐き捨てるように言い放ち、周囲に驚きの目を向けられた。それに気付いたテインタンは慌《あわ》てて、体裁《ていさい》を整えて部隊の指揮を始める。

（まだ、怪しまれるのは避けねば……。怪しまれぬためにも、こちらに構わず全力で部隊

を指揮しろ、とはニーズベック様の命令でもある）

実際、今までのテインタンの指揮は理に適《かな》うものだった。それ故《ゆえ》に部下からの信任も厚い。

ただ、まさかそれが敵の召喚士の指示だとは誰も知る由もないことだった……。

瑞穂は味方部隊の矢面《やおもて》に立ち、敵のガーゴイルを真空の風で薙《な》ぎ払《はら》う。

「上空の敵は片付けたわ！　地上の妖魔に集中砲火《ほうか》！」

「おお！」

兵の士気が上がるのを見て、瑞穂は他の戦線に目を配る。

実はこの時、瑞穂の心中は不思議な感覚に支配されていた。

（何故、さっき私は……あいつの、祐人の勘は良く当たる、と言ったのかしら）

何かが今にも思い出されそうなもどかしい感覚に瑞穂は自分の二《に》の腕《うで》を強く握《にぎ》りしめた。

「急がないと！　もし、手練《てだ》れの召喚士が膠着《こうちゃく》した戦場に放つ大物妖魔となると、相当な奴が来る可能性が高い！」

祐人はまさに疾風《しっぷう》のごとく移動している。普通《ふつう》に考えて深い山林の中を移動できるスピードではない。木から木へ右、左と蹴りながら一度も地面を踏まずに進んでいた。

祐人の予想が当たっているのならば、今、既《すで》に瑞穂たちのところへ敵召喚士《しょうかんし》が放った強力な妖魔《ようま》、もしくは魔獣《まじゅう》が向かっているはずだ。

だが、今、祐人に瑞穂たちの応援《おうえん》に行くという選択肢《せんたくし》はない。ここで瑞穂たちのフォローに入り、敵の召喚妖魔を倒《たお》しても根本的には何も変わらないのだ。

マットウの国連演説までの護衛、という任務完了《かんりょう》までの時間を稼《かせ》げる程度である。

それでは今回立てた作戦の意味がない。

この敵は危険だ、と戦場に身を投じて祐人は確信する。

それは戦闘能力だけではない。暗殺者たちは必ずこちらの情報を掴み、常に先手をとりながら襲撃を仕掛けてくる。それは敵として最も手強《てごわ》く、やりづらい連中だ。これ以上好きにやらせてはマットウのみならず瑞穂、マリオンの身の安全も保障できない。

それに今回の作戦は内容から考えて二度目はない。

祐人たちの立てた予想が正しいと仮定して、これに失敗すれば敵は必ず対応策を練ってくるはずだ。それでは、こちらの不利はいつまでも覆《くつがえ》せない。

ここで敵暗殺者に強力な一撃《いちげき》を加え、できればそのまま撃破《げきは》し、今後の任務を大幅《おおはば》に楽なものにする。さらに副次的な効果としてマットウの兵たちの生存率を上げることが望める。

それがこの作戦の目的だ。

敵の大物召喚がくるかもしれないという危《あや》うい タイミングになってしまっているが、祐人たちもこの一度のチャンスを逃《のが》すことはできない。祐人は大木の幹を蹴る。

(もうすぐのはずだ！　先ほどの二つのポイントの位置から考えて、もうすぐ！)

祐人がそう考えたその時、祐人は急ブレーキをかけるように前方の木に両足で着地した。

「ここだ！　敵の霊力の霧はここまで！」

祐人は急ぎ地図を広げて、三ポイント目になる現在地に印を付ける。そして、鉛筆《えんぴつ》と定規、コンパスを取り出し、それぞれ二点ずつ定規で線を引いた。さらに、その二点を結ぶ線の中央に直角に線を入れる。

(よし、この直線の交わるところにコンパスで確認……)

祐人は急ぎ、地図上に引く線の場所を探す。この間にも敵の大戦力がマットウ部隊に向かっているかもしれないのだ。

祐人は逸《はや》る心を落ち着かせて、慎重に地図上の二線が交わる点にコンパスを立てて円を描《えが》いた。

「予想が正しければ……」

コンパスの描く円の線上に……この三点が重なる。

「やった……この場所に敵はいる！　問題は高さだけど、そんなに上にはいないはずだ！」

祐人は地面に下りて素早く無線機を取り出し瑞穂に連絡を取る。

「瑞穂さん、瑞穂さん、聞こえる？　応答お願い！」

呼び出している間に祐人は地図を広げて、部隊の場所から敵の想定位置の距離と方角を確認した。その場所は部隊から南東に約五百メートルだった。

無線機から応答がない……。祐人の全身を不安が包み込む。

「瑞穂さん、応答して！　グエンさん！　誰か応答して下さい！」

やはり応答がない。

（まさか、敵の攻撃で……）

祐人は強張《こわば》った顔で急ぎ立ち上がると無線機を背負い、マットウの護衛部隊のいる場所に走り出した。

（瑞穂さん、マリオンさん、無事でいて！）

祐人は密林の中をマットウの部隊に向かって疾走《しっそう》する。

祐人の足で行けば十分とかからないはずだ。

その時……祐人の左前方から大きな振動《しんどう》と轟音《ごうおん》が響《ひび》いてきた。

「これは……クッ！」

（これは霊力と魔力がぶつかり合う衝撃音《しょうげきおん》だ！　この大きさ……相手は小物じゃない！）

やはり大物の召喚妖魔が来ている。

そして、今、瑞穂たちは交戦状態であると祐人は確信する。

（急げ！　急げ！）

祐人は唇を噛《か》みしめて、木々の間を抜けていく。

それと同時に祐人は臍下丹田《せいかたんでん》に仙氣を練る。その仙氣は祐人の体中から吹き上《あ》げると、祐人の体に纏《まと》うように全身を循環《じゅんかん》し、循環するたびに昇華《しょうか》されていく。

やがてその仙氣は霊的《れいてき》な力を持つまでに昇華され、この世のものならざる者たちをも粉《ふん》砕《さい》できる能力を祐人に与《あた》えた。

今、祐人の顔は幾千の戦場を掻《か》い潜《くぐ》ってきた戦士のものである。

堂杜家管理の魔來窟《まらいくつ》という洞窟《どうくつ》を通り、辿《たど》り着《つ》いた魔界《まかい》と呼ばれる異世界で経験した数々の死闘《しとう》が祐人を一流の戦士に育て上げた。

そこで……祐人は数々のものを得て、数々の掛《か》け替《が》えのないものを失った。

結果、驚異的《きょういてき》に成長をしたのだ。

だが……、

（僕は！　失うために強くなったんじゃない！　本気で行く！）

祐人は目を見開くと声を上げた。

「来い！　陰陽《いんよう》の刃《やいば》、倚白《いはく》！」

その声に呼応して左手首の辺りから美しい白金の鞘《さや》に納められた一振《ひとふ》りの刀が現れ、祐人の手に握られる。その忽然《こつぜん》と現れた白金の鍔刀《つばがたな》の鞘を逆手に持ち、祐人はマットウ本隊のいる地点に突《つ》き進《すす》んだ。

◆

祐人との二回目の交信の後、瑞穂とマリオンは敵の大物召喚妖魔に注意しつつ、部隊の前面、北側から来る魔狼とガーゴイルに対処していた。

「来て、大地の精霊《せいれい》。ハアア、岩壁《がんぺき》となれ！」

瑞穂が声を張り上げると魔狼の群れが放つ咆哮の衝撃波は地面から空を突き立てるように現れた岩に遮《さえぎ》られる。

「天に仇《あだ》なす喧騒《けんそう》は澄《す》み渡《わた》る静寂《せいじゃく》とならん！」

瑞穂の土精霊防御《ぼうぎょ》術の発動から間髪《かんはつ》を容《い》れず、マリオンの詠唱《えいしょう》が終わる。

すると上空からスポットライトのように十数体の魔狼に強い光が照射された。その眩《まぶゆ》い光は魔狼の影《かげ》も形もないほどに照度が高まっていく。

やがて、魔狼たちは断末魔《だんまつま》の叫《さけ》びを上げて消滅《しょうめつ》し、その光も消えた。

この間に瑞穂は得意の火の精霊術を駆使《くし》し十数本もの炎の矢を頭上に浮《う》かべ、部隊に迫る多数のガーゴイルに狙いを定める。

「行けー!!」

瑞穂は発声と同時に手を振り下ろすと炎の矢はまっすぐガーゴイルの編隊へ飛び去り、まるで誘導《ゆうどう》ミサイルのように次々とガーゴイルを撃墜した。

二人は目を合わせて頷き合い、瑞穂は不敵に、マリオンはニッコリと笑い合った。

この瑞穂とマリオンの息の合った連携攻撃《れんけいこうげき》とその火力は北側から迫る敵の妖魔ほぼすべてを撃滅《げきめつ》することに成功した。

「うおお――――！　やったぞ！」

味方の兵士たちから雄叫《おたけ》びが上がり、北側の敵の脅威が去ったことで一気に士気も跳ね上がる。

まさに戦場の均衡《きんこう》が崩れた瞬間だった。

装甲車の中にいる全体の兵の動きを逐次《ちくじ》報告している参謀《さんぼう》たちも喜色の面でマットウに振り返《かえ》り、マットウも大きく頷くことでそれに応じた。

だがマットウは報告を受けていた大物妖魔が来るという警告を忘れてはいなかった。

「注意を怠《おこた》るな！　瑞穂君が言っていた敵の大物が来る可能性がある。その旨を全部隊に伝えろ」

「は、はい！　了解いたしました！」

気の抜けかけた通信官はマットウの指示を通達する。

しかし……それよりも早く戦場は動いてしまっていた。

「行けるぞ！　西側の敵はこちらで食い止められます！」

「南側もＯＫです！　ロケットランチャーであの汚《きたな》いガーゴイルの野郎《やろう》を叩き落とせ！」

息を巻くそれら部隊の動きに合わせ、勝負どころと見たマットウ本隊の東側に展開する第六、第七、第八部隊の隊長も攻勢《こうせい》に出た。

「我々も行くぞぉ！」

東側に展開する部隊は連携し、中距離攻撃《ちゅうきよりこうげき》をしてくる魔狼を半包囲して追《お》い詰《つ》め、こちらのクロスファイヤーポイントに誘《さそ》い込むことに成功する。

このチャンスを逃さんと火力を集中し東側から襲ってきた魔狼たちの駆逐《くちく》を開始した。

「火力を上げろぉ！　一気に叩くぞ――――！」

先程《さきほど》の瑞穂とマリオンの攻撃でマットウの護衛部隊は完全に優位に立ち、その士気も最高潮で一気に畳《たた》みかけていく。

だが、これに顔色を変えた瑞穂はマットウの兵たちに大声を上げる。

「みんな、今は前に出ないで！　強力な敵が来るわよ！　テインタンさん！」

「分かっています！　四天寺様！」

瑞穂はテインタンを通して敵の大物召喚妖魔の警鐘《けいしょう》を鳴らすように言い、テインタンも各部隊に連絡を飛ばす。

しかし、化け物の敵という恐怖《きょうふ》とも戦ってきた兵士たちは、この眼前の勝利の予兆に酔《よ》ってしまっていた。開放感のようなものが心を覆《おお》い、それが兵士たちをより高揚《こうよう》させ好戦的にさせているようだった。

そのため、マットウとテインタンからの指示が各部隊に浸透《しんとう》するころには、兵たちが森の奥《おく》まで進出してしまっていた後であった。

その時である……。

明らかに異常で大きな地響《じひび》きが聞こえると、前のめりだった兵士たちが我に返り、互《たが》いの顔を見合わせる。すると最も部隊が先行してしまっていた東側から巨大《きょだい》な木々をなぎ倒しつつ何かがこちらに近づいて来ているのが分かる。

「瑞穂さん！」

顔色を変えたマリオンが瑞穂に顔を向ける。

「ええ、まずいわ！　テインタンさん、早く東側の部隊を後退させて！　みんなが危ない！　これでは援護《えんご》も攻撃もできないわ！」

『もうやってます！　おい！　後退の信号弾《しんごうだん》も上げるんだ！　第六、第七、第八部隊、後退しろ！　急げ！　後退しろ！　本隊に戻ってこい！　繰《く》り返す……』

瑞穂は拳《こぶし》を握り、味方の兵の安否を気にかけた。すぐにでも助けに行きたい。

だが、自分たちの任務はそれだけではないのだ。

「グエンさん！　祐人から連絡は⁉」

「はい！　まだ来てません！　こちらから連絡しますか？」

「……いえ、いいわ。今は祐人の仕事を邪魔《じゃま》するわけにはいかないわ」

「は、はい、分かりました」

グエンも兵士だ。緊張《きんちょう》はしているようだが、自分のライフル銃《じゅう》を東側に構えつつ背負っていた無線機のパックを足元に下ろした。

やや瑞穂たちから離《はな》れたところでテインタンは全部隊に後退の指示を出しつつ、その耳は「祐人の仕事」というところに反応して目を細めた。

そして、グエンの下ろした無線機に一瞬だけ目をやった。

瑞穂は部隊の東側を睨む。

どんな奴《やつ》か分からないが、今、凄《すさ》まじい魔力を持った何かをしっかりと感じ取っていた。

マリオンも瑞穂と同じように険しい顔で部隊東側から五百メートル先にある大木が倒されていくのを見つめていた。

このままでは逃《に》げ遅《おく》れた兵たちが危ない。しかし、もうすぐ祐人からの連絡《れんらく》が来るタイミングだ。今は作戦上、瑞穂もマリオンも動けない。ここで動けば今後、敵能力者に対して直接攻撃ができる機会がいつ来るか分からないのだ。

東側の前方から銃声《じゅうせい》に交じり兵士たちの怒号《どごう》と悲鳴が響いてくる。

瑞穂とマリオンはハッとしたようにその悲鳴の聞こえてきた方向を見た。

思わず瑞穂が東側の山林の中へ歩みだすと……グエンがその腕を取った。

「ダメです、シテンジさん。どんな作戦かは知らないですが、あなたはドウモリさんの連絡を待たなければならないのでしょう？　今、あいつらを助けに行って、その作戦を台無しにしてしまう可能性があるのならここは我慢《がまん》するべきです！　あなたたちの任務はマットウ将軍の護衛なんですから」

瑞穂は驚《おどろ》いたようにグエンの顔を見た。グエンは真剣《しんけん》な顔でこちらを見つめている。

グエンも覚悟《かくご》を持ってこの場にいる。グエンにとって味方の被害《ひがい》は戦友を失うことを意味しているのだ。だが、戦場では時に優先順位を明確にし、非情にならなければならない。そうでなければ、兵の犠牲《ぎせい》までも無駄《むだ》になってしまう。

（これが実戦……なのね）

確かに瑞穂が持ち場を離《はな》れ、祐人からの連絡を受け取るのが遅れてしまえば、敵への攻撃がうまくいかない可能性は考えられた。

作戦は祐人の連絡と同時に術の発動準備の開始である。そして敵能力者に対し速《すみ》やかに強力な一撃を与える。簡単に言えば、これが作戦の骨子だ。

だが、もし連絡後に瑞穂の攻撃がもたつく場合、敵が移動してしまう可能性もなくはない。瑞穂はグエンを見つめ、グエンの……いや、マットウに属する兵の覚悟を感じた。

「グエンさん……」

瑞穂は戦場の兵士というものがどういうものか、少しだけ理解することができた。であるが故に、力のある自分の責任の重さと戦場の持つ兵士たちへの冷徹《れいてつ》さに唇《くちびる》を噛みしめる。

するとマリオンはこの二人のやり取りを見つめて、覚悟を決めたように一歩前に出た。

「瑞穂さん……私が後退の援護に行きます」

「え⁉　マリオン」

「瑞穂さんはここで祐人さんからの連絡を待つのと、マットウ将軍の護衛をお願いします」

「でも、それじゃあ！」

「いえ、そもそも、この作戦の肝《きも》は祐人さんと瑞穂さんです。祐人さんが敵能力者の場所を特定、そして瑞穂さんが強力な一撃を与える。その間、私は万が一に備えてのマットウ将軍の護衛です。でも今は、あの東側から迫《せま》る敵以外はほぼ駆逐しました。それに、あの敵を相手にしていては、瑞穂さんは敵能力者への攻撃の術に専念できません」

「でも、危険すぎるわ！　どんな敵かも分からないのよ？　それにこの魔力量……マリオンも感じているでしょう⁉」

「ふふふ、瑞穂さんだって、さっき一人で行こうとしてたじゃないですか。大丈夫《だいじょうぶ》です、瑞穂さん、私もランクAです。そこら辺の妖魔《ようま》ごときには後《おく》れを取りません。それに……」

マリオンは、その優《やさ》し気《げ》な顔に強い意志の籠った目で強大な妖魔がいるであろう方向に顔を向ける。

「この敵の……人の命を何とも思わないような戦い方。自分たちは安全なところに身を隠《かく》し、あざ笑うかのように攻撃《こうげき》をしてくる。このような連中は許せません」

瑞穂はマリオンの目を見る。マリオンも瑞穂を見つめ返した。

「……分かったわ。お願いするわ、マリオン。あそこにいるみんなを援護して、できるだけ多くの人たちを救出して！」

「もちろんです。皆《みな》を後退させて、瑞穂さんと祐人さんが敵能力者を倒すまでこちらで抑《おさ》えておきます！」

そう言うとマリオンは東に向かい走り出した。

「シテンジさん、いいんですか？　シュリアンさんを行かせて……」

グエンは心配そうにマリオンの消えた山林の方を見つめる。

「ええ、大丈夫ですよ、グエンさん」

瑞穂はグエンに自信に溢《あふ》れた顔で答えた。

「いつもマットウ将軍のすぐ近くから動かさずにいて、私は忘れていたわ」

そう言い、この少女にしては珍《めずら》しく自嘲《じちょう》気味に笑う。

「マリオンはエクソシストにして機関が誇《ほこ》るランクAの能力者。それはまさしく敵妖魔の天敵だったじゃないの……」

今回の依頼《いらい》で瑞穂は学ぶことが多いと痛感する。

祐人の現状把握能力、高い判断力にもかかわらず徹底《てってい》した慎重さ。

マリオンの冷静さと指示されたことを確実に実行する安定感。

そして、今回、何よりも瑞穂が学んだことで大きかったことがある。

それは瑞穂自身の視野の狭《せま》さ、柔軟性《じゅうなんせい》の欠如《けつじょ》、そして、敵も味方も過小評価する癖《くせ》。

このことを知ることができたのが一番の収穫《しゅうかく》だと心から思う。

また、自分の欠点を知ってこんなに喜んだのは初めてのことかもしれない。今までなら、自分の欠点が見えても、目を逸《そ》らし、認めず、怒《いか》り、自分を誤魔化《ごまか》したかもしれない。

だが、瑞穂は自分の欠点を知ることで……そして、それを認めることで、目の前の光景が広く、明確に見えるようになった気分だった。

人と付き合うことを苦手としていた瑞穂は、人と対等に関《かか》わることで自分自身を知るきっかけを掴《つか》んでいた。

この少女は今、一段階上に……脱皮《だっぴ》しようとしていた。

グエンは瑞穂に一人前の大人の顔を見た。グエンはさっきまで、自分の子供と同じような年齢《ねんれい》の、ましてや少女たちに守られているというのに忸怩《じくじ》たる思いもあった。

だが、今の瑞穂の表情を見てその考えを捨てた。

グエンは、であるならば今は自分のできる最大限のことをするだけだ、と考える。瑞穂とマリオンの話から祐人との密な連絡がこの度の作戦のカギとなるようだ。

グエンはそう思い、先程、地面に置いてきた無線機を取りに戻ろうとしたところで大声を上げた。

「あああ！　シテンジさん！　無線機が！」

「グエンさん？　どうしたんですか？」

「無線機が……なくなってます！」

「何ですって⁉」

祐人と瑞穂たちを繋《つな》ぐホットラインでもある無線機がこの僅《わず》かな時間になくなっていた。

グエンの悲鳴にも近い訴《うった》えに瑞穂も辺りを見渡《みわた》すがどこにも無線機はない。

「申し訳ありません！　確かにここに下ろしたはずなんですが！　この戦闘《せんとう》の最中に誰《だれ》かが持っていくことは考えづらい……一体誰が！」

自分のミスだとグエンは顔に悔《くや》しさを滲《にじ》ます。無線機のパックがなくなったことに瑞穂は驚愕《きょうがく》するが今は戦闘中だ。瑞穂は熱くなる自分を抑え、冷静にグエンに指示を出す。

「グエンさん、他の無線機はない？　調達できる？」

「は、はい！　今、前線のものは出払《ではら》ってますが、予備のものがどこかにあるはずです。恐《おそ》らく部隊最後部の輸送車にあると思います」

「……」

瑞穂は時計を見る。今、瑞穂たちは南北に伸びたマットウ護衛部隊の前衛である北側にいる。それで最後方に取りに行って帰って来る時間を考えると、かなりのタイムロスは免《まぬが》れない。瑞穂は拳を握り、その顔に焦《あせ》りの表情を見せた。

が、ここで……瑞穂は大きく息を吸い、そして吐《は》いた。

いつもの瑞穂であればここで焦り、短絡的《たんらくてき》な力任せの行動に出るところであった。だが、今の瑞穂は自らを立て直す。想定外の出来事を前にしても自身の視野を広くし、次の一手を考えようと頭を回した。

(焦ってはだめ。マリオンはこの作戦のために自分で判断して迎撃《げいげき》に向かったわ。祐人ならどうする？　あいつなら……。それで私は？　私の役目は……)

「グエンさん」

「はい！」

「テインタンさんに、マットウ将軍の近くに兵力を集中させるように言って。敵はマリオンが迎撃をしに行った奴以外はほぼ倒したはずだから、新たに敵が召喚《しょうかん》しない限り部隊で十分守れるはずよ」

「は、はい！」

「それと、信号弾はある？」

「あ、それなら、あちらのトラックに積んであるはずです！」

「それをあるだけ持って来て」

「分かりました！」

（祐人は北側に行くと言っていた。二回目の経過時間から考えて、祐人はもう三ポイント目を見つけて敵の居場所を割り出している可能性は高い。ただ、マリオンと私が二手に分かれたことに混乱するかもしれないわ）

グエンはすぐにトラックに行き、信号弾を三丁抱《かか》えて瑞穂のところに持ってくると、瑞穂の後ろ姿を見て驚いてしまう。

それは瑞穂の体の周りがぼやけたように光を発していたのだ。

そして、その艶《あで》やかな黒髪《くろかみ》が風もないのにフワッと浮いているようにゆっくりと靡《なび》いている。それが幾千の精霊たちが瑞穂の周りに集められ、瑞穂に掌握《しょうあく》されつつあることなどグエンに分かるはずもない。

瑞穂は祐人が来るであろう部隊北側の山林の方を向き、信号弾を持ってきたグエンに振り返りもせずに話しかけてくる。

「グエンさん、持ってきた？」

「はい！」

「じゃあ、北側正面上空に向かって立て続けに撃《う》って。祐人なら、これに気付いて私のいるこの場所に最短で来るはずよ」

「わ、分かりました！　シテンジさん、耳を塞《ふさ》いで下さい！」

「私に構わないで撃ちなさい！　私は祐人がいつ来てもいいように、敵能力者への攻撃準備を始める！」

瑞穂の気迫《きはく》の籠《こも》ったセリフを聞いて、グエンは圧倒《あっとう》されるように頷《うなず》く。そして、信号弾を正面上空に構え、自身の耳を守るようにするとトリガーに力を籠《こ》める。

その時、凄まじい衝撃音が戦場全体に駆《か》け巡《めぐ》った。

それはグエンの信号弾ではない。

その衝撃音はマリオンの向かった部隊東側の方向から来たものだった。

グエンは思わず東側の方へ意識が行く。

「あああ、あれは！　シ、シテンジさん！　あそこはシュリアンさんが向かった方向です！」

瑞穂は狼狽えるグエンに怒鳴《どな》る。

「マリオンは大丈夫！　グエンさんは早く信号弾を！」

「は、はい！」

瑞穂に強く言われるとグエンは正気になり、すぐに信号弾三発を立て続けに瑞穂の正面上空に向かい撃った。グエンが撃ち終わり瑞穂に顔を向けると瑞穂は大きく頷く。

瑞穂は狼狽えたグエンを叱咤《しった》することで奮い立たせた。今はこれが有効だと思ったのだ。

「ありがとうございます。じゃあ、グエンさんはすぐにテインタンさんにマットウ将軍のところに兵力を集中させることを伝えて！」

「分かりました！　シテンジさん……お気をつけて！」

グエンは瑞穂の指示に従い、テインタンのいる部隊へ走りだした。

そして残った瑞穂はまたも不思議な感覚に囚《とら》われる。

（いつかしら、新人試験？　吸血鬼《きゅうけつき》の戦いの最中にこうやって狼狽えた者を叱咤していた奴がいたわ。ええ、確かにいた。それで救われたのよ……私たちは……）

◆

マットウの部隊から十数キロ離れた廃村《はいそん》でニーズベックは魔《ま》法陣《ほうじん》の中心でニヤリと笑う。

「ククク、これで終わりだ。機関所属の軟弱《なんじゃく》な能力者たちよ。行け、地獄《じごく》の番犬ガルム！　奴らのはらわたを喰《く》いちぎれ！　マットウ諸共《もろとも》、皆殺《みなごろ》しにしろぉ！　ハーハッハッハ！」

正気を失ったように笑うニーズベックの口から先端《せんたん》が二つに割れた舌が伸びるとプスプスと血を滲ます自分の首筋を舐《な》め、甘美《かんび》な表情で魔力《まりょく》を魔法陣に込めた。

ニーズベックが召喚したのは超上位《ちょうじょうい》の魔獣ガルム。

体長は十数メートルに達し、狼《おおかみ》のような巨体《きょたい》に目を血のように赤く光らせ瞳《ひとみ》がない。大剣《たいけん》のような鋭い牙《きば》を口から数百本も生やし、その巨躯《きょく》を支える四本の足には軍用のバイクほどの大きさの鉤爪《かぎづめ》が四本ずつ突き出《だ》していた。

ニーズベックはガルムを召喚するにあたり、召喚していた数百に上る妖魔をなるべく気付かせずに半減させていた。

ガルムのような超上位の魔獣を召喚するのには多大な負担がかかる。ガルムは召喚士本人をも食い潰《つぶ》しかねない魔獣なのである。

だが実は、このガルムでさえ百％の状態で召喚されてはいない。本来のガルムなどはあまりに強力すぎて、この世に召喚するのには人知を超《こ》えた力が必要になる。

そもそも、人に扱《あつか》えるような魔獣ではないのだ。

しかし、ニーズベックはそのガルムの力の一端《いったん》を大量の魔力と生贄《いけにえ》とを引《ひ》き換《か》えに数時間だけ召喚することを可能にしている。

実際、ニーズベックはガルムと契約《けいやく》の際に殺されかけている。

その時、ニーズベックはガルムに言われた。

〝矮小《わいしょう》な人間よ。もし私の力を借りたいのならば、召喚の度に貴様の魔力だけでなく生贄もさし出せ。それならば邪神《じゃしん》に連なる血筋のお前に特別の計らいをしてやろう〟

と、脳に直接に響き渡った。ニーズベックは契約召喚《けいやくしょうかん》の際のショックで這《は》いつくばり、瀕死《ひんし》の体で失禁をしながら、ガルムの申し出に何度も頷いたのだった。

ガルムの言う生贄とは……人間の心臓。

そして、心臓は多ければ多いほど強力な力を顕現《けんげん》できる。今、ニーズベックの背後には廃村の……いや、廃村にさせられた村の住人たちの心臓が多数転がっていた。

勝利を確信しているニーズベックはまず深追いしてきたマットウの兵たちにガルムを向かわせた。ガルムの目を通し、必死に銃を乱射する恐怖に怯《おび》えたマットウの雑兵《ぞうひょう》たちを確認《かくにん》し、小枝を払うように蹴散《けち》らす。

兵たちはガルムを視認《しにん》するだけで失神直前の恐怖に追い込まれ、正常な判断を失う。

ガルムは人間の恐怖が好物である。兵たちの恐怖を嬉《うれ》しそうに喰らい、体を軍服ごと爪《つめ》で切り裂《き》《さ》きながら踏《ふ》みつぶす。兵たちはまるで熟《う》れすぎたトマトのように飛び散った。

「ハッーハハ！　伝わってくるぞ！　ガルムの喜びが！　空腹を満たす充足感《じゅうそく》が！」

マットウの部隊はいとも簡単に蹴散らされ、もはや組織としての連携《れんけい》は失われていた。

ある者はあてもなく逃げ、ある者は絶叫《ぜっきょう》とともに銃火器《じゅうかき》をガルムに叩《たた》き込んでいる。

ガルムはその地獄の入口とも思える巨大な顎《あご》を開け、暴風雨を起こさんがばかりに息を吸い込むと、逃げていた兵たちがその意思に反してガルムの口に体を持って行かれて飲み込まれていく。

もはや現場は阿鼻叫喚《あびきようかん》の坩堝《るつぼ》と化し、戦場と呼べない地獄がそこに広がっていた。

ガルムは吸い込むのを止めると、飲み込まれまいと必死に木にしがみついていた数人の兵たちの体が地面に落ちる。そして、マットウの兵たちは見た。

「あぁあああ……」

縦に百八十度ほど開いたガルムの顎から、薄暗《うすぐら》い闇《やみ》の塊《かたまり》が広がっていくのを。

今、その顎からこの世とあの世の境目となる闇が吐き出されようとしている。

それを目《ま》の当《あ》たりにした精鋭《せいえい》部隊であり屈強《くつきよう》なはずの兵たちは涙《なみだ》を流しながら、あまりの恐怖で笑い出す。今、兵たちは絶望というものを現実の形として見ていた。

ガルムがその絶望という名の闇の塊を吐き出そうとした、その時……。

ガルムの眼前に眩い光が下りてくる。

そして、その光は左右に広がり、ガルムの巨体の周りをカーテンのように囲んだ。

「む！　何だ⁉」

ニーズベックは魔法陣の上で澄んだ霊力《れいりよく》を感じ取った。

「構わん！　やれ、ガルム！」

ニーズベックがそう叫ぶとガルムは口から巨大な闇の塊を吐き出した。その闇の咆哮《ほうこう》は目の前に広がる光のカーテンに衝突《しょうとつ》し遮られる。

すると闇の塊は行き場をなくし、ガルムの周りを囲む光のカーテン内で拡散して、増幅《ぞうふく》し、大爆発《だいばくはつ》を起こした。マットウの兵たちは眩い光から目を庇《かば》う。

立ってはいられない地揺《ゆ》れと凄まじい爆音《ばくおん》で一時的に役に立たなくなった聴覚《ちょうかく》で、一体何が起こったのか全く理解できない兵たち。

その衝撃音は周囲の山々にも反響《はんきょう》し、爆発《ばくはつ》の凄まじさを物語った。

兵たちは事態の急変に恐怖心《きょうふしん》が吹《ふ》き飛《と》び、何とか機能している視覚を使い、どういう状況なのかを確認し始める。

すると、兵たちの前に……見ているだけで神聖さを感じ取れるエメラルドグリーンの法《ほう》衣《え》を纏った金髪《きんぱつ》の少女が立っていた。

いつもの法衣ではないが、兵たちはその金髪の少女が誰なのかすぐに理解する。

「シュ……シュリアン様」

マリオンは爆発で顎から体までボロボロになったガルムを背にし、マットウの兵士たちに振《ふ》り返る。

「皆さん、ここは私に任せてマットウ将軍のところまで撤退《てったい》してください！　急いで！」

「お……お……うおおぉぉ！　シュリアン様——‼　た、助かったぞ——！」

兵たちは心身ともに疲弊《ひへい》した体を奮い立たせると歓声《かんせい》を上げる。

「急いでください！　本隊は向こうです！　ここを抑えれば、私たちの勝利です！　皆さん、作戦に従ってください！」

「わ、分かりました！　総員、本隊に戻《もど》るぞ！　急げ！」

マリオンの張りのある声に兵たちは気力が戻り、移動を開始する。

そして、兵たちは移動しながら、マリオンに敬礼をした。

「シュリアン様……どうかご無事で」

「大丈夫です。このワンコには私がお仕置きをしておきますので！」

そう言ってニッコリ笑うマリオン。この十数メートルの巨体を持つ魔狼《まろう》をワンコと言ったマリオンに兵たちは唖然《あぜん》とすると苦笑いが漏《も》れて、完全に正気を取り戻した。

「では、後ほど！」

そう答えた小隊長は部下を統率《とうそつ》し本隊に向かって走り出した。

その兵たちの後ろ姿を見つめマリオンは今、自分自身の中に生じた既視感《きしかん》のようなものを感じていた。マリオンはガルムをあえてワンコと言い、兵たちの恐怖心を取り払《はら》うように気を使ったのだ。何故《なぜ》かそれがここで必要なことだと思えた。

（以前に……そう、あれは新人試験の時、私も戦いの中で誰かに気を使ってもらったんだった。だから、今、それを真似《まね》することが浮かんだのね。あの時……私は……）

突然《とつぜん》に湧《わ》いたむず痒《がゆ》さに包まれたが、マリオンはすぐに振り払い、ガルムに体を向けた。

ガルムの傷ついた体は猛《もう》スピードで回復していくのが見て取れる。

マリオンはエメラルドグリーンの法衣の襟《えり》の中に手を入れる。そしてエメラルドとマカライトが散りばめられた鞘に納められている十字の短剣《たんけん》を取り出した。

「さあ、ラファエルの法衣……行きます！　私と私の仲間を守るために！」

「エクソシストの小娘《こむすめ》がぁぁぁ!!」

ニーズベックは怒りに震《ふる》え、ペッと血の混じった唾《つば》を吐き捨《す》てる。

息を荒《あら》くしたニーズベックは魔法陣の前に置いてある怪《あや》しく刺繍《ししゅう》された大きな箱を引き寄せた。そして、箱を開けると無造作に痣《あざ》だらけの右手を突っ込み、赤い液体で濡《ぬ》れた肉の塊を取り出す。

「許さんぞぉぉ！　小娘ぇぇ！　貴様はすぐには殺さん……惨《むご》たらしく、五体を引き裂いて、目の前で仲間を一人ずつ喰らってから、脳を徐々《じょじょ》に魔虫に吸わせてくれる！」

ニーズベックは血の滴《したた》る心臓を目の高さまで持ち上げると、浅黒い右手でひき肉の塊をこねるように握《にぎ》りつぶした。肉片《にくへん》と血液が勢いよく飛び散り、ニーズベックの顔や体にこびりつくと魔法陣が怪しく光を放つ。

「ガルムよ！　行け！　生きながらの地獄を見せてやるのだ！」

そう叫びながらニーズベックは顔に付いた肉片を尖端《せんたん》の割れた長い舌で取り除いた。

◆

祐人はマットウの部隊のすぐ近くまで迫ってきていた。三ポイント目を確認した後、無線が通じないことに嫌《いや》な予感がし、猛スピードでマットウ護衛部隊の本隊に向かった。

ところが、直後に凄まじい爆発と衝撃音を感知すると一瞬《いっしゅん》迷い、そちらの方向に舵《かじ》を切ろうとする。それは瑞穂とマリオンがその衝撃音の方向で戦っていると考えたからだった。

だが、さらにその直後、元々、向かっていた方向にマットウ部隊から放たれたらしい信号弾が三発続けて撃たれたのが見えた。

しかも、その信号弾は真上にではなく、明らかにこちらの方向に撃たれたのが分かる。

（あれは……もしかして、僕《ぼく》に？）

祐人は一瞬、悩《なや》んだ。先程の衝撃音は明らかに能力者同士の大技《おおわざ》がぶつかったものだ。

であれば、そちらで瑞穂たちが戦闘をしている可能性が高い。

（でも、だったら信号弾の意味は？　普通《ふつう》、信号弾を低空に三発も撃ったりはしない）

祐人は考える……。

理由は分からないが無線が通じない。恐らく瑞穂たちに不測の事態が起きているのだろう。それは敵の大物妖魔のせいかもしれない。

だが、この作戦の目的は敵能力者の撃破《げきは》だ。そして、作戦遂行《すいこう》のためには祐人の情報が必要である。無線が通じないために瑞穂たちも祐人との合流に頭を悩ませているはずだ。

（僕のいる方に撃ってきた信号弾……そっちに瑞穂さんがいる可能性が高い！）

祐人は決断した。当初の予定通り、マットウ本隊の方向に走り続けた。

するとすぐにこの考えは確信に変わる。

信号弾の上がった方向から、強力な霊力が集束されているのを感じ取ったのだ。

このため、瑞穂と祐人の合流という意味ではタイムロスはほとんどなかった。瑞穂のとっさの機転が功を奏したのだった。

（この霊力は瑞穂さん！　じゃあ、さっきの戦闘の衝撃音はマリオンさんか！　何で二手に分かれているんだ？　しかもマリオンさんが前線？）

祐人は一体何が起きているのか、と考える。

（いや、今、考えるべきことはそれじゃない。……この力の集束は僕が来るのを信じて大技の準備を始めたものだ！　じゃあ、僕がしなくてはいけないことは……）

祐人は走りながら倚白を持っていない手で地図を取り出した。そして、敵能力者がいるであろう予測地点と瑞穂のいる場所を確認する。

（瑞穂さんのいるところから南南東に七百五十メートル付近だ！　この間にも敵が移動しないとも限らない。もう僕が瑞穂さんを連れて行く！）

祐人の前方に山林の終わりが見え、その先に開けた道が見えてきた。

祐人は一気に山林から飛び出すと瑞穂の力の感じる方向に顔を向けた。

瑞穂は祐人の飛び出してきたところのすぐ近くにいた。

その瑞穂と祐人はすぐに目が合う。

「祐人！」

「分かってる！　瑞穂さん、移動しながら状況《じようきよう》を教えて！　敵の場所は僕が連れて行く！

それと大技の準備も！」

祐人は走るスピードを緩《ゆる》めずに瑞穂に走り寄る。

「準備はもうすぐ終わるわ！　敵はどこなの……って！　ちょっ！　ひゃ！」

「ごめん！　このまま瑞穂さんを連れて行く！　ちょっとだけ我慢して！」

祐人は瑞穂に猛スピードで近づくとそのまま拾うように両手で抱《だ》き上《あ》げたのだ。

瑞穂はまさかお姫様《ひめさま》抱っこをされながら敵の場所に連れて行かれるとは想像だにしてなかったため慌《あわ》ててしまう。

（こ、これで移動するの⁉　ひ、祐人の顔が近い……）

「瑞穂さん！　急ぐから落ちないようにしてて！　それで状況は？　マリオンさんは？」

「ハッ！　そう！　今は……」

祐人は瑞穂を抱えながら南北に伸《の》びた道に沿って部隊の間を走《はし》り抜《ぬ》け、その間に状況の説明を受ける。瑞穂は無線機がなくなったこと、敵の大物にマリオンが向かったこと、等々を祐人に伝えた。

「……分かった。瑞穂さん、僕らは敵能力者に一撃《いちげき》を加えてすぐにマリオンさんの援護に向かおう！　瑞穂さんの判断は正しいと思う！　後は僕らの予想が当たっていることを祈《いの》ろう。マリオンさんが作ったこの時間を無駄にはしない！」

瑞穂は高速移動をしている祐人から落ちないように首に手を回し祐人の顔を見上げた。

祐人の今の言葉はマリオンのことを心配しつつも、それでも作戦を成功させるための覚悟を述べたようにしか見えない。

だが、その言葉こそが祐人が自分と同じ気持ちであることが瑞穂には分かった。

「ええ！　必ず倒《たお》すわ！　敵は予想通りなの？」

「うん！　移動をしていない限り、敵は九割以上の確率で部隊から南南東の位置にいる！」

グエンはテインタンに瑞穂からの指示を伝え、マットウのいる装甲車《そうこうしゃ》の近くにいた。

テインタンは瑞穂の指示通りに全部隊に撤退の命令を出し、マットウの周りに戦力を集中させると続々と味方が集まりだし、敵からの攻撃に備えさせる。

敵の妖魔は既《すで》に散発的な攻撃になっていたので、マットウの護衛戦力としては十分な数がそろっていた。テインタンは祈るように瑞穂のいる方向を見ているグエンに声をかけた。

「グエン、ご苦労だった」

「ハ！　テインタン隊長！」

「これで、こちらは何とかなりそうだ。それで四天寺様たちは？」

「はい……シュリアンさんが第六、七、八の部隊の撤退の援護に向かいました……私たちのために。あの人たちの任務はマットウ閣下の護衛ですのに……」

「ふむ……。それで？」

「は？」

「それで四天寺様はどうしている？　ここに来ないというのには理由があるのだろう？」

随分《ずいぶん》と冷たい……。一瞬、テインタンに対しグエンはそう思ったが、テインタンは護衛部隊全体の指揮官だ。戦況《せんきょう》はできるだけ把握《はあく》したいのだろうと考え直す。

「はい……どのような作戦かは分かりませんが、ドウモリさんが敵の能力者の位置を割り出そうとしているようです。シテンジさんはその報告を待っているようでした。無線機が無くなってしまったので、今はとにかく合流するための努力をされていました」

「敵の能力者の位置を割り出す……だと？」

テインタンは片眉《まゆ》を上げた。

（やはり、昨日の辺りを走り回り、敵召喚士を探すという話は偽《いつわ》りか……あの小僧《こぞう》）

「それで……四天寺様と堂杜様は合流できそうなのか？」

「分かりません……が、シテンジ様は既に攻撃の準備をされていました。シテンジさんは合流できると信じているようです。だから私も……合流したドウモリさんとシテンジさんがこの敵の野郎《やろう》を倒してくれると信じています！」

グエンが拳を握り、ライフルを握りしめる。

「あの少年、少女たちは本当に大したもんですよ……って、あ！　ドウモリさん！」

突然、グエンが喜びの混じった驚きの声を上げる。

テインタンもすぐにグエンの見ている方向に視線を移すと、道に沿って止まっている車両群の横を猛スピードでこちらに向かってくる少年が目に入る。

祐人は瑞穂を両手で抱き上げているとは思えないスピードで走っていて、時には障害物をジャンプで飛び越《こ》える。

「あれは……合流に成功したのか」

テインタンはそう呟《つぶや》くと横でグエンが手を振り、祐人たちに大声を上げる。

「ドウモリさーん！」

「うん？　あれはグエンさんとテインタンさんだ！」

「え？　あ……ううう！」

瑞穂もグエンに気付いたが、それよりもこのお姫様抱っこの状態を他人に見られたのが恥《は》ずかしくて思わず顔を真っ赤にしてしまう。

「ドウモリさん！　敵をブッ飛ばしてやってください！」

祐人は移動スピードを落とさずに返事をする。

「グエンさん！　分かりました！」

そのまま横を通り過ぎようとする祐人たちにグエンはさらに大声を張り上げる。

「ドウモリさん！　敵の場所は分かったんですか⁉」

祐人はグエンの質問に返事をする。

「人体は！」

祐人たちはそのままグエンたちの横を駆け抜ける。

祐人の返事に目を見開いたテインタンは咄嗟《とっさ》に祐人の死角に身を隠した。

「どこです⁉」

祐人はグエンの質問に答えず、瑞穂を抱えた祐人の背中はあっという間に小さいものになった。その背中をテインタンは鋭《するど》く睨《にら》み、グエンは応援《おうえん》するような目で見送る。

だが……祐人は振り返《かえ》らずに持っていた刀を上に向け、チョンチョンと指すような仕草をした。その仕草にテインタンは気付き、目を大きく見開いた。

（ハッ⁉　今、上を……上を指した？　上……上空？　まさか、あの小僧！）

テインタンは突然走り出し、近くに置いてあった軍用バイクに跨《また》るとエンジンを素早《すばや》くかけて、祐人たちの後を追いかけて行った。

「あ！　隊長！　どこへ！」

グエンは全部隊の指揮をするはずのテインタンの行動に驚き、声を上げる。

だが、それに返事をせず、テインタンは祐人の後を追いかけるのだった。

テインタンは祐人の向かった方向にバイクを走らせながら一人声を張り上げる。

「ニーズベック様！　ニーズベック様！」

〝何事か……テインタン。我《わ》が召喚中は念話を極力避《さ》けろと言っておいたはずだ……〟

「は！　申し訳ありません！　ですが、機関から派遣《はけん》された小僧がそちらの位置を把握したと言い、走り去っていきました！」

〝馬鹿《ばか》なことを……我の位置は特定などできん。この愚《おろ》か者《もの》が……下らぬことで我を煩《わずら》わせるな……今、ガルムを召喚している。エクソシストの小娘を屠《ほふ》ってからそちらに向かわせる。もう事態は最終局面だ〟

「ニーズベック様！　お、恐らく、違《ちが》います。我々はあの小僧……堂杜という小僧に騙《だま》されていました！」

〝……言ってみろ〟

「あの小僧に特定したという場所を問いましたところ、あの小僧は上に……敵は上空にいると！」

〝……何？　上空だと……まさか〟

「はい！　あの小僧はニーズベック様を探してたんじゃありません！　あの小僧は最初からミズガルド様に狙《ねら》いを絞《しぼ》っていた可能性があります！」

テインタンはニーズベックのみならず、ミズガルドの居場所も知らされたこともないため、どこにいるのかは知らない。だが、ニーズベックとミズガルドが何かしらの連携をしているのは知っていた。

ただ、以前に一度だけミズガルドが姿を消したり、宙に浮《う》いているところを見たことがあるのだ。それで、祐人が上空を指した時にピンときた。

そこでニーズベックから念話を強制的に切られた。テインタンは伝えるべきことを伝えると祐人たちの足取りを追った。


テインタンはマットウの直属の魔下《きか》としては古株である。マットウが頭角を現して出世を重ねるたびにテインタンもそれに合わせるように昇進《しょうしん》していった。

テインタンのマットウに対する忠誠心は厚く、またその指揮能力の高さを買われてマットウの高級幕僚《ばくりょう》として扱われた。

だが……ある日、テインタンは帰宅途中《とちゅう》で異形の妖魔たちに襲《おそ》われ、囚われてしまう。

気づくとテインタンは蝋燭《ろうそく》のみで明かりを照らす薄暗い部屋に連れて行かれた。その時、テインタンは暴れ、相手を罵《ののし》りながらも、なす術《すべ》もなくロキアルムの前に引きずりだされる。

テインタンはどのような拷問《ごうもん》にも耐《た》える精神力を備えていた。

この時、場合によっては死を選ぶことも考える。

「マットウの犬よ……」

だがニーズベックの背後から現れたロキアルムという老人に睨まれるや、体が全く動かなくなり、息もできず、意識だけが明瞭《めいりよう》のままという異常な状態にされてしまう。

「うう……ムグゥ、フウウ！」

ロキアルムはテインタンを見て笑うと何かブツブツと言いながらテインタンに近づき、テインタンの額に人差し指を軽く当てた。

「……!?」

テインタンは意識だけが明瞭なまま、それを見た。

ロキアルムの指がテインタンの額に音も立てずに沈《しず》んでいくのだ。テインタンは声を上げることもできず、ただ、ロキアルムの指が自分の脳をかき混ぜるのを見ている。

そして、テインタンの目がグルリと回転し、意識は暗転した。

次の日……テインタンは自宅のベッドで目を覚ました。

テインタンは晴れ晴れとした気分だった。それはすべての煩わしさから解放されたような、何とも言えない高揚《こうよう》感。このような気持ちのいい気分は今まであったろうか？　そして、このような気分にさせてくれた方々への感謝と愛《いと》おしさがこみ上げてくる。

突然、テインタンの頭の中に……声が聞こえてくる。

〝我々の忠実な僕《しもべ》、テインタン……〟

テインタンはその言葉だけで感動にむせび、その場に平伏《へいふく》した。

その日、テインタンは何事もないようにマットウの配下として出仕した。


祐人たちは南北の道沿いを走っている。

「祐人、まだなの⁉　いい加減早く下ろして欲《ほ》しい……かも？」

「もうすぐだよ！　今から山林に入るから気をつけて。瑞穂さんは大技ぶちかます準備だけお願い！」

「もうできてるわよ！　まったく……あなたも少しぐらい緊張《きんちょう》しなさいよ」

「え？　僕も緊張しているよ。この作戦を立てたのは僕だし、責任を感じてるから……」

「もう……いいわ。急ぎなさい」

「分かった！」

そう言うと祐人は道から左側の山林に飛び込む。

「祐人、さっきから気になってたんだけど、その刀は何？　そんなの持ってた？」

「ああ、これは僕の愛刀の倚白だよ。普段《ふだん》は隠《かく》してるんだけどね」

「どこに隠してるのよ。いいえ、ということは、あなたは……」

「うん、僕はどちらかというと剣士《けんし》という方が正しいのかな」

「ふむ……まあいいわ、後できっちり説明してもらうから。あなたのこと……色々ね」

「あはは……うん？　よし！　もう着くよ！」

「ＯＫよ！　今までの鬱憤《うっぷん》をここで晴らすわ！」

そう言うと瑞穂は練り上げた霊力を掌握している精霊《せいれい》たちに供給する。

（精霊たち……力を貸してちょうだい）

腕《うで》の中で瑞穂の体がボンヤリと光を放ち始めるのを見て祐人は驚《おどろ》く。

（これは……凄《すご》い！　魔界《まかい》にいた精霊使いたちにも引けを取らない力を感じる！）

「ここだ！」

祐人は山林の中に現れた小さな広場の手前で止まる。そこで瑞穂を下ろすと瑞穂はちょっとだけ名残《なごりお》惜し気《げ》に祐人の首につかまっていた手を解いた。

二人は目の前の空間に入らず木々の後ろに身を隠すと瑞穂は顔を引き締《し》める。

「祐人、敵は……？」

祐人はその瑞穂の問いに人差し指を上に向ける。

「そこの……真上にいる」

◆

ミンラへの出発の前日。

祐人は敵召喚士と霊力系能力者の連携方法と今後の作戦を説明した。

「説明の前に……四天寺さん、マリオンさん、ちょっと僕に近づいてくれる？」

「え？」

瑞穂とマリオンは何故か頬を赤らめて祐人の言う通りに近づく。

「あ、いや、そこまで近づかなくてもいいから……」

「ハッ」

最初二人は普通に祐人に近づいたのだがマリオンが一歩前に行くと瑞穂も一歩前に、瑞穂が一歩前に行くとマリオンも出る、という行動をとったため、二人が必要以上に接近することになってしまった。

「マリオン、何やってるのよ……」

「瑞穂さんだって……」

「えっと、話を進めるね？　今、感じてるでしょ、僕の霊力を……」

「ああ、これがあなたの……想像以上に濃密《のうみつ》ね。書類で目は通していたけど……」

「はい、それにこれは……すごい量です」

「うん、特異体質で出ちゃうんだ。ほとんどコントロールもできないんだけど」

「で、これが敵の連携と何が関係してるのよ?」

「敵の霊力の霧《きり》だけど二人はまったくコントロールされた気配がないって言ってたよね?　この僕の霊力の質とは違うと思うけど……どう?　どこか似てないかな?」

「ああ、確かに!　これよりはるかに薄《うす》いですけど、このコントロールされていない漂《ただよ》っている感じが似ている気がします!」

マリオンの感想を聞いて祐人は頷く。

「じゃあ、この霊力の広がり方を見てみて」

瑞穂が祐人の周囲三メートルの辺りを一周する。

「円状?　に広がっているわ……うん?　違うわね、これは球状だわ」

祐人がもう一度、頷いた。

「そうなんだ。皆《みな》は霊力を出すとき、当然、コントロールしながら術を完成させるから、気にしてなかったと思うけど霊力をコントロールせずに広げると……こんな感じになるんだよ。僕の特異体質は例外だからちょっと違うんだけど……本来、これを実践《じっせん》するとその霊力の量によって漂う範囲《はんい》も広がるよ。マリオンさんできる?」

「はい、えーと、やってみます。こんな感じでしょうか？　ちょっとやったことがないので、慣れませんが……」

マリオンがそう言うと瑞穂が目を見開いた。

「ああ、似てるわ！　ちょっとマリオンの方が濃《こ》いわね……でも、このコントロールされていない、漂う感じ……」

「うん、今、マリオンさんは霊力を大分抑《おさ》えているでしょう。だから広がる範囲もこの部屋ぐらいかな？　ただ、これを敵の召喚士《しょうかんし》と組んでいる霊力系能力者は恐《おそ》らく相当量の霊《れい》力を出して広範囲《こうはんい》に漂わせているんだと僕は思ったんだ。あ、マリオンさん、もういいよ」

マリオンは霊力の発動を止めて祐人に顔を向ける。

「祐人さん、魔力系の敵召喚士はこの霊力の霧の中で感知能力を上げて、多数の妖魔《ようま》を遠《えん》距離《きょり》からコントロールしているんですよね。でも……そうなると敵召喚士は魔力を使って召喚妖魔を感知し続ける限り、微少《びしょう》だとは思いますがダメージを負い続けることになります。それでは召喚士の生命線である集中力が持つのでしょうか？」

マリオンの言うことはもっともな疑問である。瑞穂もそれは感じていた。

「そうだね……でも、この敵はそれを可能にした連中なんだと思う。というのも、そうでないと起きた事象を説明しづらいんだ。確かにまだ予想の範疇《はんちゅう》を出てはいない。でも、可能性も低くないと思う。だから、これを前提に敵に仕掛《しか》ける価値はあると思うんだ」

瑞穂とマリオンは今までの敵の召喚士がこちらの索敵《さくてき》にまったく引っかからないことを思い出す。確かに今は、この可能性にかける価値はあると二人も考えた。

「分かったわ、堂杜祐人。それで、さっきの作戦の説明の続きをしなさい」

瑞穂が促《うなが》すと祐人は頷いた。

「うん、まずさっきのコントロールされていない霊力の広がり方を知ってもらったわけだけど、これを利用する」

「それは……どうするの？」

『まあ、簡単な話だけど敵の霊力は球状に広がっている。敵の連携がこの仮定で正しいとすれば、敵は展開している霊力の範囲内《はんいない》に僕らと敵召喚士を含《ふく》んでいるのは間違《まちが》いない」

瑞穂とマリオンは祐人の話に喜色を浮かべる。

『なるほど、その中に敵の召喚士がいるのね。それなら大分、敵の場所を絞ることができるわ。それで召喚士のいる場所の特定方法は？」

瑞穂が意気揚々《いきようよう》と聞いてくるが、祐人は首を横に振った。

「いや、敵召喚士は探さないよ？」

「は？」

「え？」

祐人の言葉に瑞穂もマリオンも呆《ほう》けた顔をする。

「な、どういうことよ、堂杜祐人！　じゃあ、あなたはさっきから何の話をしてるのよ！」

祐人は、怒《おこ》る瑞穂をまあまあと宥《なだ》める。

「僕の作戦の狙いは……霊力系の敵能力者の方だよ」

「……！」

「正直、召喚士の場所が絞れても完全な特定は不可能だよ。聞いていると霊力の漂っている範囲は相当広い。まあ、霊力の展開範囲の中で僕らと一番遠い場所にいるだろうとは思うけど。でも、それでもかなり不確定だよ」

祐人は話を続ける。

「だけど、球状に広がる霊力の特徴《とくちょう》を利用して端《はし》の三点を確認できれば霊力を出している敵能力者の場所は割り出せる。だからまず、霊力系の敵能力者を叩く。そうすれば、この厄介《やっかい》な連携は壊《こわ》れて敵召喚士の自由度はだいぶ狭《せば》まるんだ。これは護衛する僕らにとってすごく大きいと思う」

「それは……あ、なるほど！」

マリオンは目を見開いて声を上げた。

「つまり、祐人さんは球の外面が通る三つの座標を特定すれば霊力系の敵能力者のいる場所……つまり、球の中心を割り出せる、ということですね！」

「本当なの⁉　凄いじゃない、堂杜祐人」

この二人からの称賛《しょうさん》に……祐人はちょっと気まずそうな返事をする。

「うん、それが……その通り！　と言いたいんだけど、実はその計算はすごく難しくて僕では解けないいんだよね。しかもそんなプログラムを作れる知識もないし」

「え？　ちょっと、それじゃ意味ないじゃない。褒《ほ》めて損したわ」

自分のことを棚《たな》に上げて瑞穂は落胆《らくたん》する。

「た、確かに、その計算は簡単にはできないですね。ましてや、どこで襲ってくるかも分かりませんし、今から正確な地図をプログラムして、正確な座標を入力とか……ちょっと」

「あはは……そうなんだよ」

「笑っている場合じゃないでしょう。どうするのよ、堂杜祐人」

「うん、だから……同じ標高の場所での三点を探す。すべて手作業で」

「それは……」

「あ、祐人さん、頭いい！　そうすれば……」

「そう！　そうすれば、単純な円の計算にできるんだ」

瑞穂はもう……このパターンに飽《あ》きてきたのか、イライラしてきた。

「堂杜祐人、もういいから全部説明しなさい」

「う、うん分かった。まず、僕の予想では敵の霊力系召喚士は恐らく……上空にいる」

「え？」

「!?」

「それは霊力を満遍《まんべん》なく漂わせるのに地形的に山が邪魔《じゃま》なんだよ。遮蔽物《しゃへいぶつ》が多いと霊力の広がりが歪《いびつ》になる。例えば、さっき霊力が球状に広がるって確認《かくにん》してもらったけど、その僕との間に何でもいいけど……」

祐人はそう言うと部屋にある棚を持ち上げて部屋の中心に持ってきた。そして、自分と瑞穂たちとの間に置く。

「今、僕の霊力がそちら側に届きにくくなっていると思うんだけど、どうかな？」

「あ！」

「本当です！　少し、感じづらくなりました」

「うん、皆も何となく感じてたとは思うけど霊力は遮蔽物を百%透過《とうか》しないんだよね。ましてや薄い霊気《れいき》を漂わせているだけだと尚更《なおさら》だと思う。そう考えると敵は僕らと同じ高さにいることはない。効率が悪すぎるからね。周りは大小の山々に囲まれていて遮蔽物だらけだし」

　祐人は棚を戻しながら続ける。

「本当は正確に敵の霊力系能力者がいる場所を割り出したいんだけど、それは計算が難しい。だから霊力の霧の切れる外面を同じ標高……同じ高さのところで確認する。この霊力の広がりを球ではなく面でとらえるんだ。そうすれば、その中心点の……」

　ここでマリオンは力強く頷《うなず》いた。瑞穂も不敵な笑《え》みを零《こぼ》す。

「その真上に敵はいる！」

　祐人も力強く頷きで返した。

「でも、これには前提条件があるんだ。まず、敵の霊力系能力者がその場所を移動しないという条件が必要になる。敵は戦況によって僕らと敵召喚士の場所の最適化を図《はか》ってくる可能性が高い。だから、僕らは襲撃《しゅうげき》があった場所から動かないことが重要だよ」

「なるほどね……」

「だから敵の攻撃《こうげき》圧力が増しても二人にはその場で踏《ふ》ん張《ば》って欲しい。僕はその間に霊力の切れ目のポイントを三点見つけてくる。それとＧＰＳは使うけど手作業での計算だから居場所にブレが出ると思う。どれくらいのブレになるかは分からないけど……」

「そこは問題ないわ。広範囲に術をぶちかませばいいわけよね。少しでも掠《かす》れば、ただでは済まない術を準備するわ」

瑞穂のセリフに祐人は笑みを零す。

その後、それぞれの役割と状況変化した場合の対応を話し終えると三人はお互《たが》いに顔を見合わせて頷き合った。

瑞穂は生気の溢《あふ》れた顔で右拳《こぶし》を左手で握りしめる。

「もう、細かいことはいいわ。要は私が敵に大技をぶちかませばいい、そういうことよ！」

こうして、作戦は決まった。

今回は敵の都合で攻《せ》められるのではない。むしろ相手の連携《れんけい》を利用して網《あみ》を張り、敵術者の一角を打《う》ち倒す、そのために敵を待つことになった。

◆

「ミズガルド！　聞こえるか？」

「……？　ニーズベック？　ニーズベック？」

「ミズガルド、そこから離《はな》れろ！　どうやらお前の居場所が割れた可能性が高い」

「誰《だれ》か来るの？　あの小娘《こむすめ》？　小娘が来る？　嬉《うれ》しい～、嬉しい～、あちらから来る～。

俺《おれ》、抱きしめる？　ヒヒヒ……」

「チッ！」

（このポンコツが……強化しすぎたか……）

「違うぞ、ミズガルド……。そこに来るのは男だ。お前を虐《いじ》めようと機関から来たランクDの劣等《れっとう》能力者が向かっている」

「……男？」

「そうだ、男だ」

「お、男嫌《きら》い！　嫌い～！　硬《かた》くて美味《うま》くない！　ミズガルドそいつ殺す！」

「待て、そいつらに構うな。お前はそこからすぐに場所を変えるのだ。それだけでいい、急げ。でなくば、あの小娘たちはお前にやらんぞ」

「……う……うう」

「分かったか？　ミズガルド。小娘が欲《ほ》しければ、すぐにそこから移動しろ！」

「ミズガルド、小娘欲しい～。分かった……移動する～。どこへ移動？」

「どこでもいい！　早くしろ、もうそこまで来ているかもしれん」

そこで念話が途切《とぎ》れるとニーズベックは吐《は》き捨てるように呟く。

「チッ、クズが……。このミズガルドもそろそろ交代か……。だが、次の代替品《だいたいひん》がまだ完成しておらん。あのクズでも、まだ失うわけにはいかぬ」

ニーズベックは増援《ぞうえん》として来たランクDの低能力者など眼中にはなかった。

だが今は、そのたかがランクDの小僧に自分たちの思《おも》い描《えが》く絵が少しずつ狂《くる》わされ始めていることを感じていた。しかもあるまじきことに主《あるじ》ロキアルムによって考案された戦術までもが看破され、対策を練られていたのだ。

「忌《い》まわしいランクDの小僧……なんと言ったか？」

ミズガルドは霊力《れいりょく》を出す能力と姿を隠す術以外は特筆するべき能力は持っていない。

そのため、戦闘《せんとう》能力となるとニーズベックに大きく劣《おと》る。

（いや、小賢《こざか》しい小僧のラッキーパンチなど、どうでも良い。我々の真の目的は別にあるのだ。ロキアルム様のご足労で、あの土地……あの奇跡《きせき》の魔地《まち》は手に入った。あとは魔神《まじん》の召喚さえなれば……世界は我々を無視できん！）

ニーズベックは視点を切《き》り替《か》え、そのように考えると醜悪《しゅうあく》な笑みを零す。

「フッ……言うなれば、これは事のついでよ！　マットウも機関の能力者どもも、この地で果てるがいい！　我々の前に立った不運を呪《のろ》え」

しかし……実はこの時、ニーズベックはこのランクDの少年を危険な存在と理解し始めていた。そういう勘《かん》に能力者は優《すぐ》れているのだ。

だが、感情がそれを認めない。

認めることなどあり得ない。

たかがランクDの劣等な小僧が自分たちスルトの剣《けん》の危険な存在に成りうるなどということはあってはならないのだ。

このニーズベックの強い感情的な拒否《きょひ》感。

これが祐人たちをここで倒さねばならない、という焦《あせ》りに変換《へんかん》されていることをニーズベック自身が気付いてはいなかった。

他に重要な目的があるのならば、ここでの戦闘にこだわる必要はない。撤退《てったい》しても良いのだ。だが、深層心理に生まれたこの焦りがニーズベックの柔軟《じゅうなん》な考えを奪《うば》っていた。

結果的にミズガルドへの指示が中途半端《ちゅうとはんぱ》なものになってしまう。

この僅《わず》かなミス。それがミズガルドに最悪の事態を招いた。

祐人と瑞穂の行動がミズガルドの移動よりも僅かに先んじていたのだ。

今、祐人と瑞穂はこの漂う霊力の霧の大本、ミズガルドを捉《とら》えようとしていた。

祐人たちは敵がいるであろう、上空に目をやる。目には映らないため、祐人たちにすれば信じるしかない。二人は目を合わせると同時に頷いた。

「瑞穂さん、念のため言っておくけど、敵の居場所にはある程度のズレはあると思って！」

「分かってるわよ。そんな誤差は私の術の展開範囲に収まるわ！」

そう言うと瑞穂は目の前の草原《くさはら》に飛び出す。

「はあああ！　行くわよぉぉぉ！」

溜《た》めに溜めた精霊たちを携《たずさ》えながらここまで移動してきた。

それだけで瑞穂の精霊使いとしての卓越《たくえつ》した能力を示している。

莫大《ばくだい》な数の精霊たちが解放されると凄《すさ》まじいうねりを上げ、瑞穂を中心に回転を始める。

「大気と炎《ほのお》よ！　踊《おど》れ踊れ！　南方の焔《ほむら》、西方の大風、汝《なんじ》らの邂逅《かいこう》はこの地にならん！」

精霊使いに詠唱《えいしょう》の意味はない。これは精霊と感応を高めるための四天寺流の詠唱だ。

詠唱が始まると祐人は術の規模の大きさに驚愕《きょうがく》の表情を浮かべ、瑞穂の能力発現に思わず声を上げてしまう。

「こ、これは……凄い！　多系統の行使は魔界でも扱《あつか》える人はほとんどいないのに！　しかも、この規模でコントロールする人は僕《ぼく》も一人しか知らないよ！」

新人試験の時に瑞穂が天才と謳《うた》われ、名門四天寺家の次世代を担《にな》うとは聞いていた。だが、ここまでのものとは祐人も想像していなかった。

今の瑞穂の姿を見て、魔界で出会った精霊使いが言っていたことを思い出す。

「精霊使いの能力の向上の仕方だぁ？　馬鹿か？　祐人は。精霊使いを精霊の掌握《しょうあく》の強さで測るから能力の向上とか的外れなこと言うんだよ。精霊使いの武器はな、精霊にどれだけ愛されるか、なんだよ。強くなりたいじゃねー、自分は精霊を知りたい、精霊に自分を知ってほしい、これを自然にやっているのが良い精霊使いってもんだ。俺ぐらいになるとな、精霊に嫉妬《しっと》されて俺の取り合いになるからな。あ痛てて！　特に火と風の精霊ちゃんは暴《あば》れん坊《ぼう》だ……あ熱ちち、って、おまえら止めろ！」

（シュールレさんの場合、素行が悪くて精霊に怒られてたような気もするけど……。でも、それも精霊に愛されていた証拠《しょうこ》か。じゃあ、瑞穂さんも相当、愛されてんだな）

祐人は魔界の精霊使いシュールレが敵に襲われると精霊たちが自らの意思で彼《かれ》を守っていたのを思い出した。

祐人は瑞穂をジッと見て、あることを心に誓《ちか》った。

（この人は絶対に怒らせないようにしよう）

この時、まさに瑞穂の術が成る。

「ふう……行きなさい、精霊たち。私の今までの憂《う》さを晴らしてきてちょうだい！」

途端《とたん》に瑞穂を中心に強力な上昇《じょうしょう》気流が末広がりに、そして高スピードで巻き上がった。

その円錐《えんすい》の底が上空に広がっていくような上昇気流を祐人も目で追いかける。

敵がそこにいるのか、まだ予想に過ぎないのだ。祐人は祈るように上空を睨む。

すると……瑞穂の真上の上空であり得ないことが起きる。

何もないはずの青空に亀裂《きれつ》が走ったのだ。

まるで空を覆《おお》う巨大《きょだい》な鏡が割れたような耳障《みみざわ》りな音を立てる。

直後、空の亀裂の内側に風船のように肥え太った人間のシルエットが見える。

「あ、あれは……やった！　瑞穂さん、敵がいたよ！　よし、落ちてきたところを僕が！」

祐人は敵を確認すると木の裏から飛び出した。絶対にこの敵を逃《のが》したくない。

祐人は愛刀である倚白の刀身を鞘《さや》から抜《ぬ》き放つ。

今、瑞穂の真上百メートル付近に敵能力者がいる。敵は瑞穂の風精霊術で身体を拘束《こうそく》されると苦しそうにうめき声をあげ、こちらを見下ろしてきた。

（絶対にここで倒す！）

祐人は仙氣を噴出《ふんしゅつ》させる。それは当然、敵が落ちてきたところに一刀を加えるためだ。

ここで必ず再起不能にしておかねばならない。

ところがその時……瑞穂が微笑《びしょう》を浮かべた。

「ふふふ……祐人、私の術はまだ発動していないのよ？」

「……え？　でも今、発動してるんじゃ……あ」

（いや、瑞穂さんは二系統の精霊を掌握していた。あれはまだ風だけ……）

祐人が瑞穂に視線を移すと……背筋に悪寒《おかん》が走った。

何故《なぜ》なら、瑞穂の右半身が火精霊で燃えている。

するとそれは溜められ、凝縮《ぎょうしゅく》され、さらに圧縮されて、瑞穂の右手に集まっていった。

祐人は精霊術の細かいことなど知らない。

しかし、瑞穂のそれはとてもやばいものだということは分かる。

「祐人、あなたはもういいからマリオンのところへ行きなさい」

「で、でも！　まだ敵は……」

「――!!」

上空から敵の能力者……ミズガルドの悲鳴が聞こえた。祐人はハッと上空を見つめるとミズガルドが暴風に包まれ、五体が強制的に空に張り付けられている。そしてミズガルドを拘束する末広がりの上昇気流は徐々《じょじょ》に絞られ、次第《しだい》に一匹《ぴき》の昇竜《しょうりゅう》のように集束していく。

今、ミズガルドは風の竜《りゅう》の中で完全に自由を失っていた。

この場から移動を開始する直前に突如《とつじょ》、下方から巨大な烈風《れっぷう》に襲われ、抗《あらが》おうとするも体に巻き付く強烈《きょうれつ》な風圧とかまいたちに行動不能に陥《おちい》ったのだ。

さらに己《おのれ》の意思に反し徐々に地面の方に引きずり下ろされていく。

ミズガルドは数え切れぬ裂傷《れっしょう》を負いながら逆さになり、下方を恨《うら》めしそうに睨む。

するとその視界に瑞穂が入った。

「アガガガァ!! こ、小娘《こむすめ》! ゴムスメ〜! ギザマ、オマエ抱《だ》きしめる〜、俺の小娘〜」

瑞穂はミズガルドの視線を受けると、まるで汚《きたな》いものを払《はら》うように自身の艶《あで》やかな黒髪《くろかみ》を後ろに払った。

「はん! 悪いけど趣味《しゅみ》じゃないわ! でも代わりに……あなたの抱きしめるべきものをあげる」

そう言うと瑞穂は右の手のひらの上に乗った小さな灯《ともしび》を口元に持ってくる。

そして……。

超超《ちょうちょう》 高密度に象《かたど》られた火精霊の塊《かたまり》に、フウ、と優《やさ》しい寝息《ねいき》のように息を吹《ふ》きかけた。

「自身の罪を悔《く》いて地獄《じごく》の業火《ごうか》に焼かれなさい。あ、その時に地獄の業火と私の業火……どちらが辛《つら》いのか、比べながらね!」

瑞穂の手から離れた小さな炎がゆっくりと吹き上《あ》がる上昇気流に合流する。

途端にその炎は眩《まばゆ》い閃光《せんこう》を放ち、天に駆《か》け上《のぼ》った。

「うわ!」

祐人は咄嗟に両腕《りょううで》で目を庇《かば》いつつも空に駆け上がる炎に目を奪われる。それはまるで凧の竜が炎の竜に塗《ぬ》り替わっていくような映像だった。

ついに風の竜が炎の竜に取って代わられる。

「ビ‼　ゴムスメー！　ゴムスベー！　ゴム……ブハァァ‼」

ミズガルドは逆さになった体の頭部から……炎の竜の咢《あぎと》に飲み込まれた。

風精霊によって集められた高純度の酸素に火精霊による超高火力の炎によって、本来起こる燃焼《ねんしょう》の数十倍の熱量に包まれる。無限に酸素が供給され、自然界に存在しない高純度の炎がそれを惜《お》しげもなく費やす。

ミズガルドは霊力の霧を解除し、なりふり構わず自身の防御《ぼうぎょ》に霊力を集中した。だが、いとも簡単に防御障壁《ぼうぎょしょうへき》は竜に食いちぎられる。

それはもはや……生物が存在できる状況《じょうきょう》ではない。

ミズガルドの体は燃焼しながら落下する。ミズガルドが瞬時《しゅんじ》に消し炭にならないのは、霊力の防御と自身の蓄《たくわ》えた脂肪《しぼう》のおかげだったにすぎない。

両の四肢《しし》が炭化したミズガルドは祐人たちの前方の地面に墜落《ついらく》し、手足が粉々に砕《くだ》け散《ち》る。

「ふうー」

瑞穂は自身の持つ対個体最強攻撃術を放ち、大きく息を吐いた。

その横で祐人はこの超級《ちょうきゅう》の攻撃術に驚きを隠せずにいた。

「な、なんて術なんだ……」

その祐人の呟《つぶや》きに瑞穂はやや青ざめた顔色で不敵に笑う。

「驚いたかしら？　祐人。これが……私の隠し玉よ。名前はないわ……これは私のオリジナルだから。まあ、術の発動まで時間がかかるのが難点だけど」

「凄いよ、瑞穂さん。これは瑞穂さんが当初言っていた僕が瑞穂さんの大技《おおわざ》を繰《く》り出《だ》すまでの時間稼《かせ》ぎをする、という作戦は正しいよ。これだけの威力《いりょく》があれば……単純だけど、今回のような変則的な敵でなかったらほぼ全《すべ》ての局面で使える、強力な作戦になるよ！」

「祐人……私を誰だと思っているの？」

目に力を籠《こ》め、そう言ったところで瑞穂はガクッと膝《ひざ》を折った。

「瑞穂さん！」

祐人は慌《あわ》てて近寄り、瑞穂の腕を取りその体を支えた。祐人は瑞穂の疲労困憊《ひろうこんぱい》の顔色を見て、それが明らかに霊力の枯渇《こかつ》の症状《しょうじょう》であることに気付いた。

だが瑞穂はすぐに祐人の支えをいらないとばかりに一人で立ち上がる。

その目に籠《こも》った力は失っていないどころか、さらに光を放っているようにも見える。

「私は四天寺瑞穂よ！　機関の能力者の定めるAランカー！　そして、近い将来、SSランクに上り詰《つ》める者よ！」

祐人は弱っているはずの瑞穂から自信と誇《ほこ》りが充填《じゅうてん》された気迫《きはく》を見る。

「だから祐人、私はいいから早くマリオンのところに行きなさい！　マリオンが抑えている大物の妖魔を倒《たお》せばこの戦いは私たちの勝ちよ。あなたの立てたこの作戦を完成させるのよ！」

「……！」

瑞穂の鋭《するど》い視線を受け……祐人は静かに頷いた。

「……分かった。すぐにマリオンさんの援護《えんご》に行く！」

祐人はそう言うと体を翻《ひるがえ》しマリオンのもとに向かった。

祐人が立ち去るのを見て瑞穂は再び、片膝《かたひざ》を折り……笑う。

「ふふふ、祐人、今の私には何となく分かってきたわ。あなた……強いでしょう？　だってさっきから精霊たちが伝えてくるのよ。後は休んでいいって。何故なら、あなたがいるから大丈夫《だいじょうぶ》……って。こんな声が聞こえるのは成人の儀《ぎ》以来、初めてだわ」

「ニ、ニ……ズ……ベック～……」

「！」

突然《とつぜん》、煙《けむり》を上げている炭の塊から……うめき声が耳に入り瑞穂は顔を固くする。

「ニーズ……ベック……ロキ……ア……ルム……ザマ」

だが……すぐに声は途絶《とだ》え、ピクリとも動かなくなった。

瑞穂は全身を包む疲労《ひろう》に抗い……炭になったミズガルドの前に立つ。

(ニーズベック？　ロキ……何？　ロキ……ルム？)

瑞穂は眉《まゆ》をひそめつつ、ただの炭の塊になったミズガルドに目を落とした。


たった今、ミズガルドが撃破《げきは》されたことをニーズベックは確信した。

それは霊力の霧が消えかかり始めていることに気付き、その後、ミズガルドに念話を試みるも全く応答がなかったためだ。

(……まさか！　まさか！　ポンコツは逃《に》げ遅《おく》れた……いや殺《や》られたか！　ぬう！　これでは霊力の霧はなくなりガルムを感知できなくなる！)

ミズガルドが撃破されたのは間違いない。

ということは、もうすぐ遠距離から召喚妖魔の操作ができないことを意味した。

この想定外の事態にニーズベックは焦りを隠せなくなる。

これではたとえ妖魔たちを再召喚し、マットウの部隊に向かわせたくとも着く頃《ころ》にはミズガルドの霊力の霧がない状態。それでは正確な感知及《およ》び操作ができないため新戦力を投入できない。

もし、このまま攻撃を継続《けいぞく》するのならば、今、身を隠し、結界に守られているこの安全な場所から戦場に近づかなくてはならないのだ。

つまり、ニーズベックの選択肢《せんたくし》は二つ。

一つは、リスクを冒《おか》し自身が自分の召喚した妖魔を感知、操作のできる距離《きょり》まで敵に近づくか、二つ目はリスクを取らずに手を引くか、というものだった。

そして今、これ以外にもニーズベックにとって予想外のことが起きていた。

「ええい！　このエクソシストの小娘もちょこまかと小賢しい！　戦う気があるのか！」

それは自分の切り札でもあるガルムを召喚したにもかかわらずマリオンに阻《はば》まれ、マットウに近づけないでいたのだ。ニーズベックは防御主体のエクソシストの術にうまく躱《かわ》され、散らされ、明らかに攻めあぐねていた。

機関Aランカーであるマリオンのガルムに対する対処は非常に巧妙《こうみょう》だった。

ガルムが咆哮《ほうこう》を上げながらマリオンに襲《おそ》い掛《か》かると、マリオンは迷わず引きながら光の聖盾を何重にも展開し、ガルムの行く手を阻む。そして、逃げる方向は決まってマットウのいる部隊の反対の方向だった。

ところが、マリオンを無視してガルムをマットウに向かわせようとすると彼女《かのじょ》はこれを執拗《しつよう》に追撃《ついげき》して、ラファエルの法衣《ほうえ》から出した短剣《たんけん》でガルムの四肢を中心に背後から攻撃してくるのだ。

ミズガルドがいない今、霊力の霧が完全に晴れるのは時間の問題である。

それがニーズベックの焦りと怒《いか》りを余計に逆撫《さかな》でした。

「チィィ！」

霊力の霧が消えるだろうタイムリミットに焦り、ニーズベックは再度、マリオンを無視してマットウの本隊にガルムを向かわせる。

すぐさま振《ふ》り返《かえ》ったマリオンがラファエルの短剣を放ち、ガルムの後《うし》ろ脚《あし》に刺《さ》さる。するとガルムの脚は強力な聖属性の浄化《じょうか》作用でドロドロに溶《と》け、転倒《てんとう》し、ガルムはその機動力を奪われてしまった。

マリオンはガルムの脚に刺さったラファエルの短剣を光の糸で自分の手元に引き寄せると、ニコッと笑い、挑発《ちょうはつ》する。

「エクソシストに後ろ姿を見せる魔獣《まじゅう》なんて、もうダメダメですよ。プライドはないんですか？　大きなワンコちゃん」

マリオンの戦いの最中とは思えない穏《おだ》やかな言いようにガルムは怒り狂いマリオンに突進する。

「あら、怖《こわ》いです」

ガルムを挑発した言葉は一体どこへやら、エクソシストであるマリオンは魔獣に背を向けて逃げる。光の聖盾を幾重《いくえ》にも展開することを忘れずに。

このマリオンの戦い方はニーズベックにとって非常に煩《わずら》わしいものになった。

ニーズベックはガルムが傷を負うたびに、魔力《まりょく》と生贄《いけにえ》を使いガルムを修復している。

つまり、マリオンはガルム召喚の代償《だいしょう》を知ってのことか分からないが、ニーズベックにとって非常に分の悪い消耗戦《しょうもうせん》を強《し》いていたことになった。

「このぉぉ小娘ぇぇ！」

ニーズベックの怒りの叫《さけ》びはマリオンには届いてはいないが、ガルムの戦い方がさっきよりも雑になり、召喚士の焦りのようなものをマリオンは見てとった。

（これは、状況が動いている？）

そう考えた時、マリオンは霊力の霧が消えかかっていることを感じとった。

（これは霧が……！　祐人さんたちが敵の霊力系能力者を捉えたんですね！）

マリオンは一瞬《いっしゅん》だけこの少女らしからぬ笑みを見せると突然、立ち止まった。

そして、今までと打って変わり自分に襲い掛からんとしているガルムに相対する。

「もう……時間稼ぎの必要はなくなりました」

（は？　この小娘は何を言っている……？）

ガルムの耳を通し聞こえてきた少女の言葉の意味がニーズベックには分からない。

「私の目的は二つありました。一つは護衛兵の皆さんの撤退の援護。もう一つはあなたをここに釘付《くぎづ》けにすること。ですが、もうやめます。分かりますか？　この意味が」

ガルムは牙《きば》を剥《む》き、吠《ほ》えながら十数トンある巨体《きょたい》を跳躍《ちょうやく》させて立ち止まったマリオンの頭上から爪《つめ》を突《つ》き出した。

「ゴアアアア！」

その巨体にのしかかられるだけでも生存確率はゼロに近い。それに加えてマリオンの身長を超《こ》える巨爪《きょそう》がその体を引《ひ》き裂《さ》かんと迫《せま》る。

だがマリオンは、その場から微動《びどう》だにしない。

巨獣《きょじゅう》の狂爪がマリオンの脳天を直撃《ちょくげき》する。

ところが……。

ガルムの全体重を乗せた爪がまるで滑《すべ》るようにマリオンを避《さ》けて、マリオンの左右の僅か数メートルのところの地面をえぐった。激しい振動《しんどう》と地響《じひび》きが巻き起こる……が、マリオンは体勢を全く崩《くず》さず、下方から魔獣の顔を見上げた。

（な！　一体、何が!?）

ニーズベックはガルムの目を通しエクソシストの少女を見下ろした。

（な……んだと？）

ニーズベックは驚愕する。

マリオンは光の聖盾を自身の頭部から半開きの傘《かさ》のような角度で展開し、ガルムの直線的な攻撃を光の盾で滑らせたのだ。

受ける接地面の角度を変えることでガルムの爪の重圧を減弱させ、逸《そ》らし、その力を横に逃すという、見切り能力と術への信頼《しんらい》がなければできない芸当だった。

相当の胆力《たんりょく》がなければ、やろうとも思わないだろう。

「戦っていて私には分かりました。ワンコちゃんを倒すことはできるなって。でも、もし私が倒して、多数の妖魔が再召喚されて瑞穂さんのところに行かれたら困るなって思ったんです。私たちの目的は霊力の霧《きり》を出す能力者を撃破することだったんですから」

マリオンは柔和《にゅうわ》な表情でニッコリと笑う。

（だから何を言っている！　この小娘は！）

マリオンの言うところの意味が分からず、ニーズベックは生意気なエクソシストの少女に、再度、ガルムに攻撃の命令を出そうとする。だがそれと同時にマリオンの背後の木々の間から祐人が飛び出してきた。

「マリオンさん！　無事ですか⁉」

（チッ！　増援か！　もう、これ以上は霊力霧《れいりょくむ》が消えて感知できなくなる！）

マリオンの援護のために山林の中を駆け抜けてきた祐人はガルムの真下にたたずむマリオンを見て驚愕する。

だが、マリオンはガルムの下で祐人に振り向《む》いて微笑《ほほえ》んだ。

「大丈夫です、祐人さん。このワンコはもうお終《しま》いですから」

「へ？　ワンコ？」

マリオンはそう言うとラファエルの短剣を右手に掴《つか》み、それを上方にいるガルムの顎《あご》に向けた。マリオンから穏やかな光と風が発生し、その柔《やわ》らかな風はマリオンのみならずガルムの巨体をも包み込み始める。

（何⁉　動かん！　ガルムが動かん！　何だ、この小娘は何を！）

これにニーズベックが目を見開くと現場にいる祐人も目を奪われた。

何故なら、マリオンから清浄《せいじょう》な霊力が溢れだし、その霊力を余すことなく短剣が吸収していくのだ。そして刃《は》が朧《おぼろ》げな光を放ちだす。

すると刃が伸長《しんちょう》していき、短剣というよりもレイピアに近い形状に変化した。

「いきます！　暗き底に帰りなさい、ワンコちゃん」

マリオンの目と眉間《みけん》に力が入る。

動けないでいるガルムの下方からマリオンはフワッと跳躍した。そして、なんと何人もの屈強《くっきょう》な兵を屠《ほふ》った強靭《きょうじん》なガルムの顎《あご》をレイピアでいとも簡単に貫《つらぬ》く。

「ハァァッ!!」

さらにはそれだけに留《とど》まらず一気呵成《いっきかせい》にガルムの下顎《したあご》から喉元《のどもと》へ振り下《お》ろした。そのレイピアはまるでそこに何の障害もなかったように綺麗《きれい》な弧《こ》を描く。

一陣《いちじん》の風のような澱《よど》みない動作。祐人はその一連の流れをただ見ているだけであった。

ラファエルの法衣を纏《まと》ったマリオンはエメラルドの羽のようにゆっくりと音もなく着地するとガルムに背を向けた。

そして短剣に戻《もど》った刃を鞘に納めながら祐人のいる方向に楚々《そそ》とした表情で歩いて来る。

「祐人さん、終わりました。　瑞穂さんと合流しましょう」

「え⁉　う、うん、そうだね」

そう答えつつも祐人は見ていた。

マリオンの背後で高位魔獣ガルムの体が縦に真っ二つに割れ、裂け目《め》からは光が溢れだしている。その後、光がガルムの全身を包むとガルムは跡形《あとかた》もなく消滅《しょうめつ》してしまった。

（す……凄《すご》い）

祐人は呆然《ぼうぜん》としてマリオンに目を移す。

今、祐人の前にいるマリオンの戦闘力《せんとうりょく》は新人試験の時とは別人のように見えた。

だが……祐人はこのような場面を魔界《まかい》で数度、経験したことがある。

命をかけた修羅場《しゅらば》を経験した者、または自分よりも強い敵と相対し生き残った者たちが、まるで階段を駆け上がるように成長していく様を……。

（まさか、ただ一回の……ガストンとの闘《たたか》いがマリオンさんをここまで成長させたのか？　だとしたら、この人は戦闘において稀代《きたい》の才能を有していると言っても……）

「祐人さん？」

「あ、ああ！　ごめん！　行こうか」

「はい！」

マリオンは戦いの疲《つか》れを感じさせない笑顔《えがお》を見せた。


祐人とマリオンが瑞穂と合流のために移動を開始した頃……。

テインタンは草木の間から姿を現し、かつてミズガルドであったろう炭の塊を発見した。

テインタンは衝動的《しょうどうてき》にミズガルドの成れの果てに走り寄る。

「ミ、ミズガルド様！　あああ、なんてお姿に……」

テインタンはミズガルドの前で両手をつくと大きな声で嘆《なげ》いた。

「ミズガルド……様？　今、様って言ったわね、テインタンさん、いえ、テインタン！」

「ハッ」

背後から少女の声がかかり、慌てたテインタンは後ろを振り向く。

そこには……世界能力者機関のAランカー、四天寺瑞穂が立っていた。


マットウの部隊が襲撃を受けて数刻経《た》った頃、ミレマーの支配者であるカリグダはティーカップをソーサーの上に落としかけた。

「何だと！　それは本当か⁉」

「はい、事実でございます」

ミレマー首都ネーピーにある元帥府《げんすいふ》の応接室でカリグダは大きな声を上げた。

今、カリグダの前にはフード付きのコートを着た頭髪《とうはつ》のない男が座《すわ》っている。重大な報告があると元帥府に舞《ま》い戻ってきたのだ。

「これをご覧ください」

ロキアルムはそう言うと、カリグダに一枚の写真を差し出した。

カリグダは受け取った写真を食い入るように見ると目を大きく開く。

「こ、これは……！」

その写真には若きの日のマットウとグアランが笑みを浮《う》かべて立っている。

そして、その間には優し気《げ》な表情を浮かべる女性が赤子を抱いて座っていた。

ロキアルムはニヤッと笑う。

「はい、どうやらグアラン閣下は最初から元帥を裏切っておられたようですな」

怒りの形相のカリグダは腹に蓄えた脂肪を震わせて、写真を握《にぎ》り潰《つぶ》した。

◆

ニーズベックは放心状態でいた。

「ガルムが……倒された……だと？」

ニーズベックは若いエクソシストの少女に超《ちょう》が付く上位魔獣ガルムが撃破された事実をまだ受け入れることができていなかった。

だが徐々に意識が明瞭《めいりょう》になってくると、怒り、口惜《くちお》しさ、失敗、理不尽《りふじん》、そして、憎《にく》しみが増幅《ぞうふく》し、それらが混在した感情が湧《わ》きあがった。

「あの機関の能力者どもがぁぁ！　許さん！　許せるわけがない！　このスルトの剣に歯向かうなど！」

ニーズベックはヒステリックな子供のように叫び、暴れて、自身の召喚中《しょうかん》に負っている怪我《けが》のことも顧《かえり》みずに、その異様に長い腕《うで》と脚を振り回《まわ》す。

「このようなことはあり得んのだ……」

結界に守られた廃村《はいそん》の小屋の中でニーズベックは荒《あら》い息で拳を握りしめる。

「よかろう……私自らそちらに出向いてやる。もう、マットウなどだけの問題ではない。あの機関から来た小僧《こぞう》と小娘たちに息をすることすら後悔《こうかい》させてやろう……」

そう言うと壮絶《そうぜつ》な笑みを浮かべ、ニーズベックは小屋の粗末《そまつ》な扉《とびら》に手をかけた。

〝ニーズベック……〟

「ハッ、ロキアルム様！」

ニーズベックは突然聞こえてきた主の声に、慌てて膝をつき平伏《へいふく》する。

〝そちらの首尾《しゅび》はどうか？〟

「ハッ……はい、今から私が出向き、奴《やつ》らの息の根を止めて参ります！」

〝……ククク、もう良い。分かっておるぞ……。失敗したのだろう〟

「いえ！　まだです！　まだ終わってはおりません。これから……」

〝だからもう良いと言っている。お前が前線に出向くこと自体が失敗を物語っておるではないか。ということはミズガルドもやられたか……〟

「は、はい……し、しかし」

〝もう放っておけ。それより今からあの地へ向かうのだ。私も用事を済ませたらすぐにそちらに向かう〟

「……！」

〝お前が必要なのだ、ニーズベック……〟

「は⁉　い、今、なんと？」

〝お前が必要なのだ。もう、そちらの仕事に意味はない。それよりも我々の悲願が叶《かな》う時が来たのだ。我々の聖地になるはずのあの地に向かい、召喚の儀式《ぎしき》の準備をすすめるのだ。良いか？〟

「ハハー！　承知いたしました、ロキアルム様！　すぐに出立いたします！」

ニーズベックは感動に打ち震《ふる》えるように地面に額をこすりつけた。

〝心配するな、ニーズベック。これが成ればお前の口惜しさも晴れる。あの機関からの能力者どもだけでなく、世界すべての能力者が慌てふためくだろうからな……〟

そこで念話が途切れるとニーズベックは感動の面持《おもも》ちで静かに立ち上がり姿を消した。

そして、ロキアルムは念話を切ると口を歪《ゆが》ませる。

「ククク……そうだ、ニーズベック。お前が必要なのだ……お前がな」

マットウの部隊が再び移動を開始した頃、その目的地であるミンラの街で長身の男がコーヒーに口をつけた。そのミレマーではあまり見ない欧米人《おうべいじん》の男は小さなホテルの小さなラウンジでミレマーの少女と共に座っている。

何とも奇妙《きみょう》な組み合わせの客だった。

「おお、意外とコーヒーも美味《うま》いですねぇ～」

「ありがとうございます。ニイナお嬢様《じょうさま》もコーヒーはいかがですか？」

「いえ、もう私は行きますので」

ミレマーの少女は礼儀《れいぎ》正《ただ》しく背筋を伸《の》ばして受け答えする。

その所作から良家のお嬢様なのだろうと見る者が見れば想像ができただろう。

実はコーヒーを進めたのはこの小さなホテルの支配人だ。

今、ニイナと呼んだ少女が来店されたと聞いて慌てて自ら挨拶《あいさつ》に来たのだ。

というのも、この少女はこの街の重鎮《じゅうちん》の一人娘《ひとりむすめ》。

ホテルのオーナーとしては最大限の扱いをしなくてはならない。

「では、興味深いお話ありがとうございました」

「いえいえ、またお会いしましょう。お父上にもよろしく」

「はい、我《わ》が父、マットウも今日の話は益《えき》になるものです。次回は是非《ぜひ》、私どもの屋敷《やしき》までお越《こ》しください」

「はい、その節はお伺《うかが》い致《いた》しましょう」

ニイナは立ち上がると軽く会釈《えしやく》をし、お付きのＳＰと共にホテルを出て行った。

ホテルのオーナーは軽く汗《あせ》を拭《ふ》くとマットウの一人娘と面会をするという不可思議な人脈を持つ欧米人に顔を向ける。

「失礼ながら、お客様は外交官か何かで？　見たところ、ご旅行でもなさそうですし……今、ミレマーは少々不穏《ふおん》ですし……」

「ただの一般人《いっぱんじん》ですよ。ここにはですね、ちょっと私のご主人……いや、友人を待っていましてね。その方はとても忙《いそが》しいようですので、私がちょっとお手伝いに来た次第です。でも、いい街じゃないですか、このミンラは」

その客は、くすんだ銀髪《ぎんぱつ》の下から彫《ほり》の深い目をのぞかせて愛想《あいそ》の良い顔をした。

ホテルのオーナーもそれ以上は詮索《せんさく》しなかった。そもそも、ホテル家業の人間としてはお客の素性《すじよう》を直接探《さぐ》るようなことはしてはならない。

それにマットウの一人娘であるニイナをこんなところに呼び出し、面会をするということができるというのは相当な人物なのだろうとも思えたのだ。

「お客様にそう言って頂けると嬉《うれ》しいです。昔はもっとのどかだったんですが、今は民主派の兵たちが見回っていてちょっとピリピリしてるんですよ」

「そのようですねぇ」

この客が笑いかけるとホテルの主人は、突然楽しそうに初対面とは思えないほどに気を許し、街の人間しか知らない事情や噂話《うわさばなし》までペラペラと話していく。

それをこの客はにこやかに頷《うなず》きながら聞いていた。ホテルのオーナーは一通り話し終えると、その客に頭を下げる。

「では、なにもお構いできませんが、ごゆるりとしてください、ガストン様」

「いえいえ、こちらこそ楽しかったですよ～」

支配人が奥《おく》へ引き返すとガストンはもう一度、コーヒーに口をつける。

「祐人の旦那《だんな》、案の定、遅《おそ》いですね。やっぱり襲われてるんですかねぇ。まったく旦那は……やっと舞い込んだ初依頼《いらい》からとんだことに巻き込まれるんですからねえ。本当に割に合わないことばかり引き込む人ですよ」

ガストンはため息をつくが顔は嬉しそうにも見える。

「でも、これからは私がもう少し楽をさせないとですねぇ、友人として。早く旦那に伝えなくてはならないことがいっぱいあるんですよ。カリグダに雇《やと》われた能力者たち、そしてマットウさんやグアランさんたちのことをねぇ」

ガストンは祐人に会うのが待ち遠しくてたまらないように一人ニヤけた顔をした。

「祐人の旦那、褒《ほ》めてくれるかなぁ？　今、この国は民主化どころか存亡の危機になっているなんて情報を教えたら驚《おどろ》くでしょうねぇ。結構、私も頑張《がんば》りましたもんね～」

そう言うとガストンは鼻歌を歌いながら、またコーヒーに手をのばすのだった。


祐人たちは夕方に差《さ》し掛かる前にミンラに到着《とうちゃく》した。

襲撃《しゅうげき》を退けた後、何ごともなく到着することができ、マットウ麾下《きか》の護衛兵たちもホッとした面持ちでいる。あとはマットウを自宅である屋敷に送り届けるだけだ。

マットウはミンラの街の外郭《がいかく》部にある軍施設《ぐんしせつ》に到着するとまず装甲車《そうこうしゃ》を降り兵たちを慰《い》労《ろう》し、そして、その足で祐人たちの乗る軍用ジープにも顔を出し謝意を示した。

「この度も、力を貸して頂き感謝する」

瑞穂は慌てて車を降りて応対する。

「いえ、マットウ将軍、これが私たちの仕事です。お気になさらずに」

祐人もマリオンも車を降りて、瑞穂の横に来て頷いた。

マットウは祐人たちを見つめると深刻な顔になる。

「テインタンのことは申し訳なかった。まさか、敵の能力者に加担しているとは露《つゆ》にも思っていなかった……。あれは私が新兵の時から目をかけていた男だったのだが……」

マットウは落胆《らくたん》の色を見せないようにしているが、その声色《こわいろ》からは悲しみが滲《にじ》み出《で》ていた。するとそこにマリオンがマットウに声をかける。

「いえ、将軍。テインタンさんは裏切ったのではありません。敵に操《あやつ》られていたんです」

「は⁉　なんと！」

「はい、今までこれに気付けなかった私たちにも責任があります。申し訳ありませんでした」

「いや、そんなことが！　では、今、テインタンは？」

「はい、今、救護班の車で寝《ね》ております。先程《さきほど》、破魔《はま》の処置を致しました。しばらくしたら目を覚まして、以前のように戻ると思います」

「おお、まことか！　恩に着る、シュリアン君《くん》！」

マットウは内心、テインタンを息子《むすこ》のように思っていたところがあり、マリオンから元に戻ると聞いて心から喜んだ。

だがすぐにマットウの顔が真剣《しんけん》なものに変わる。

これは考えれば非常に由々《ゆゆ》しき問題だ。マットウの懐刀《ふところがたな》でもあるテインタンでさえいとも簡単に操られてしまうのだ。これではもはや、どこに敵がいるか分からない。

「しかし、どのようにすればそれが分かるのかね？」

マリオンはマットウの表情からこの問題を深刻に考えていることを理解した。

「あ、はい、実は敵の術が精巧《せいこう》に編まれていて見ただけでは分かりませんでした。ですが、直接触《ふ》れることさえできれば見抜《みぬ》けそうです。その人の額に触れるのが確実なんですが……握手《あくしゅ》でも大体はいけると思います」

「……そうか」

マットウは危惧《きぐ》したことに対処方法があることを聞き、安堵《あんど》の顔で頷いた。

「念のため、将軍の周りの方々は私が調べたいと思います。スパイの存在は気にかけていたのですが、テインタンさんのは瑞穂さんからの話で初めて分かりました。この手の術を見破る修行《しゅぎょう》を散々していたのですが……申し訳ありません」

「いや、これは君のせいではない。頭を上げてくれ。それに、それが分かっただけでも大きな成果じゃないか。しかも、治療《ちりょう》までしてくれた。勝手な言い草だが、今後とも頼《たの》む」

「はい、承知しました」

一通りの話が終わり、瑞穂はマットウに今後の予定を聞いた。

「うむ、一旦《いったん》、私の屋敷で会議を開く。今回のテインタンのこともその場で共有する。もちろん、そのまえに参加者はシュリアン君に調べてもらいたいが……」

「あ、はい、もちろんです」

「君たちは私の屋敷で部屋を都合するのでそちらを使ってもらいたい。その後、私はちょっと秘密裏《ひみつり》に出向かなければならないところがある。テインタンのこともあり、できれば単独で行きたいぐらいなのだが……」

単独でも、というマットウの言葉に瑞穂は驚く。

「将軍それはいけません！　今回、敵を撃退《げきたい》はしましたが、まだ何があるか分かりません。護衛の任務にあたっている私どもとしては、それは考え直して頂きたいです」

「ふむ、君の言う通りだと思う。そこでだ……堂杜君」

マットウに話を振られて、何かな？　と祐人は前に出た。

「はい」

「堂杜君にその時の護衛を頼めないかな？　いや、あまり目立ちたくないのでね、男性の君の方が都合がいい」

「二人で、ですか？」

「うむ」

祐人は瑞穂の方に顔を向け、判断を仰《あお》いだ。

瑞穂は完全に納得《なっとく》したわけではないようだったが、軽く嘆息《たんそく》すると頷く。今までも護衛泣かせなところがありそうな将軍だ。今更《いまさら》、というところもあるのだろう。

また、瑞穂は今回の件で機関に報告と調査を依頼するつもりでいたので、少々忙しいということもあった。加えて単独の護衛という意味では祐人ほどの適任者もいない。

「分かりました。その時にはお声をかけて下さい」

「すまないな、それまでは私の屋敷でゆっくりしていてくれ」

そう言うとマットウは自身の装甲車に帰っていった。

「それでは行きましょう、皆《みな》さん。皆さんも戦いで疲れてるでしょう」

グエンが声を上げると、三人も頷いた。

この時、マットウの護衛の依頼が気になりはしたが、束《つか》の間《ま》の休息を得られそうで祐人もホッとした。

休息がとれる時にとることはとても重要なことだと祐人は知っている。

(そういえば……学校の方はどうなってるだろう? 一悟《いちご》は上手《うま》くやってくれてるかな?)

ふと学校のことを思い出して祐人は一悟のことが気になった。一悟は祐人のずる休みがなるべく知られないように動いてくれると約束をしている。

（でも、相手は美麗《みれい》先生だからなぁ……過度な期待は捨てよう。それに今は機関の依頼に集中だ。学校のことは帰ってから考えればいいか）

そう考えると祐人はグエンの運転する軍用車両に乗り込んだ。

第3章　一悟の受難

一悟は今……この上なく冷《ひ》や汗《あせ》を流している。

それは、今、目の前にいる祐人《ひろと》が原因だ。

ここは蓬莱院吉林高校《ほうらいいんきつりんこうこう》一年Ｄ組の教室の前の廊下《ろうか》。

一悟はその祐人に強く言《い》い含《ふく》める。

「いいですか？　絶対に目立たないで下さいよ？」

「うむ、承知した」

「だから！　そのしゃべり方はダメですって！」

「おお、申し訳ない、一悟殿《どの》。では、ああ……うん、分かった」

一悟は腹の底からため息をつくと肩《かた》を落とした。

「袴田《はかまだ》君、堂杜《どうもり》君、何やってるの？　早く席につかないと美麗《みれい》先生が来ちゃうよ？」

静香《しずか》が教室から顔をヒョイと出して二人に呼びかける。

すると、その祐人は、

「これはご丁寧《ていねい》に、水戸《みと》殿、承知致しま……」

「こら！」

「ゴホン！　ではなく、水戸さん、ありがとう」

「……うん？　うん、急ぎなね」

静香は祐人の様子に軽く首を傾《かし》げるが、頷いて教室に戻った。

一方、一悟は今日一日をどう切《き》り抜《ぬ》けるかで頭が一杯《いっぱい》だ。

どうしたらいいのか、と頭をフル回転させるが……ロクな予想絵図しか湧《わ》いてこない。

「一悟殿、今日一日、よろしく頼みます」

と、祐人の姿をした傲光《ごうこう》が素晴《すば》らしいお辞儀《じぎ》で頭を下げる。

「ああ、何で俺《おれ》がこんなことに巻き込まれるんだ……」

頭を抱《かか》える一悟は異常な緊張《きんちょう》状態で……三分後には必ず時間通りに来る担任の高野《たかの》美麗を待つはめになったのだった。

こうして一悟の受難の学校生活が幕を開けた。

月曜日の早朝に一悟は登校してきた。

校門に着くとまだ門は開いておらず、部活の朝練に来ている数名の生徒たちが門が開くのを待っている。その生徒たちはおそらく毎日この時間に登校しているのだろう。

だが、一悟は違《ちが》う。一悟は部活には参加していない。

実は彼は祐人のためにこれだけ早く登校してきたのだ。

今日、祐人は世界能力者機関なる組織の依頼でミレマーという国に行っているはずだった。しかも、そのことを学校には伝えていない。

つまり、学校側からすれば見事なずる休みなのである。

一悟は唯一《ゆいいつ》、祐人の事情を知る人間だ。

祐人が能力者であること、生活が困窮《こんきゅう》し、どうしても今は収入を確保する必要があること、また、祐人が大きな力を振るう時の反動と、すべて祐人から聞かされた。

それで一悟は祐人の親友として、今回の祐人のずる休みのフォローを約束したのだ。

こうみえて一悟は約束に対して意外と律義《りちぎ》な男だった。

一悟は今回の祐人のフォローをするのに最大にして、最恐の障壁《しょうへき》がいることを知っている。それは一年D組の担任、高野美麗だ。この超強敵《ちょうきょうてき》に対し、今日から六日間も祐人を庇《かば》い続けなければならない。まさにインポッシブルな課題だ。

そのため、一悟はこの難題をクリアするために夜通しでプランを考えてきた。

まず作戦遂行《すいこう》のためにできるだけ多くのクラスメイトたちを巻き込んでおきたい。

それは少しでも有利にプランを進めるためだ。

（第一段階として祐人の休みのフォローはすべて袴田に一任する、という流れを作る！この状況《じょうきょう》を自然に作ることが最も重要と言っても過言ではない！）

だからこそ、いつもの登校時間では事前に根回しのできない部活の朝練参加者たちと会うため、朝一から校門で待《ま》ち伏《ぶ》せることにしたのだ。

校門が開かれると一悟は一年D組のクラスメイトたちが登校してくるのを待った。

一悟はまず、クラスの女子たちを重点的に味方にする必要があると考えていた。

（女子さえ味方にできれば……男どもなんぞ、どうとでもなる！　まずは可哀想《かわいそう》な祐人の面倒《めんどう》を俺がみるから、それとなく応援《おうえん》して欲《ほ》しい、と伝えて、女子特有の不憫《ふびん》な人に対する保護欲を刺激《しげき》する。これで作戦の半分は完遂《かんすい》だ！）

今年の入学者は六対四で女子が多く、女子の権限は男子と比べて相対的に強い。

女子たちを味方につければ、男子が女子と事を構えることは考えづらい。

さらに言えば吉林高校の女子たちの容姿のレベルは高いのだ。

ここで女子たちを敵に回せば、今後の高校生活はそれは潤《うるお》いのない砂漠《さばく》の中に生活するような地獄《じごく》がやって来る。

（フッ……この状況を考えれば男など無力）

一悟は高校一年の男子という生態を熟知していた。

そして、この件だけに特化すれば一悟には勝算があった。

一悟は自分でも女子との距離《きょり》感の取り方が他の男子に比べて上手いと思っている。

事実、一悟は入学から少しずつ、女子からの人気を獲得《かくとく》してきた。

その分、一部の男子からは良く思われていないが、そんな雑魚《ざこ》共は女子の前にひれ伏《ふ》すに決まっていると一悟は確信していた。

いつもは自然体が売りの一悟だが、今回は事情がある。

ちょっと強引《ごういん》にでも女子たちにはお願いをするつもりでいた。

(男友達のために働く俺の好感度は必ず上がる！　ちょっと必死な感じくらいが丁度いい！　ふふふ……そして、それは失敗しても同じことが言える)

祐人のためと言いながら、この辺はしっかり計算している一悟であった。

ところがその時……ニヤついている一悟の視界に、最もありえない人物がクラスの誰《だれ》よりも早く登校してきた。

「……うん？　あれ？　え――――!!　あれは……祐人⁉」

今、一悟がまさに利用しよう……いや、助けてあげようとしている親友が身なり正しく、そして、姿勢良く鞄《かばん》を持ち、登校してきているではないか。

一悟は驚きつつ、祐人に駆《か》け寄《よ》った。

「うおい！　祐人、お前、何でここに⁉　今日は来ないはずだったんじゃ！」

「うん？　君は……御館様《おやかたさま》のご学友か？　これはどうしたものか……」

「お前は世界なんたら機関の依頼に行ったんじゃないのかよ！　何だよ、俺が昨日遅くまで考えた超好感度上昇《ちようこうかんどじようしよう》プランをどうしてくれんだ！」

一悟はそう言いながら周りに聞かれたらまずいな、と校舎の裏まで祐人を連れて行く。

祐人は考え込むような表情でついてくる。

「ふむ、確か、こういう場合は……嬌子《きようこ》が言っていたな」

校舎裏で二人きりになると祐人は改まった口調で一悟に話しかける。

「いや、少年、申し訳ないが、今、私は体の調子が酷《ひど》く悪い。できれば一週間ほど放っておいてくれないか？」

「あ？　何を言って……うん？　お前……」

一悟はこの祐人に違和感《いわかん》を覚えて思わず距離をとった。

「お前……！　祐人じゃねーな？」

「ほう……」

一悟に祐人ではないと言われたその祐人は目を細くして一悟を見る。

この祐人の態度に一悟は目の前の祐人が偽者《にせもの》だと確信した。

一悟は祐人との付き合いは長い。ましてや祐人とは親友の間柄《あいだがら》と思っている。

その一悟にとって、今、目の前の祐人が本当の祐人ではないことぐらいすぐに分かる。

また、この不可思議な出来事でも冷静でいられたのは、先日、祐人が能力者で異能の持ち主であることを聞かされていたことがあるかもしれない。

とはいえ……それとは別に一悟がすぐに偽者と感づいた大きな理由があった。

それは……分かりやすかったのだ。とっても。

一言で言うと……この祐人は恰好《かっこう》が良すぎるのだ。

(アホなのか？　こいつは。大体、祐人に化けるなら物腰《ものごし》から話し方までしっかり真似《まね》して来いよ！　明らかにすべてが恰好が良すぎるぞ。あの地味で天然お人好《ひとよ》しの祐人とは違いすぎだ)

一悟だって、健康男子。女性にはモテたい。

正直に言えば、女性から評価される恰好の良さ、というものを日々模索《もさく》している。

というより、それがもはやライフワークだ。

だからこそ一悟には分かる。

この祐人はもう……表情、物腰がイケメンの持つ空気そのもの。

言うなれば、外見はそのままに祐人の恰好の良さが、数倍に跳《は》ね上《あ》がった感じなのだ。

「お前は誰だ。本当のダサい祐人はどうしたんだ……はうぐぅ!!」

一悟がそう言った途端《とたん》、その祐人は瞬《また》く間に一悟に近づき、胸《むな》ぐらを掴んだ。

更《さら》には物凄《ものすご》い怒《いか》りの形相で片手のみで一悟を持ち上げる。

「貴様、今、何と言った！　御館様をダサいだと？　あの神々《こうごう》しい御館様に対してその言《げん》質《ち》……万死《ばんし》に値《あたい》する！」

「ググゥ……は？　御館様？　神々しい？　祐人が？」

「そうだ!!　慈悲深《じひぶか》く、この地上で最高にして最大の美の結晶《けっしょう》だ！」

訳が分からない、と一悟は思うが……こいつが祐人の姿をしている理由にはならない。

するとこの時……一悟に一瞬《いっしゅん》、不安がよぎった。

祐人は能力者なのだ。

一悟の知らない世界で知らない何かと関《かか》わっていることは想像できる。そして、あの公園で見せられた凄技は明らかに戦闘《せんとう》のために磨《みが》いていたであろうものだった。

（まさか、祐人はこいつに……？）

一悟は、祐人がやられたのではないか？　と想像すると、自分でも信じられないほどの殺意がこの祐人の偽者に湧いてくる。

「てめぇ……まさか、祐人を！　許さねぇー!!　祐人をどうしやがった！　俺のダチに何をしやがった!?」

一悟は祐人の偽者に押さえつけられつつも必死の形相で抗《あらが》う。

その目には、軽く涙《なみだ》も浮かべていた。

「……」

その様子を冷静に見ていた祐人の偽者は一悟を離《はな》す。

「少年……御館様とは、どういった関係だね？」

「俺は祐人の親友だ！　てめぇ、祐人をどうしたって言ってんだ！」

一悟はこれでも腕っぷしには自信がある。

だが、先ほどの偽《にせ》祐人の動きで、自分より遥《はる》かに強いだろうことはすぐに理解できた。

しかし、そんなことは一悟に関係はなかった。今にも偽祐人に襲《おそ》い掛《か》からんと身構える。

すると……偽祐人が視界から消えた。一悟は目を見開いて驚き、無意識に警戒《けいかい》する。先程もこうして胸ぐらをいきなり掴まれたのだ。

「……うん？　あれ？」

だが今回はすぐに偽祐人を見つける。一悟は訳も分からず、ポカンとしてしまう。

というのも……その偽祐人が自分の目の前まで来て跪《ひざまず》いているではないか。

「誠《まこと》に申し訳ありません！　御館様の親友に私は何ということを……」

「な、何？　何なんだ？」

「私の名は傲光。御館様の従者にして、御館様の盾《たて》と自任する者です」

何が何だか分からないが、一悟の前で偽祐人が深々と頭《こうべ》を垂れて謝罪している。

「え、えーと、ごうこう……さん？　じゃあ、祐人の敵ではないのか？」

「とんでもありません！　私は祐人様……御館様の僕《しもべ》でございます。御館様はそれを認めてくれず、友人と言って下さっていますが……」

偽祐人のあまりの変わりように一悟も驚くが、思い出せばこの傲光はさっきから祐人のことをべた褒《ぼ》めで、一悟が祐人のことをダサいと言ったら激高した。

（あれ？　じゃあ、なんなの？　こいつは……祐人の仲間ってこと？）

「知らなかったこととはいえ、御館様の親友に手を上げてしまいました。この上は！」

そう言うと傲光はどこからか見事な短刀を取り出し、上着を脱《ぬ》いでワイシャツの前を開けて腹を出す。そして、その短刀を自らに向け……。

「……え？　うわぁー!!　ちょっと、傲光さん！　待ってぇぇぇ！」

腹を切ろうとする傲光を慌《あわ》てて一悟は止めに入る。

「止めないで下さい！　これでは御館様に合わせる顔が！」

「ダメですって！　まずは話を！　話を――――!!」

その後、ようやく落ち着いた傲光を前に全身で息をする一悟は何故《なぜ》、祐人の姿をして学校に来ることになったのか？　という経緯《けいい》の説明を求めた。

すると、傲光は生真面目《きまじめ》な顔で頷き、ポツポツと語り始めた。

「これは……私たちの御館様に対する忠誠心が発端《ほったん》なのです」

「私たち？　他にも仲間がいるんですか？」

「はい。それもご説明します。実は、昨日、御館様が任務に出立された後のことです……」

◆

「祐人がいないとつまんないい～」

白《パイ》は木遁の術が使える傲光にお願いして綺麗《きれい》にしてもらった畳《たたみ》の上でゴロゴロ転がっていた。Tシャツにホットパンツという恰好で元気な女子中学生といった姿である。

家の中はなんと柱までも綺麗になっており、祐人が帰ってきたら驚くに違いないほどの出来栄《できば》えだった。

言い方を変えれば、依頼を必死に受けなくても良かったのではないか？　とも言える。

「そうね～。祐人がいないと張り合いがないわ～」

横でジーパンワイシャツ姿の嬌子が一升瓶《いっしょうびん》を抱《だ》きかかえながら同意する。着物姿でないのは珍《めずら》しいが、それはよく似合い、ワイシャツは嬌子の大きな胸を強調するように盛り上がっている。実は嬌子は女性雑誌を読み、色々と研究をしているらしい。

他の面々も各々《おのおの》自由にしているが、どこか寂《さび》しげだ。

サリーはスリットの入ったワンピースで横座《よこずわ》りをして本を読んでおり、見る人が見ればギリシャ彫刻《ちょうこく》の女神《めがみ》のようだ。そして本から目を離すと柔和《にゅうわ》な顔で溜息《ためいき》を吐《つ》く。

ちなみにサリーが読んでいた本は嬌子から借りた【気づいた者勝ち！　女子力アップの思考　～男性視点で見た女子力とは色気のこと～】であった。

玄《げん》は庭で井戸《いど》の拡張工事をし、頑強《がんきょう》そうな体が土まみれになっている。そしてウガロンはそれを手伝っていた。

その横では傲光が凄《すさ》まじい気迫《きはく》を放ちながら槍《やり》の修行に勤《いそ》しんでおり、その姿は眉目秀麗《びもくしゅうれい》と言われた名将、蘭陵王《らんりょうおう》を彷彿《ほうふつ》とさせる。

このような中、スーザンは縁側《えんがわ》から何かを胸に大事そうに抱きしめて、白たちのいる居間を通《とお》り抜けようとした。

華奢《きゃしゃ》で目の覚めるような赤髪《あかがみ》を伸ばしたスーザンはいつも通りの無表情である。

嬌子はそのスーザンを見て眉根《まゆね》を寄せる。

「うん？　スーザン、嬉しそうね。あなた……何を持ってるの？」

嬌子に話し掛けられて無表情のスーザンは少しだけ目を大きくし、何かを背中に隠《かく》して立ち止まる。

「……なんでもない」

「怪《あや》しいわね……今、後ろに隠したものは何？」

「……なんでもない」

無表情に、そしていつもの平坦《へいたん》な話し方で答えるスーザン。

「それにしては顔が分かりやすいくらいにテンパっているわよ？」

「……なんでもない」

相変わらず無表情で平坦なトーンの返事。そこに本を読み終えたサリーも加わる。

「そうですねー、スーちゃん、声が上擦《うわず》ってるー。確かに変ですー」

スーザンは無表情でいる。

そこにゴロゴロして暇《ひま》そうにしていた白が上半身だけ起こし、スーザンを指さす。

「ああ！　スーザンが何か隠すときって、必ず眉毛《まゆげ》を寄せるんだよ！」

全く変化のない顔と平坦なトーンの話し方としか思えないが、皆にはスーザンの機微《きび》が手に取るように分かるらしい。

嬌子がニヤッと嫌《いや》な笑《え》みを見せて立ち上がるとスーザンは無表情にビクッとする。

「なーに？　スーザン。泣きそうな顔をして……」

「スーちゃん。何を隠してるんですかー？」

背後からは、にこやかにサリーが本を置いてスーザンに近寄る。

「……なんでもない」

「見せなよ、スーザン」

いつの間にか近くに寄ってきた白は、両手をにぎにぎしながらスーザンに迫《せま》る。

三方向から嬌子、サリー、白に包囲されるスーザン。

「……なんでもない」

スーザンは持っている物を胸に抱きしめながら顔を左右に振《ふ》る。

逃《に》げ場《ば》を失ったスーザンを前に、嬌子は目だけで白とサリーに合図を送る。

「やっておしまい！」

嬌子がそう言った途端、スーザンを包囲していた三人は一斉《いっせい》に飛びかかる。

「……！」

スーザンは必死の抵抗《ていこう》を試みるが、如何《いかん》せん多勢に無勢。あっという間に押さえられ、嬌子はスーザンが隠し持っていたものを取り上げた。

「何これ?」

嬌子はスーザンが大事そうに持っていたそれを広げてみる。スーザンは取り押さえられながらも必死に手を伸ばした。

「なになに?」

「何ですー?」

「こ、これは⁉」

嬌子は驚きの表情で、その布切れを見つめている。

「これは祐人の!」

「あ!」

「それは祐人さんの!」

それは……テントの中に祐人が無造作に脱ぎ捨てたTシャツであった。

しかも建設現場のバイトで着ていたものなので、祐人の汗が大量にしみ込んでいる。

祐人は洗濯《せんたく》をしようとテントに置いていたのだが、ミレマーへの出発準備で忙しく、そのままにして行ってしまったのだ。

嬌子は……無意識にその手に持ったTシャツに顔をうずめた。

「祐人の匂《にお》いがするわ～」

恍惚《こうこつ》とした表情で嬌子がTシャツに頬《ほお》ずりをすると、そのTシャツが忽然《こつぜん》と消えた。

「！」

気付くとそのTシャツに白が顔をうずめて、畳の上でゴロゴロしている。

「本当だ！　これは祐人の匂い！」

白が嬉しそうに、まるで猫《ねこ》がじゃれるようにTシャツを抱きしめているとそれをヒョイとサリーが取り上げて、それはそれは大事そうに頬ずりをする。

「ああ……落ち着きますー。私、これ欲しいですー」

「「「！」」」

それはサリーの何気ない言葉だった……。

だが、これが四人の人外レディーたちのハートに火をつけてしまう。

普段《ふだん》、姉妹のように仲の良い四人は強敵に出会った騎士《きし》のように無言でそれぞれの構えをする。

必殺のオーラを放つ四人の見た目、美女、美少女たち……。

互《たが》いに隙《すき》のない構えと集中力。

僅《わず》か数秒の時間が流れたが、四人には何万時間に感じられたか分からない。

この時、庭で井戸の拡張工事をしていた玄が今まで以上の水源を見つけた。

「おお！　これで祐人の親分も大喜びですぜ！　ウガロン！」

「ウガ！　ウガ！」

そう言うと玄は水源の上に広がっている分厚く硬い岩盤《がんばん》に丸太のように太い腕《うで》を振りかぶる。普通《ふつう》は重機を使って砕《くだ》くものだが、玄は構わず一気に拳《こぶし》を叩《たた》きつけた。

すると……岩盤は粉々に砕け、その間から綺麗な水が湧《わ》き出《だ》してきた。

「おおー、こいつは気持ちいいですな！　ウガロン」

「ウガ！」

玄たちが喜んでいると、その水の勢いはどんどん強くなり、まるで間欠泉のように玄やウガロンを巻き込み地上に噴き出してくる。

「あや？　うわ！　ヒャ――――！」

「ウガー！」

その玄とウガロンの悲鳴が聞こえてくると世紀末覇者《はしゃ》のようになっている四人の人外女性たちがカッと目を見開く。嬌子がサリーの持つ祐人のTシャツに鋭《するど》く手を伸《の》ばすと、サリーはまるで重さのない羽のようにひらりと躱《かわ》す。

「ああ、もう！　それを渡《わた》しなさい！　サリー！」

「嫌ですー。これは後で私の下着に縫《ぬ》い付《つ》けますー。そしていつか、そっとハンカチにでもして戻《もど》しますー」

「なな！　私と同じことを……このド変態おっとり娘《むすめ》が！」

そこに低い体勢から豹《ひょう》のように忍《しの》び寄ってきた白がサリーからTシャツを奪《うば》う。

「変態は二人ともだよ！　そんな変態にこのTシャツは渡せないもんね！」

白はTシャツを片手に掲《かか》げながら縁側から離《り》脱《だつ》を試み、しなやかな動きで庭へジャンプした。が、ジャンプしたところでスーザンが上空からTシャツを奪う。

「あ！」

「……これは渡さない」

スーザンは見事な赤い翼《つばさ》を華奢な背中からはためかせ、無表情にTシャツを抱きしめる。

そして、スーザンは無表情なままビスクドールのような顔に手をやると……、

あかんべいをした。


それを見た嬌子、サリー、白。

「逃《のが》すかー！」

「逃がしませんー」

「か、返せー！」

嬌子とサリーも庭に飛び出し、四人は改めて対峙《たいじ》した。

四人は同時にニヤッと壮絶《そうぜつ》な笑みをこぼす。

嬌子たちの周囲には目に見えない闘気が溢《あふ》れ、辺りの空間が揺《ゆ》らぎ出す。

すると四人に変化が見られた。

嬌子のジーパンの後部からモフッとしたちょっと太めの尻尾《しっぽ》が出てくると、嬌子の唇《くちびる》から青い炎《ほのお》が漏《も》れ出る。

そして、サリーの背中からは美しく眩《まぶ》しいほどの清楚《せいそ》で純白の翼が生えてきた。さらに、その手にはサリーの身長を超《こ》える大きなデスサイスが握《にぎ》られている。

また、白の頭からはピョコンと三角の白い耳が出てくると、白の周囲を強烈《きょうれつ》な風の渦《うず》が包み込んだ。

それを無表情に見つめるスーザン。

スーザンにここで退くという選択肢《せんたくし》はない。

スーザンの目が赤く染められていく。すると徐々《じょじょ》にスーザンの赤い翼が形状を変化させ……その翼は深紅《しんく》の炎そのものになった。

「フフフ……」

　嬌子は不敵に笑う。

「見てちょうだい。祐人の霊力《れいりょく》のおかげで、ここまで力を出すことができるようになったのよ。皆、尻尾を巻いて、そのTシャツを私に献上《けんじょう》することを勧《すす》めるわ」

「今、尻尾が生えてんの嬌子だけでしょうが！　それにそれなら私たちも同じだもんね！」

「そうですー」

「……渡さない」

　四人は睨《にら》み合《あ》う。

　横では相変わらず、玄とウガロンが井戸から噴き出す水の上でコロコロ転がっている。

「行くわよ！」

「行きますー」

「くらえ！」

「……！」

「フー、まったく、あなたたちは……ハッ！」

　一触即発《いっしょくそくはつ》の四人の真ん中にスッと現れた傲光が目にも止まらぬ動きで槍を突《つ》き出すとスーザンが持つ祐人のTシャツを槍の柄《え》の部分に引《ひ》っ掛けた。

「……！」

「「あ！」」

傲光はため息交じりに槍の柄から祐人のTシャツを取り上げる。

「ちょっと！　傲光、それをこちらに渡しなさい！」

「私に下さいー」

「傲光ってば、それをこっちに！」

「……それは私の」

傲光は争いの種になった祐人のTシャツをその手に広げると嬌子たちに見せつけるように前に出して、悲しそうな目をする。

「これを見なさい……」

「「あ、Tシャツが！」」

「……！」

祐人のTシャツは先ほどの四人の争いの中でスーザンの出す炎で焦《こ》げてしまい、また、無残に伸びて所々が解《ほっ》れてしまっている。

「これを御館様が見たらどう思いますか？　ましてや皆で取り合って争った結果だと知ったら……」

「「「「……」」」」

傲光にそう言われ、途端に冷静になった四人はシュンとした感じで……俯《うつむ》いてしまう。

嬌子の尻尾は力なく垂れ下がり、白の耳も左右に横に倒《たお》れ、スーザンとサリーの翼も心なしか小さく縮こまっていた。

「ど、どうしよう～、祐人に怒《おこ》られる～」

白が全員の気持ちを代弁するように言うと四人とも頭を抱えて先ほどまでの自分たちの行動を後悔《こうかい》する。

白は涙目になって長身の傲光を見上げた。

傲光は嘆息し白たちを見回した。

「嘘《うそ》を吐《つ》いても仕方がない。ここは正直に御館様に言って皆で謝《あやま》りなさい。御館様は慈悲深いお方だ。皆が誠心誠意、謝ればそこまでは怒らないでしょう」

「……う、うん」

傲光に言われ、白がまだ不安そうに頷《うなず》くと他の三人は元の姿に戻り……俯いた。

嬌子もさすがにマズイことをしたな、という態度で頭を掻《か》き、サリーは潤《うる》んだ瞳《ひとみ》でお祈りするように両手を握りしめている。

分かりづらいが、スーザンも元気なくTシャツを見つめていた。

「「「はあ～」」」

四人が同時に深いため息を吐く。

「あひゃ――――!!」

「ウガ――！」

そこに井戸から噴出《ふんしゅつ》した水の勢いが弱まったのか、玄とウガロンが空から降ってきた。

「あ痛！　あ痛たたたー！」

「ウガガガガ！」

受け身が取れず、背中から落ちてきた玄とウガロンはヨロッとしながら立ち上がると、そこにいる仲間たちの様子がおかしいことに気付いた。

「あら？　どうしたんですかい？　みんな、しけた面して……」

「ウガ？」

頑丈《がんじょう》な玄たちは、自分たちよりも仲間の様子が気になったようだ。

「「「……」」」

嬌子たちは各々に俯き黙《だま》っている。

よく状況の分からない玄とウガロンは首を傾げるが、その空気を読まずに聞いてくだせえ！　と満面の笑みで報告する。

「皆《みな》、これを見てくだせぇ！　井戸を拡張したんですぜ？　しかも良い水源にもたどり着きやした。これだけ水が溢れてればお風呂《ふろ》も沸かすことができやす！　いや～、これで親分も大喜び！　あっしらのことを褒《ほ》めてくれること間違《まちが》いなしですわ！　な、ウガロン」

「ウガ！　ウガ！」

落ち込む四人の前で大喜びする玄とウガロン。するとそれを聞いた傲光は玄とウガロンの言う井戸の方に目を移すと感心する。

「ほう、これはすごいですね。お風呂も沸かせるとなれば御館様が銭湯にいく必要もなくなる。確かに御館様もお喜びになる……お手柄《てがら》でしたね、玄、ウガロン」

「そうでやしょう！　そうでやしょう！」

「ウガ！　ウガ！」

「うむ、でしたら私は木遁でお風呂も修繕《しゅうぜん》しましょう。御館様の疲《つか》れが取れる立派なお風呂を作りますよ」

「おおお！　親分が帰って来るのが楽しみでさあ！」

玄たちは達成感と充実《じゅうじつ》感で生き生きとした表情で語り合っている。

その横で人外の美女、美少女たちは生気のない顔を並べ虚《うつ》ろな目をしていた。

「「「「……」」」」

嬌子たちは、玄とウガロン、そして、傲光のお手柄を死んだ魚のような目で見つめている。そこには祐人が帰ってきた時に、祐人に怒られる確定組と褒められる組がくっきりと見えない線で分けられていた。

見た目、美女、美少女の人外四人組は玄たちの意気揚々《いきようよう》とした表情を真っ白になったプロボクサーのように見つめるばかり。

「「「「…………」」」」

すると嬌子が、突然《とつぜん》、閃《ひらめ》いたように顔を上げた。

「そうよ！　私たちも何かするのよ！」

嬌子の大きな声に驚《おどろ》いた白、サリー、スーザンは嬌子に顔を向けた。

「ど、どうしたの？　嬌子？」

「吃驚《びっくり》しましたー」

「……（コク）」

「だからー、私たちも祐人に何か喜んで貰《もら》えることをするのよ！」

「「「……！」」」

嬌子の提案に三人とも目を見開いた。

「なるほど！　嬌子、天才！」

「とても、いい考えですー」

「……（コクコク）」

「ふふふ、そうすれば、このTシャツの件も帳消しになって、上手《うま》くいけば私たちも祐人に褒めて貰えるかもよ？」

「「「!?」」」

その嬌子の言葉に四人の夢が大きく広がる。

白とスーザンは祐人にありがとう、と言われ、頭を撫《な》でてもらえる映像を浮《う》かべた。

そして、祐人に抱きつき、もっと頭を撫でてもらう。

嬌子とサリーは熱い眼差《まなざ》しをした祐人が自分に近づいて来る映像を浮かべた。祐人はご褒美《ほうび》だよ、と言い、そっと自分の肩《かた》に手を置き、もう片方の手は腰《こし》に回してくる。

そして、祐人は力強く、引き寄せ……。

「あれ？　ど、どうしたんですかい？　みんな……」

「ウガ？」

玄とウガロンは頬を染めながら、モジモジしている嬌子たちを不思議そうに眺《なが》める。

「分かりかねる……」

傲光もいつの間にかこんなことになっている四人を見て首を傾《かし》げ、腕を組む。

息の荒《あら》い四人はハッとしたように我に返り、嬌子とサリーは出て来そうになる鼻血を抑え、白とスーザンは火照《ほて》った頬を冷やすようにパタパタと手で煽《あお》いだ。

そして、顔を合わせて力強く頷き合うと傲光たちに嬌子の考えを伝えた。

祐人に何か喜んでもらえることをしたい、と。

傲光はそれを聞くと大きく頷く。

「そういうことなら、私も是非《ぜひ》、力になりたい。お手伝いしましょう」

「あっしも手伝いますよ！　もちろん、四人のわき役で構いませんで！」

「ウガ！」

全員の意見が一致《いっち》すると嬌子が真剣《しんけん》な顔になった。

「で、問題は……何をすれば祐人が喜んでくれるか、よね？」

「うーん、そうだね～」

嬌子の言葉に皆、真剣に考える。

「祐人さんは結構、何でも自分でこなしてしまいますからー」

「そうですね。御館様はああ見えて多芸な方。家事も手芸も極《きわ》められている……」

「そうね～、家の修理は玄と傲光である程度までしちゃうから、それ以外となると……」

「「「「「うーん……」」」」」

嬌子は、頭を悩《なや》ませながら祐人の暮らすテントの方に目を移す。

「そうだ！　あそこに何かヒントがあるかもしれないわ」

そう言い嬌子はテントの入口のチャックを開けて中に入る。続いて女性陣《じょせいじん》が入ってきた。

「何かないかなぁ？」

と言いつつ、嬌子はテント内を見渡《みわた》す。白たちも祐人の喜ぶことのヒントを探した。

そこにスーザンがチョンチョンと嬌子をつついてきた。

「うん？　どうしたの？　スーザン。何か見つかったの？」

「……これ」

スーザンが嬌子たちに祐人の私物の一つを取り上げて見せてきた。

「ん？　これは学校カバンね」

「祐人は高校生だもんね～」

「はいー。祐人さんの制服姿、恰好《かっこ》いいですー」

「でも、それがどうしたの？　スーザン」

「……祐人、一週間いない」

スーザンが鞄に指をさしながら言う。

「うん、そうね、仕事でミレマーだっけ？　外国に……あ、なるほど」

「どうしたの？　嬌子」

「ひょっとして、祐人は学校を無断で休んで仕事に行ったんじゃない？」

「……（コクコク）」

「でも、それがどうしたんですー？」

サリーは人間社会のことに詳《くわ》しくないので首を傾げる。

「学校はね、ある程度、出席していないと卒業できないのよ。だから祐人は今回、一週間も休むのは、本当はあまり良くないことだわ」

「そうなんですねー。でも、どれくらい休んだら卒業できないんですー？」

「そこまでは私も知らないけど……。でも、祐人は学校を休みたくないと思うわ」

「あ、確かに！　祐人がやっとの思いで入学できたんだって言ってたもん。多分、この高校に入りたかったんだよ！　でも、生活費とかが必要だって言ってたから、仕方なく仕事に行ったんじゃないのかな」

「……（コクコク）」

「じゃあ、代わりに私たちが学校に行けばいいんじゃないでしょうかー？」

「そう！　私もそれを思ったの。スーザンが言いたかったのはこれでしょう？」

「……そう」

「なるほど！　そうすれば、学校も無断欠席にならないし……きっと祐人も喜ぶよ！」

意見は一致《いっち》した。

テントから嬌子たちは出てくると、この考えを傲光たちにも説明する。

「ほう……それはいい考えですね」

「おお！　あっしも手伝いますぜ！」

「ウガ！」

皆の同意を得ると作戦会議をするために家の居間に移動した。そこで嬌子の持つ変幻《へんげん》の術で祐人に化け、一週間、自分たちで学校に登校することを決めたのだった。

祐人に喜んでもらい、褒めてもらうことを目的にして。

その時の話し合いで全員が一日ずつ順番に登校することになり、順番はジャンケンで決めた。結果、傲光が初日の月曜日に先陣《せんじん》をきることになったのだった。

あと、ウガロンは何度やっても嬌子の変幻の術がかからず、術が打ち消されてしまうので除外された。

「ウガー！」

「と、いうわけでございます。一悟殿《どの》」

一悟は一年D組の廊下《ろうか》で、傲光に受けた説明を思い出していた。

祐人があのボロ家で人外たちとのいざこざがあり、結果として人外たちが仲間になった経緯と今回の話を聞いた時には笑うに笑えず、一悟はさすがに祐人に同情してしまった。

（まったく……我《わ》が親友ながら、どうなってんだか。祐人ほど安寧《あんねい》という言葉から遠いところにいる奴《やつ》もいねえな）

もう朝のホームルームが始まる。最初にして最大の難関の高野美麗がやってくるのだ。

一悟は傲光に今日一日、決して目立たぬようにとだけ強く言《い》い含《ふく》め、教室へ促《うなが》した。

傲光も素直《すなお》に頷くと「今日、一日、お世話になります」と頭を下げる。

その姿も、本物の祐人からは想像もできないほど恰好が良い。

一悟は顔を引きつらせつつ、傲光を連れて一年D組の教室に入った。

（それにしても……俺《おれ》も大概《たいがい》だな。何でこんな状況《じょうきょう》を素直に受け入れられんのかな？　自分の適応能力の高さに驚くわ。これも祐人のせいだな。変な耐性《たいせい》ができちまったじゃねーか）

そんなことを考えつつ、祐人の姿をした傲光に祐人の席である教室の廊下側《ろうかがわ》最前列に座るよう指示をして、一悟もその斜《なな》め後《うし》ろの自分の席に着いた。

（う～、やべー、何かスゲー緊張《きんちょう》してきた。いきなり最強の敵だもんな……）

一悟は間もなく来るはずの、今回のミッションのラスボスと言っていい高野美麗の反応を想像して脂汗《あぶらあせ》が出てくる。

高野美麗は優秀《ゆうしゅう》すぎる担任だ。

自身は冷静にして表情を読ませず、だが、こちらの生徒の変化は僅かなことも見逃《みのが》さない。

そして、生徒の抱《かか》える状況まで見事に看破して的確な命令をしてくる。加えて……目に見えない重厚《じゅうこう》なオーラを放ってくるのだ。生徒たちの間では何らかの武術を極めている、などという噂《うわさ》までまことしやかに流れているぐらいだ。

そのため、生徒たちからは「武力百の諸葛亮《しょかつりょう》」だとか「知力百の呂布《りょふ》」と呼ばれ、畏怖《いふ》と尊敬を集めていた。

まさに超《ちょう》クールビューティー。

この一年D組に君臨する女聖帝《せいてい》である。

ちなみに高野美麗に関する吉林高校の都市伝説がある。

それは卒業するまでに高野美麗の動揺《どうよう》した顔を見た者は寿命《じゅみょう》が百年縮むとか、高野美麗の涙を見た者は異世界に転生できるとか、そして、高野美麗のデレるところを見た者はあまりの喜びで死ぬ、というものまである。

一悟はそれを聞いた時「大体、死んでんじゃねーか！」と突っ込んだ覚えがある。

この時、一悟のさらに斜め後ろの静香が声をかけてきた。

「ねえ、袴田君。何か今日の堂杜君、変じゃない？　何かしたでしょう、袴田君」

「え!?　な、何が？」

静香の鋭い指摘《してき》に一悟は動揺を隠しながら返事をする。

「うーん、何て言うのかな……そう、雰囲気《ふんいき》が違《ちが》って、えらく恰好《かっこう》が良いんですけど。だって教室に入ってきた時からクラスの女子たちがおかしなことになってるよ？　ほら」

「は？」

一悟は静香にそう言われてクラス内を見渡すと、これはどうしたことかと驚愕《きょうがく》してしまう。今後のことを考えて緊張していたためにまったく気付かなかった。

クラスの女子が一様に祐人の後ろ姿を見つめている。

それも、皆、上気した表情でうっとりしているのだ。

「な、何だこりゃ……」

一悟は静香に顔を向ける。静香だけはいつも通りの静香で両手を広げて肩を竦《すく》める。

「気が付かなかったの？　袴田君と堂杜君が廊下で話していた時からすでにこんな感じだったよ。今日の堂杜君を見た子たちは皆、あんな調子」

「き、気付かなかった……」

「何だか分からないけど、今日の堂杜君のイケメンオーラは半端《はんぱ》ないよ？　袴田君、堂杜君に何をしたの？　私、知らないよ？　後で何があっても……」

「お、俺は何もしてーねーよ。というか、どういうこと？　何があるんだ？」

「あ～あ、これを茉莉《まつり》が見たら、どんなことになるか……」

「ななな！」

一悟の額からタラ～と汗《あせ》が流れる。これが今日ずっと続くのであれば高い確率で茉莉は気付くだろう……というか瞬時《しゅんじ》に確実に気付く。

今朝は傲光扮する偽《にせ》祐人と校舎裏で過ごし、時間ギリギリで教室前まで来たので運良く茉莉には会っていなかった。

そのため、余裕《よゆう》のなかった一悟はこの大事なことにまで頭が回っていなかった。

そして、一悟がその場面を想像するに……。

（何て面倒《めんどう》くさい！　もう、恐《おそ》ろしく面倒くさい！　こっちはそれどころじゃねーのに！）

一悟の中でもう一人のラスボスが勝手に現れた感じだ。

（違うゲームから呼んでもないのに参加してきた！　コラボしてきた！　何の特典もねーのに無用に強いボスが！）

「はっはーん……袴田君がまた変なアドバイスしたんでしょ。袴田君は何だかんだで、堂杜君を売り出してんの知ってるんだから。でも、これはさすがの私もフォローは無理。女の恨《うら》みは恐ろしいんだから。特にあの茉莉は……」

「ちょっと待ってくれ！　その的外れな推理は止めろ、これは俺のせいじゃ……」

一悟が誤解を解こうと探偵《たんてい》モードの静香に体ごと顔を向けると朝のホームルームの鐘《かね》が鳴り……時間ぴったりに女聖帝、もとい担任、高野美麗が一年D組の扉《とびら》を開けた。

途端《とたん》に一悟及《およ》びD組のクラスメイトたちはきっちりと前を向く。

この吉高《きっこう》に入学して二ヵ月《げつ》、朝のこの鐘が鳴ると無意識にこうするようになった。これを吉高では〝高野美麗の呪縛《じゅばく》〟と呼んでいる。パブロフの犬状態とも言うが……。

今、一悟は極度の緊張状態で体中が硬直《こうちょく》している。ワイシャツも汗でびっしょりだ。

一悟はこう見えてもポーカーフェイスが得意なのである。

だが、今の一悟は大蛇《だいじゃ》百匹《ぴき》と食堂にいる蛙《かえる》の気分だった。

〈俺は何もしてねーのに！　ただ、祐人が休んだだけなのに！　何なの、この俺の立ち位置は？〉

一悟は生まれて初めて、自身の不運を嘆《なげ》いた。

今まさに一年D組の扉から、すらりとした女性の足が入ってきた。

もちろんそれは、このD組の支配者、高野美麗のものである。

よく見ているはずのこの光景が一悟にはまるでスロー再生された映画のように見える。

一悟は極度の緊張の中で自然を装っているために明らかに不自然な顔をしていた。

だが、一悟にはそれに気付く余裕すらない。

担任の高野美麗は、いつも通り背筋を伸ばした姿勢で澱《よど》みなく、前方の教壇《きょうだん》に歩を進める。

だが……教室に入ってすぐの祐人の席の前で、なんと足を止めた。

一悟の心臓が、跳《は》ねた。

それはもう……史上最強打者に場外ホームランを打たれたくらい跳ねた。

そして……美麗はゆっくりと祐人、いや、傲光扮する偽祐人に顔を向ける。

驚愕した。

だが、驚愕したのはクラスの生徒たちだ。

何故《なぜ》なら、あの高野美麗が……一瞬《いっしゅん》、そう、ほんの一瞬であった。この二ヵ月間ずっと、この超クールビューティーを見てきたD組の生徒だからこそ分かった。

それは、この女聖帝高野美麗が……動揺した顔を見せたのだ。

そして、驚愕しているためにクラスの生徒のほぼ全員が、その後の美麗の微妙《びみょう》な動きに気付かなかった。

一悟を除いて。

これもほんの僅かな動きだった。

一悟も見間違《みまちが》いかもしれないと思うほどの僅かな動き。

それは高野美麗がその偽祐人に……、
会釈《えしゃく》をしたのだった。

（え⁉　今……美麗先生、傲光さんに頭を下げなかったか？）

傲光は一悟に言われた通り祐人の席に座《すわ》り……何と言おうか、無駄《むだ》に堂々としている。

その姿もそれだけで恰好が良く見えるのだから不思議だ。

恰好の良さや可愛《かわい》らしさというのは思ったよりも内面が左右するものなのか？　と、一悟は思わず考えるが、今はそんなことを深掘《ふかぼり》している時ではない。

美麗はいつもの表情で教壇の前に立つと何事もなかったように出席をとり始める。

生徒が一人ずつ名前を呼ばれ、クラスメイトたちは少々上擦った声で返事をしていた。

美麗の一瞬だけ見せた動揺の顔が生徒たちに大きい衝撃《しょうげき》を与《あた》えたようであった。

この時、一悟は先ほどの美麗のことで頭を混乱させていたが急激に冷静になる。

というのも、堂杜君、と美麗が呼んだ時に傲光がしっかり返事をしてくれるか心配になったのだ。しかし、それに一悟が気付いた時には、もうすぐ祐人の呼ばれる番になっており、もう何もすることはできない。

「……相馬《そうま》君、……玉田《たまだ》さん、……」

（あああ、まずい！　傲光さん、頼《たの》む！　空気を読んでください！　返事をしてください！）

そして……、
祈《いの》るようにする一悟。

「堂杜君」

そう美麗が発した。

すると、一瞬の静寂《せいじゃく》がクラスを覆《おお》う。

……返事が遅《おそ》い。

ブワッと一悟の全身から汗が滲《にじ》み出《で》た。

一悟から見て右前に座っている偽祐人こと傲光は微動《びどう》だにしない。

さらに僅かな間が流れたが、この僅かな時間でも一悟に耐《た》えられる時間ではなかった。

もう、注意されても構わないと覚悟《かくご》し、一悟は何とか傲光に気付いてもらおうと席を立とうとした、その時……、

「ふむ、堂杜君はいるわね。では……永井《ながい》さん」

と、美麗は言い、次の生徒の名前を呼び始めた。

（はあ⁉　今、美麗先生が返事をしないことを許《ゆる》したぁ？？）

驚きの連続で一悟は頭がついていかない。

今、女聖帝に対し、明らかに返事をしない、という無礼を働いた祐人を許しただけでなく、むしろフォローをしたようにも見える態度。

一悟は机の上に突っ伏《ぷ》すように高まった感情を押し殺《ころ》す。

「あ……ありえねーよ！　ありえる訳がない！　あの女サ○ザーがこの無礼を許すわけがない……」

思わず両拳を固め、下を向きながら一悟が非常に小さな声で呟《つぶや》き、プルプル震《ふる》えていると何故《なぜ》か美麗の眉《まゆ》がピクッとした。

美麗から一瞬、出された闘気が生徒たちの間を駆《か》け抜《ぬ》け、D組の生徒たちの体が無意識に震えだした。

この後から名前を呼ばれた生徒たちは、泣きそうに返事をしている。

一悟は昨夜に何十通りにも想定していた事態からすべて外れてしまい、理解が追いつかずに頭を抱えていたためにこの美麗の放つ闘気に気が付かない。

今、一悟の持つ全器官と全感覚が美麗の不可解な行動を解析《かいせき》しようと集中していた。

何故こうなったか分からないが、今の一悟は完全に偽祐人、つまり傲光の保護者のような立ち位置になってしまっている。とはいえ、偽祐人の正体や事情を知ってしまった一悟は放っておくことはできない。だからこれをフォローするつもりでいた。

さらに言えば、今日のすべてを傲光のフォローで費やす覚悟までしていたのだ。そのような悲壮《ひそう》な覚悟を持っていた一悟だが、起きた事象だけを見れば順調に進んでいる……。

ところが、だ。

この状況に最大の障害であるはずの美麗が大きく貢献《こうけん》しているのだ。

(何だ？　何故だ？　どういうんだ？)

一悟は疑問が生じるとそれが分かるまで問題に固執《こしつ》する傾向《けいこう》があった。一旦《いったん》、冷静になると事態を俯瞰《ふかん》するようになる一悟だが今はまだその状態まで至っていない。

何故なら……、

相手は、あの高野美麗、その人だからである。

一悟は顔が机に着きそうなくらい近づけて小声で自問自答する。

「普段《ふだん》の女サウ〇ーであれば、配下（※生徒のこと）の無礼を見れば汚物《おぶつ》を消毒するように注意するはずだ！　機嫌《きげん》が……いや、運が良かったのか？　いや、しかし、相手はあの女○ウザー美麗だぜ？　こんな都合の良いことが……」

美麗が片手で持つ出席簿《しゅつせきぼ》……分厚いカバーに挟《はさ》まれている出席簿だが、突然、カバーごと拉《ひし》げた。

「「「ひ！」」」

D組の生徒たちは美麗の行動の意味が分からず涙目《なみだめ》になって断末魔《だんまつま》のような声を上げる。

気付いていないのは一悟だけ。

「中馬君《なかうま》……能勢《のせ》さん」

徐々に一悟の呼ばれる番が近づいてきている。

そして……。

「……袴田君」

（分からん……さっぱり分からん。今日の美麗先生はおかしい）

「……袴田君」

迂闊《うかつ》にも一悟は美麗に呼ばれていることに気が付かない。

すると、美麗が静かに動き出す……。

美麗はいつもの無表情で拉げた出席簿を持ちながらゆっくりと一悟に向かい歩き出した。

クラスの全員が固まり、目だけで美麗を追う。

静香は一悟の左後ろから声をかけようとしたがそれはできない。
というより、できるわけがなかった。
何故なら、相手が高野美麗なので。
クラスの中には既《すで》に一悟のために合掌《がっしょう》をしている者や胸で十字を切る者もいる。
「……袴田君」
美麗は一悟の前に立った。
この時、ようやく一悟はその気配に気付く。
一悟の額から……幾筋《いくすじ》もの極冷の汗が流れる。
身体が意思と無関係に震えだし一悟はゆっくりと……顔を上げた。
そこには……汚物を見るように自分を見下す女聖帝……いや、担任の姿が。
（ああ……俺、消毒されるんだなぁ）
一悟が短い人生を振《ふ》り返《かえ》り始める。
それと同時にクラス全員が、少々、先取りで一悟の冥福《めいふく》を祈りだした。
が、その時……。
その女聖帝様の後ろ、一悟から見て右斜め前《まえ》から凛々《りり》しい声が上がった。
「一悟殿、呼ばれていますよ。返事をされた方が良いのではないかな？」

「「「「……！」」」」

まさかの、この状況下での発言者の出現にクラス全員の視線が集中した。

その発言者は祐人の姿をした傲光である。

普段ではあり得ない堂々としたその祐人は悪びれもなく、すまし顔で一悟に体を向けていた。美麗も顔半分を祐人の席のある後方に向け、無表情に目を偽祐人に移す。

一悟はその傲光の言葉でできた僅《わず》かな間合いを使い、反射的に返事をする。

「すみません！　はい！　袴田、います！」

あの高野美麗を前に臆《おく》するところのない偽祐人が神々《こうごう》しく見えたのは一人や二人ではなかった。なんという勇者だ、と、まるで突然現れた世紀末救世主を見るような表情のクラスメイトたち。だが……そうはいえども、相手は高野美麗だ。

大半のD組のクラスメイトには女聖帝の消毒対象が増えただけのように見えた。

「「「「ゴクリ……」」」」

全員が固唾《かたず》を飲み、一年D組を静寂が覆う。

すると……美麗は体を翻《ひるがえ》し、

「よろしい……返事は早くするように。堂杜君、ありがとうございます」

((((え————!!))))

美麗は何事もなかったように教壇に戻《もど》り、出席をとり終えるとホームルームを手際《てぎわ》よく実施《じっし》して出て行った。

担任の美麗が出て行き……残された生徒たちがその存在が遠ざかるのを確認《かくにん》すると一年D組はまるで堰《せき》を切ったように大騒《おおさわ》ぎになった。

「うおおおお！　堂杜、スゲェ――な！　美麗先生の前で！」

「堂杜君、すごーい！　それに……今日の堂杜君、なんか恰好いい……ポッ」

「お、俺、動揺した美麗先生見ちゃったよ！　寿命が百年縮んじまう！」

「美麗先生の動揺した顔も素敵《すてき》だった……あと……堂杜君も……」

傲光の周りにクラスメイトの人だかりができて、まるでお祭り騒《さわ》ぎだ。

皆、興奮したように先ほどのやりとりを振り返り、傲光を称賛《しょうさん》している。

男子は誰《だれ》も彼《かれ》も騒ぎ、女子は祐人の姿をした傲光に頬を赤らめている。

先程《さきほど》、堂杜救世主に救われた憐《あわ》れな一悟は、その様子をポカーンと見ている。

「いや、皆さん、あの女人《にょにん》はそんなに理不尽《りふじん》な方には見えない。あれくらいで怒るような御仁《ごじん》でもなかろう」

傲光が一人落ち着いた感じで応答すると「え？」と、皆が一様に驚いた顔をする。

一悟がハッとして立ち上がり、祐人の姿をした傲光に飛びついて口を押《お》さえた。

「うわー！　ば、馬鹿《ばか》！　口調！　ははは、こいつは……ほら、中二病だから。たまにね？

こう言う口調がね？　あはは……」

「むう、済まない。一悟ど……一悟。失念……忘れてた」

反省する傲光の横で一悟は必死に誤魔化《ごまか》すようにみんなに笑いかける。

「「「「………」」」」

クラスメイトはしばし偽祐人を見つめると……。

「「「「うおおおお！　かっけ——!!」」」」

「「「「ど、堂杜君………素敵！」」」」

もう、大騒ぎ。

「はあー!?」

一悟の想像に反してクラスメイトは歓喜《かんき》をもって傲光を受け入れている。

「袴田、お前は何言ってんの？」

「ちょっと、袴田君どいてよ。堂杜君と話せないじゃない」

一悟は皆から傲光の横を邪魔《じゃま》だとばかりに追い出されてしまう。

偽祐人はもう英雄扱《えいゆうあつか》いだ。一悟はその英雄に救われた村人でしかないような扱い……。

「あら〜？」

一悟は、何だこりゃ……と、もう訳が分からない。

これじゃあ、全然フォローする必要はないんじゃないか？　と脱力《だつりょく》する。

そして、なんだか段々と一悟はやるせない気持ちに包まれていった。

「もう、なんなの⁉　さっきの俺の緊張を！　覚悟を！　返してくれよー！」

一悟はもう涙目で、訴《うった》えるようにD組の生徒の中心で崇《あが》められている傲光を睨《にら》んだ。

「う～、俺の好感度超アップ計画が！　何でこうなった⁉」

その後、静香の話によると今日は運よく茉莉は学級委員長の仕事が忙《いそが》しく、D組に顔を出せないことが分かり、一悟は二度目の脱力を起こす。

傲光扮する偽祐人はというと、休み時間の度に女子生徒たちからのお誘《さそ》いを受け、授業以外の時間のほとんどは女子たちと時間を過ごした。

すっかりへそを曲げた一悟は「俺の好感度が……」と一人ブツブツと言っている。

そして静香は面白《おもしろ》そうにこの事態を眺めている。

朝のホームルームを終え、教室を後にした美麗はというと……。

しばらく廊下を進み、普段、決して見せない困惑《こんわく》した表情で独り言を吐《は》く。

「まったく……あの子はなんて御方《おかた》と契約《けいやく》しているの」

これもまた珍《めずら》しく、美麗は軽く頭を押《お》さえた。

「まさか、東海竜王《とうかいりゆうおう》様だなんて……」

放課後になり、傲光は疲労困憊《ひろうこんぱい》の一悟と誰もいない校舎裏まで行くと頭を下げた。

「一悟殿、本日は大変お世話になりました」

「あ……ああ、別にいいって」

「誠《まこと》に恐縮《きようしゆく》ですが、あと五日間よろしくお願いいたします」

一悟は目を見開く。

（そうだった……今日はまだ祐人が休んで一日目だった）

これがあと五日間もあることに、ガクッと項垂《うなだ》れる一悟。

「あ、明日もこの調子でよろしく頼みますよ、傲光さん……」

「私は今日でおしまいです。明日は他の者が来ますので」

「……え？　はあ――ん⁉　明日は傲光さんじゃないの⁉」

「はい、そのようにお伝えしたつもりでしたが……」

「い――！　そうでしたっけ？」

あまりのことがありすぎて忘れていた。

今日は休み時間の度に祐人の姿をした傲光とお話ししたい女子の交通整理で休んだ覚え

はない。しかも、上手く整理しないと女子からの恨みを買いそうになり、必死に一悟は取り組んだ。静香にも応援《おうえん》を頼み、手伝ってもらったこともあった。

振り返れば一悟は女子からの好感度アップどころか好感度を落とさないように必死だった。不幸中の幸いは茉莉がこの状況を見ておらず、これだけは一悟も胸を撫で下《お》ろした。

ただ、大変だったのは体育の授業だった。

今日の体育は野球だったのだが、そこで傲光がバットを槍《やり》のように扱い、バットの先端《せんたん》でボールを貫《つらぬ》くと吉林高校における次代の野球部エース候補である鎌田《かまた》君の耳をかすめて場外まで弾《はじ》き飛《と》ばし、先生があんぐりしていた。

その直後、鎌田君は野球を辞《や》めると言い出し、一悟が必死に宥《なだ》めたのだ。

「明日は白というものが来ます」

「ははは……そう……で、どんな人かな？」

「はい、無邪気《むじゃき》で好奇心旺盛《こうきしんおうせい》な子です。少々、元気すぎるところがありますので、よく言い聞かせておきます」

「……」

それは大変そうだ……。

できれば、元気なく無関心な子がいい。

「もちろん、祐人の姿はしているんですよね？」

「はい、もちろんです。ただ、心配な点があります」

まだあるのか。

「白は女の子ですので、もし、明日も体育という科目がありますと、他の男性と一緒《いっしょ》に着《き》替《が》えるのは難しいかと……。純粋《じゅんすい》な子ですので」

「え――!?　女の子ー!?」

これは面倒くささそうだ。

「あ、そういえば……これから日毎《ひごと》に、来る人は……」

「はい、違います。明日から、白、スーザン、サリー、玄《げん》、最後に嬌子という者たちが順番に来ます。玄以外はすべて女性です。それと私が言うのも何ですが……」

「ままま、まだ何かあるんですか？」

一悟の肩は小刻みに震えている。

「特に女性の方々は皆《みな》、個性が……豊かですので」

「こ、個性が……ね。ははは……」

「私からも今日、学んだことはよく伝えておきます。一悟殿、この恩義はいつか必ずお返しします」

「ははは……べ、別に、構いませんよ。元々、祐人のフォローをするつもりでしたから」

「おお……！」

一悟の言葉を聞くと傲光は感動したように口を手のひらで覆う。

「さすがは……御館様《おやかたさま》。なんと素晴《すば》らしい友をお持ちなのでしょう。これも御館様の人徳の賜物《たまもの》でございます！」

この傲光の言葉を聞いた瞬間《しゅんかん》、イラッとした一悟は祐人の能天気な顔を頭に浮かべた。

（人徳だぁ？　祐人の野郎《やろう》ぉぉ……）

「あ、そういえば、傲光さん。何で名前を呼ばれた時に返事をしなかったんですか？」

一悟は傲光が朝のホームルームで美麗に名前を呼ばれたにも拘《かか》わらず、返事をしなかったことを尋《たず》ねた。というのも、その後に一悟には返事をしたらどうかと言ってきたのだ。

つまり、傲光は名前を呼ばれたら返事をするということは分かっていたということだ。

「いえ、卑《いや》しくもこの私が御館様の名前で返事をするなど不敬に当たります。あれは、どうしてもしたくありませんでした」

「あ……ああ、なるほど。ふ、不敬ですか、あの祐人にね。そうでしたか……ははは」

一悟は乾《かわ》いた笑いで頷《うなず》く。

（そんな理由で俺が消毒されそうになったのか。祐人への不敬ってやつで……。その何の価値も感じられないやつで……）

「では、私はここで失礼いたします。早く帰って本日の経験を報告したいので……」

「あ、分かりました。よ〜く、しっかり、確実に伝えておいて下さい！　特に俺が言ったことは何度となく伝えて下さい！」

「承知いたしました。一悟殿、またいつか！」

そう言うと傲光はフワッと浮《う》いたと思うと姿を消した。

忽然《こつぜん》と姿を消した傲光に一悟は驚《おどろ》くが、しばらくしてフッと大人びた笑《え》みをこぼす。

そして……一悟は拳《こぶし》を上げた。

「ゴラァァァ――――！　普通《ふつう》に帰れ――!!　誰か見てたらどうすんだぁ――!!」

そして、一悟は肩《かた》で息をして、もう一度大きく息を吸う。

「祐人ぉぉぉ!!　帰ってきたらぁぁぁ！　必ず、ぶっ殺す――――――!!」

一悟は吉林高校の敷地《しきち》内《ない》にある裏山に向けて魂《たましい》のこもった雄叫《おたけ》びを上げるのだった。

第4章　マットウの娘ニイナ

グエンの運転する軍用ジープはミンラの街中心部に差《さ》し掛《か》かる。

ミレマーに来て二つ目の街だ。祐人《ひろと》は窓の外を興味深そうに見ていた。

それに比べ、瑞穂《みずほ》とマリオンは戦闘《せんとう》の疲《つか》れがあるのか静かにしている。

ミンラはヤングラほど大きな町ではない。そのため、街並みもヤングラほど活気があるようには見えないが、祐人にとって初めての海外ということもあり、どれもが新鮮《しんせん》に見え、後でちょっと散歩できないかな、などと呑気《のんき》なことを考えていた。

マットウの屋敷《やしき》はミンラの町の中心部から北へ通《とお》り抜けたところにあるようで、今、車が走っている南北に延びた大通りの最北端《さいほくたん》に位置しているとグエンに教えてもらった。

（確かにヤングラに比べると小さいけど、それでもそこそこの人口はありそうだな。思ったよりも道路も整備されてるし、碁盤目《ごばんめ》状に道が作られているから道に迷うこともなさそう。あ、カフェまであるよ！　ホテルのカフェか……うん？　うーん？？）

「はあ――ん⁉」

いきなり静かな車中で祐人が大きな声を出した。

グエンをはじめ、瑞穂とマリオンが驚いてひっくり返りそうになる。

「な、何があったの⁉　祐人」

「どうしたんですか⁉」

「ドウモリさん？　敵ですか⁉」

「あ……ご、ごめん。今、知り合いにそっくりな人がいて吃驚《びっくり》したんだけど、人違《ひとちが》いだったみたい」

「ちょっと……驚かさないで、祐人！　私は疲れてんのよ」

「祐人さん、ここはミレマーですよ。こんなところに知り合いなんて……」

「ほ、本当、ごめん」

瑞穂とマリオンは休んでいるところに声を張り上げた祐人に不満が噴出《ふんしゅつ》する。

グエンでさえ溜息をつき、祐人は一気に車中での居心地《いごこち》が悪くなった。

だが……、

（あれは見間違いじゃない。だってあいつ、手を振ってんだもん！　ここには瑞穂さんとマリオンさんがいるんだぞ！　バレたらどうすんだ、あんにゃろうは！）

祐人はワナワナしながら小声で唸《うな》る。

「こんなところまで来て〜！　もう！　ガストンはぁ！」

祐人は、困った友人の行動に頭を悩《なや》ませた。

祐人たちを乗せた車の前方にマットウの屋敷のものと思われる大きな塀《へい》と門が見えてきた。門の前には兵が数名常駐《じょうちゅう》し辺りに目を光らせている。

マットウは今、ミレマーにおいてカリグダの軍事独裁政権の最大の政敵である。実際、カリグダが雇《やと》った能力者の暗殺者を放ってきているのだ。

これぐらいの厳重な警備は当然だろう。

「到着《とうちゃく》しました。ここがマットウ閣下のお屋敷です」

門のところでチェックを終え、グエンがそう言うと祐人は頷いた。

ただ、考えていたよりも敷地《しきち》が広く屋敷が全く見えない。今、目の前に広がる木々を抜けたところにあるのだろうと祐人は考える。

「では、玄関《げんかん》の前まで行きますね」

予想通り森と言っていいほどの木々を抜けると広大な庭が現れ、その庭の奥《おく》に大きな洋風の屋敷が姿を現した。見た目はちょっとした迎賓館《げいひんかん》のようにも見える。

既に数台、マットウ本人とマットウ部隊の幹部を乗せていた車が玄関の前に停車していたので、その後ろにグエンは車を止めた。

「さあ、皆さん、降りて下さい。私はここまでですので、あとは家宰《かさい》がドウモリさんたちを案内するでしょうから」

「グエンさん、ありがとうございます」

祐人がお礼を言い、後ろの瑞穂とマリオンも謝意を示した。

「いえいえ、何を言うんですか！　皆さんがいなかったら私たちは今頃《いまごろ》、ここにはいません。この程度でお礼を言われちゃ困りますよ」

そう言うとグエンは祐人たちに敬礼をして車に戻っていった。

祐人たちは自分の荷物を持ち、玄関に近づくとすぐに執事《しつじ》と思われる初老の男性とミレマーの民族衣装を身に着けた若い女性たちがやって来た。

「これは申し訳ありません。私はこの屋敷の一切《いっさい》を任されているアローカウネです。一気にお客人が参られましたのでお待たせしてしまいました。四天寺《してんじ》様とシュリアン様と……えー、男性お一人様ですね？　ささ、荷物はこちらに預けて下さい。お部屋までご案内します」

（あー、僕《ぼく》の名前だけ伝わってないよ……）

祐人は気の抜けた笑顔《えがお》になるが瑞穂とマリオンはともかく、祐人の荷物は少なくスポーツバッグ一つだったので断ろうとした。

「あ、僕はいいですよ？　荷物はこれだけなんで」

「「「「え!?」」」」

祐人がそう言った途端、使用人の若い女性たちが愕然《がくぜん》とした表情で顔を青ざめさせる。

そして絶望に満たされたように目を潤《うる》ませ……膝《ひざ》を折ったり互《たが》いの両肩《りょうかた》に体重を預けてすすり泣き始めた。

「ええー!!　何これ!?　僕？　僕のせい？　今、なにか悪いこと言った？」

祐人は驚いて瑞穂とマリオンの方に振り向《む》く。

すると、マリオンが苦笑いしながら教えてくれた。

「祐人さん、どうやらミレマーではこの手の仕事を断ってはいけないみたいなんです」

「え？　そうなんですか？」

祐人はもう一度、前に振り向くと、

「おおー、お前たち！　可哀想《かわいそう》なお前たちよ～！」

アローカウネが使用人の少女たちに混ざり泣いていた。

しかも、必要以上に大きな声……な気がする祐人。

「祐人、諦《あきら》めてこの人たちに任せなさい。どうやらこの国では相手の仕事を断るということは仕事を減らす。仕事を減らすということは人を減らすことに直結しているみたいなのよ。だから、祐人みたいのは有難迷惑《ありがためいわく》なのよ」

瑞穂の表情から瑞穂も最初は戸惑《とまど》ったのだろう。なんとも極端《きょくたん》な考えとも思うが、これもお国柄《くにがら》だというのなら従う方がいいだろう。

祐人も納得《なっとく》してまだ泣いている使用人の方々に先ほどの言葉を撤回《てっかい》した。

「あ！　やっぱり運んで欲《ほ》しいです！　まあ荷物はこれだけですけど」

「「「……」」」

一瞬《いっしゅん》泣き止《や》むが、反応がない。そして、また泣き始める。

「「「うわーん！」」」

「お、お前たちよ～！」

「あれ⁉　変化ないですよ！　どうして？」

「馬鹿ね、言い方が悪いのよ」

「言い方？」

「あ、さっき祐人さん、荷物を頼むときに大したことではないように言ったでしょう？　あれは仕事が簡単であまり必要ない、という意味にもなるんです」

「えー⁉」

祐人は使用人たちに目を向けると、全員、祐人を一瞬、チラッと見ていた。

（うん、なんか面倒《めんどう》ください）

「あーあ、この邪魔な荷物、お願いできます？　もう、肩が凝《こ》って仕方がないし～。こんなに持ってくるんじゃなかったよ～」

「「「かしこまりました！　お客様！」」」

祐人の棒読みのセリフに満面の笑みで祐人のたった一つだけのスポーツバッグを三人で運ぶ使用人の少女たち。

そこにキリッとしたアローカウネが姿勢正しくお辞儀《じぎ》をした。

「それではこちらに……」

ようやく祐人たちはそれぞれの部屋に案内をされる。

（大丈夫《だいじょうぶ》か？　この国。違《ちが》う意味で）

祐人の乾いた表情を見てマリオンが苦笑い気味に説明する。

「ミレマーのこの風習というか考え方みたいなものは使用人のような仕事に就《つ》いている人たちだけで、それも都会では大分薄《うす》れているもののようですよ」

マリオンの話を聞いて大きく頷き、安堵《あんど》する祐人だった。

◆

「もう、お前はこんなところまで来てぇ！　ここには瑞穂さんとマリオンさんもいるんだぞ！　分かってるだろう？　バレたらどんなことになるかぐらいは」

「まあまあ、旦那《だんな》。ちょっと落ち着いて下さいよ」

今、祐人は案内された部屋でガストンを説教している。

客室に案内されて使用人の少女たちにスポーツバッグを荷台に置いてもらった後、祐人は念のため、大げさにお礼を伝えると笑みを浮かべて使用人たちは出て行った。

そしてドアが閉められたのを確認し、祐人はやっと落ち着けると振り返ればガストンが足を組み、にこやかな顔でベッドに座っていたのだ。

「これが落ち着いてなんかいられないよ。ガストンはいつもいつも！　危ないことばっかり！　少しはこっちの気持ちにもなってくれよ」

「旦那、そんなこと言わずに話だけでも聞いて下さい。すごい情報を持って来たんですよ～」

「情報？」

「はい」

「あ、やっぱり危ない橋を……」

「祐人の旦那、このミレマーって国はもう駄目《だめ》かもしれませんよ？」

ガストンは声のトーンを変え深刻な顔で伝えてくる。

「……え？　ガストン、何を突然《とつぜん》。そりゃあ内戦の危険は多少なりともあるだろうけど、それは飛躍《ひやく》しすぎじゃない？　だってマットウ将軍の国連でのスピーチ如何《いかん》では……」

「違います、旦那。そんな話じゃありません」

ガストンの真剣《しんけん》な顔に祐人は口を閉ざす。

ガストンはいつも祐人のために世話を焼いてくれている。それで危険まで冒《おか》すことがあるので祐人はいつも注意してきた。

だが、こんなに差し迫《せま》った顔で情報を伝えてくるガストンは初めてだったのだ。

「ガストン……教えて。一体、何の情報を手に入れてきたのか」

「はい。ちょっと長くなりますがいいですか？」

「うん……頼む」

「そうですね、まず、ミレマーを良い方向に変えようとしている二人の男の話からです」

「それは……一人はもちろんマットウ将軍と……」

「はい、もう一人は軍事政権ナンバー2のグアラン首相《しゅしょう》です」

「……⁉」

祐人はガストンが出した思いがけない人物の名前に驚く。

「ちょっと待って、ガストン。言っている意味が分からない。だってその二人は敵同士……」

「聞いてください。マットウさんとグアランさんは過去の生《お》い立《た》ちや所属をいくつか、ねつ造していいます。先進国では中々できないことですが、ミレマーのような後進国で軍閥《ぐんばつ》のようなものがいまだに存在している国ではよくあることです。さすがに生まれたところまではバレると思ったのか変えていませんが」

ガストンの話に眉をひそめる祐人。

「確かグアラン首相の故郷はミンラの隣《となり》の村って……それじゃあ、マットウ将軍とグアラン首相は……」

「はい、無二の親友の間柄《あいだがら》でした……幼少のころからの」

「え……ハッ！　じゃあ、まさか今のミレマーの状態は⁉」

相対し合う組織の最高幹部に親友の二人がいる。そこで、祐人に一つの可能性が見えた。

「さすが旦那、察しがいいですね。そうです、この二人で作り上げた可能性が高いです」

ガストンは頷くと祐人に笑みを見せる。

「二人は幼少からの付き合いで、このミンラ方面を所轄《しょかつ》していた第五師団に所属する軍人でもありました。若いころに同じ部隊にいた形跡《けいせき》もあります。また、その後にグアランさんが出世するにつれ、それとぶつかる相手として必ずマットウさんの名が挙がり、グアランさんが嫌《きら》われるとそれに比例してマットウさんの人気が上がるような関係になっています」

「それは……」

「完全に二人が仕組んでいると考えていいと思います、旦那。二人は名家の出身でもない平民です。その二人がどうして、こんな大それたことを考えたのかまでは分かりません。ですが、この二人に深く関《かか》わる女性がいました。私が思うにその女性が何か関係があるのかもしれません」

女性……と祐人は考える。

ミレマーの二人の英雄に影響《えいきょう》を与《あた》える存在。

まるで陳腐《ちんぷ》な話のように聞こえるが、歴史上、この女性という存在が今に至るまで名を残す英雄たちにどれだけの重い意味を持ったことか。

「その女性は……?」

「ソーナインという名の女性で、このミンラ出身です」

「それで……今はどこに？」

「もう亡《な》くなっています」

「……」

「十数年前にも何度かミレマーで民主化運動が起きています。まあ、その根底には貧しさからくる政権批判があったようですが、その時、鎮圧《ちんあつ》に派遣《はけん》された軍に……」

真剣な顔のガストンの話に祐人は表情に影《かげ》を落とす。

「その女性を殺した軍に二人は所属していた……のか、マットウ将軍もグアラン首相も」

ガストンは一拍《ぱく》置き、真剣な顔になった祐人を見た。

「それとこの情報を得た過程で私はおかしなことに気が付きました」

「おかしなこと？」

「はい、どう調べてもマットウさんは結婚《けっこん》した形跡がありません。逆にグアランさんには若い頃《ころ》、一人の女性の存在がちらつきます。そして、どうやらその女性は出産もしているようでした」

その話を聞いて、さすがに、と祐人は口を開く。

「それはおかしいよ。マットウ将軍には娘さんがいるって言っていたもの……うん？　まさか、ガストン、そのグアラン首相にちらつく女性って」

「そうです、ソーナインさんです。そして、生まれた子供は女児……グアランさんは表向き、子供はいないことになっています。ということは、つまり……」

祐人の顔が驚愕《きょうがく》に染まっていく。

「まさか！　マットウ将軍がグアラン首相の娘を自分の娘として育てていると！」

ガストンは大きく頷いた。

「間違《まちが》いないと思います。これだけ深い関係にあるマットウさんとグアランさん。そして、その二人にまたがるソーナインさんという女性。また、グアランさんとソーナインさんの娘さんと思われる女児をマットウさんが育てている。このことから考えて、このミレマーを二分する勢力に二人はわざと分かれて、一つの目的に向かっているんだと思います」

「この国を軍事政権の圧政から解放し、国民による国にしようと……」

祐人は二人の考えを憶測《おくそく》する。

「いえ、ちょっと違います、旦那。実はマットウさんは民主化と言いながら、それはあくまで手段のようにとらえているようです」

「……というのは？」

「別に民主主義の国になれば良いというわけではありません。要は豊かにならなければ政治体制が変わっても国民にしてみれば大して意味はありませんから」

「確かに……それはそうだね。国自体が貧しいままでは、第二、第三のカリグダ元帥《げんすい》を生むだけかもしれないし」

（それは魔界《まかい》にあった国でも同じことが言えたな……）

「そうです。それをグアランさん、マットウさんは分かっているのでしょう。それで民主化をすることで先進国の投資を大々的に呼び込むのが目的のようです。現にマットウさんに派遣された部下たちは、各国家にそのことを伝えているようです。閉鎖的《へいさてき》だった軍事政権に取って代わった時は市場を開放すると……。言ってみれば、それを主要国にちらつかせたおかげで国連のスピーチなんてものを手に入れたんですがね」

「そうか……軍事政権が国民に圧政支配をしているうちはアメリカや日本をはじめとした先進国は建前上、投資を必ず控《ひか》えるからね。だけど、民主化を約束して人権問題にも解決の糸口を示せば、どの国も大手を振って投資が出来る」

「旦那の言う通りです。私の調べではミレマーは貧しくインフラも未発達ですが、人口は六千万人。インフラ投資をすればその安い労働力に各グローバル企業《きぎょう》が目をつけないわけがありません。また、九十％以上が敬虔《けいけん》な仏教徒で真面目《まじめ》な国民性も評価が高い国です」

ここまで解析《かいせき》しているガストンに祐人は驚きを隠《かく》せない顔になる。

「ガストン……お前なんかすごくなってない？　でも……この国を豊かにするために二人

は命がけで戦っている……のか。じゃあ、暗殺者を雇ったのはカリグダ元帥に間違いないね。この情報でいくとグアラン首相がするわけがない」

「そうです。マットウさんを恐《おそ》れたカリグダさんの独断でしょうね。話によると気の小さいお人だとのことですよ。それと旦那、私も成長しているんですよ。いつまでも周囲に無関心で生きているわけではないんです」

祐人はガストンの成長という言葉を聞いて、何故《なぜ》だか少し嬉《うれ》しくなった。

「ははは、千五百年ぼっちの実績があるやつのセリフじゃないね。それでガストン、そのマットウさんが育てている娘さんというのは……」

「はい、ニイナさんと言いまして、今、この屋敷にいます」

「……！」

「それと旦那、もう一つあります。これが旦那に伝えようとした本題なんです」

「まったくガストンはどこまで……」

「他に言うことはないんですかい？　さっき説教をしようとした、だ・ん・な」

祐人は苦笑いを隠さない。

「ありがとう、ガストン。こんなに調べてくれて感謝するよ」

その祐人の感謝の言葉でガストンは心から嬉しそうな顔する。

「ふふん」

「でも、友人として言うけど、危ないと思ったら自分を最優先してよ、絶対だよ」

「わ、分かってますよ、旦那」

「もう……。それで本題って？」

「このカリグダさんの雇った敵の能力者の正体と目的です」

「……っ！」

またも思いがけない重要な情報をガストンは提示する。

「旦那……どうやらカリグダさんはとんでもない奴《やつ》らをこの国に引き込んだようですよ」

「……とんでもない奴ら？」

「はい、こいつらは下手をすれば、この国を滅《ほろ》ぼしかねません連中です」

「まさか……そんなこと」

ガストンの情報収集能力がその持っているスキル的に高いのは分かるが、話があまりに突拍子《とっぴょうし》のないものに祐人には聞こえてしまう。

「いえ、事実です。こいつらの組織の名はスルトの剣《けん》。その首領のロキアルムという男は百年前に起きた能力者同士の戦争の生き残りです」

「百年前……!?　それはどういう……ごめん、ガストンの言っている意味が」

「やっぱり旦那は知りませんか……まあ、当たり前でしょうが」

ここにきて祐人はガストンの知るすべての情報を知りたくなった。これはこのマットウ護衛の依頼《いらい》にも影響しそうだと感じたのだ。

「ガストン教えて。その能力者間の戦争って……それとスルトの剣っていうのを」

「まあ、順を追って話しますよ。百年前の能力者同士の大規模ないざこざ……と言うにはあまりに凄惨《せいさん》な戦いだったようですが、これが今、旦那が契約している世界能力者機関の前身である能力者ギルドが発足《ほっそく》する理由にもなったものです」

その後、ガストンが手に入れた情報を淡々《たんたん》と説明していくと祐人は次第に顔を強張《こわば》らせていくのだった。


「ふう……」

祐人がガストンと部屋に籠《こも》っている頃、瑞穂は今回の報告書を世界能力者機関日本支部の垣楯志摩《かきだてしま》に報告を終えたところだった。ここに到着してからも休まずに報告書をまとめていたせいで疲労《ひろう》が身体を支配している。

それでも同じく疲れているはずのマリオンは敵の間者がいないか調査も含《ふく》めてマットウの会議に今も参加している。瑞穂はマリオンに申し訳ないと思いつつも、ベッドに横たわり仮眠《かみん》をとることにした。

（ニーズベック……ロキアルム。一体、どんな連中なの？　機関の調査結果が早く出ればいいけど……）

瑞穂は今日の戦いを頭に思《おも》い浮かべつつ、徐々《じょじょ》にその意識を手放したのだった。

◆

世界能力者機関日本支部支部長の秘書である垣楯志摩の一日は忙しい。

今日はパソコンの前から一歩も離《はな》れず過ごし、時間はすでに日を跨《また》ごうとしている。

現在、多数来ている依頼を精査し、依頼の緊急度《きんきゅうど》と重要度を加味しながら、それぞれの案件に相応《ふさわ》しい能力者の選定、派遣した先の各能力者の進捗状況《しんちょくじょうきょう》、他の支部との情報共有と支部長の参加する会議日程の確保等々とやることは多岐《たき》に亘《わた》っている。

「札幌《さっぽろ》の案件は順調ね。北九州のは少し遅《おく》れているかしら。ランクFでは少し手こずるのかもしれないけど……今は踏《ふ》ん張《ば》ってもらわないと」

志摩は一瞬《いっしゅん》、時計を見て息をつき、冷たくなったコーヒーに口をつけた。

「ふう、今日はここまで……うん？　こんな時間にメール？」

パソコンを閉じようとしたところに入って来た、派遣先《はけんさき》の能力者からの緊急時にのみ使用するフォームでのメールに志摩は目を細めた。

「これは……瑞穂さんからだ。そうか、時差があるのを忘れてたわ。でも緊急って……」

志摩はメールを開き内容の確認《かくにん》をする。

（これは調査依頼ね……え、敵能力者の名が判明⁉　呼び名が……ニーズベックにロキアルム？　聞いたことがないわ。でも、この連中がランクA二人を相手にしてもまったく引かなかった能力者たち……一体どんな奴らなの）

志摩は瑞穂の報告にある聞き覚えのない敵能力者たちに何故《なぜ》か胸騒《むなさわ》ぎを覚えた。

彼女《かのじょ》は帰宅を諦めて立ち上がると外部のサーバーと完全に遮断《しゃだん》された能力者機関の資料データがある保管庫に移動する。

厳重なセキュリティーが施《ほどこ》されているドアの前に立つと横に設置されているモニターに網膜認証《もうまくにんしょう》と指紋認証《しもんにんしょう》をし、同時に霊力《れいりょく》を軽く発することでその部屋のドアは開いた。

（ここに来るのは本当に久しぶりね……）

日本支部では支部長と志摩しか入ることを許《ゆる》されていない世界能力者機関の資料室である。因《ちな》みにここは認証《にんしょう》した人数しか入れない。それ以上の人数が確認されるとすべてのデータが自動的にダウンする仕組みになっている。

志摩は部屋中央の大型モニター前にあるパソコンに座《すわ》り電源を入れてアクセスをする。

そこには機関の前身である能力者ギルドの時代からかき集められた情報がデータベース化されており、その情報の重要度レベルに応じて階層化されている。

志摩が閲覧《えつらん》を許されているのは、五段階に分けられている重要度レベルの上から二番目までであり、最上位の情報を見ることはできない。

志摩は瑞穂からの情報から敵能力者の呼び名と思われるワードを入力し検索《けんさく》をかける。

「ニーズベック……ロキアルム……」

「え……まさか、最上位情報の案件⁉　組織名はスルトの剣？　それ以上は私では閲覧できない⁉」

志摩は今日、処理した膨大《ぼうだい》な仕事の疲れを忘れ、驚きに顔を硬《かた》くした。

(詳細《しょうさい》情報が機関の本部案件に！　こ、これはこの情報を手に入れた場合は速《すみ》やかにローマ本部への連絡《れんらく》と指示を仰《あお》ぐことって！　一体、何なの⁉)

「いけない、こうしてはいられないわ！」

志摩は顔色を変えて支部長である大峰《おおみね》日紗枝《ひさえ》への連絡と世界能力者機関本部へのコンタクトのために慌《あわ》てて立ち上がった。

祐人はあてがわれたマットウ邸《てい》の二階の部屋のベッドで天井《てんじょう》を眺《なが》めていた。

ガストンは「また来ますね、旦那」と言って出て行き、一人になった祐人はしばらく考えに没頭《ぼっとう》する。

（この敵は危険だ。その実力も思想も……そして、その目的も。瑞穂さんとマリオンさんになんて伝えるか。でも、どこからの情報源なのかは言えないし）

祐人は自分が動ける範囲《はんい》が狭《せま》いことに頭を悩ます。

（敵能力者の目的がガストンの情報通りなら……もうマットウ将軍の護衛についての依頼はほぼ完遂《かんすい》したことになる。もうあちらにマットウ将軍を襲《おそ》う意味もない）

祐人は何か釈然《しゃくぜん》としない気持ちで寝返《ねがえ》りをうった。

（別に……機関所属の僕らが依頼以外のことを考える必要もないか）

「喉《のど》が渇《かわ》いたな。なにか飲み物を貰《もら》いに行こうかな」

祐人はベッドから立ち上がると、飲み物を頼《たの》みに部屋を出て行った。

祐人は部屋の外の長い廊下《ろうか》をしばし歩いていくが使用人が見当たらず、飲み物を貰うにも一階の調理場の方を訪ねた方がいいか、と考え、幅《はば》の広い階段を下る。

日も沈《しず》みかけてきて全体的に薄暗《うすぐら》く感じるが、それはマットウ邸が部屋以外の照明を弱めに設定しているのもあるのだろう。

祐人が階下を見渡《みわた》せるところまで下りてくると、運良く執事のアローカウネが正面玄関前のフロアで他の使用人と会話をしていた。するとアローカウネが祐人に気付いた。

「如何なされましたか？　えー、あー、お客様？」

「あ、堂杜《どうもり》です」

「はい、堂杜様」

祐人はそういえば名乗ってなかったなと思いつつアローカウネに飲み物を頼む。

「畏《かしこ》まりました。もうすぐお食事ですので甘《あま》いものではなくさっぱりしたものをご用意いたしましょう。それではお部屋の方に運ばせましょうか？　それともこちらの応接室が空いていますので、そちらでお飲みになられますか？」

「じゃあ、申し訳ないですが部屋の方に持って来ていただけますか？」

祐人がそう答えると、さっき祐人が下りてきた階段の方から凛《りん》とした声が発せられた。

「アローカウネ、ここにいましたか。ちょっと明日、外出したいのです。車の用意をしていただけませんか。あら？　そちらの方は……お客人ですか？」

祐人が声の主の方に顔を向けると階段途上《とじょう》に薄い褐色《かっしょく》の肌《はだ》をした理知的と呼ぶのが相応しい容貌《ようぼう》の少女が立っていた。

華奢《きゃしゃ》な体で背筋を伸《の》ばし、その姿勢の良さと整った顔から品の良さが漂《ただよ》っている。

恰好《かっこう》はミレマーの正装なのか、非常に長く大きな帯を体に巻き付けたような衣装を着ていた。

アローカウネはその少女の正面を向き、軽く歩み寄ると頭を下げる。

「承知いたしました、ニイナお嬢様《じょうさま》。はい、こちらはマットウ様の護衛で日本から来られた………お客様です」

「え？　ちょっと！　堂杜ですよ！」

「あ、申し訳ありません。堂杜様です」

祐人はついさっき名乗ったのにも拘わらず、名前を覚えていないアローカウネを睨《にら》む。

(会ってもいない瑞穂さんとマリオンさんは覚えていたくせに！　このおっさん……って

ニイナお嬢様!?　じゃあ、この人がガストンの言っていた……)

ガストンの情報にあったニイナという名前を思い出し、祐人はその少女を確認するように見てしまう。

ニイナは階段を下りてくるとアローカウネの横に立ち、軽く祐人に会釈《えしゃく》をした。

「大変失礼しました、堂杜様。後ほど夕食の際に同席させていただき、ご挨拶《あいさつ》をするつもりだったのですが、私はニイナと申します。私の父マットウが大変お世話になっておりまして、ありがとうございます」

「いえ！　とんでもないです。こちらは自分の仕事をこなしているだけですので感謝されるようなことは何もしてないです」

「いえ、父から聞いています。その歳《とし》に似合わぬ冷静さを持つ方だと」

「え⁉　僕が？　い、いやあ～、そんなことないですよ。本当にそんなことを？　参ったな～」

普段《ふだん》、褒《ほ》められ慣れていない祐人はふにゃけた顔で応じる。

「ええ、そうですとも！　………………チョロそうな人。話と違うわね」

「……え？」

「いえ……ところで堂杜さんはこちらで何をされていたんですか？　もしかしてお仕事中でしたら申し訳ありません」

「え？　ええ！　もちろんです！　やはり護衛をする者として、この屋敷の構造は理解しておかねばならないですから！」

祐人がそう応じるとアローカウネは無表情にニイナに体を向けて頭を下げる。

「こちらの堂杜様は先ほどまでお部屋でお休みになられていて、今、喉が渇いたとのことで飲み物を所望《しょもう》されに来たところです。さらに堂杜様は先ほどまでお休みになられていた部屋にお飲み物をお持ちするようにと仰《おっしゃ》っていました。他の護衛の方々でありますシュリ

アン様はマットウ様と会議に、四天寺様はお部屋で報告等のお仕事をされていたようです」

「……そう、なのですか」

「あ……いや、その後、僕も仕事をね？　あはは……」

（こ、このおっさん、言い方に悪意を感じるんですけど！）

ニイナのジト目で肌がヒリヒリしている祐人が乾いた笑いをしていると、ニイナはニッコリと笑い、思いがけない提案をしてきた。

「ああ、ミレマーは日本に比べると日差しも強く気温も高いので慣れないのでしょう。それでしたら、そちらの部屋で私と一緒《いっしょ》に頂きませんか？　私も初対面の方々の前で挨拶をして、お食事をするよりも少しでもお話をしたことのある方がいた方が落ち着きますから」

「え？　い、いや……これから僕も仕事をしようかと」

「それではついでに私が屋敷の見取り図を説明します。そうすれば一石二鳥でよろしいんじゃないですか。先に屋敷の構造を知ってから実際に見る方が効率的ですし」

正直、喉を潤《うるお》して今日は休もうと考えていた祐人であったが、ニイナの申し出は良いものに思えた。さらに言えば瑞穂やマリオンに仕事をさせておいて、自分だけ休むのも悪いと思う気持ちが湧いたのもあったが。

「そ……そうですね、ではそうさせて頂きます。ありがとうございます、ニイナお嬢《じょう》……」

「ニイナで結構ですよ」

「あ、じゃあニイナさん」

「はい、ではこちらに。アローカウネ、こちらの応接室に飲み物を二つお願いね」

「承知しました、お嬢様。それではご用意してお持ちいたします」

ニイナは頷《うなず》くと玄関前《げんかんまえ》の広いフロアの横にある応接室まで祐人を案内した。

そこは重厚《じゅうこう》な本棚《ほんだな》等が並び、中央に牛革製《ぎゅうかわせい》の大きなソファーがコの字に設置されている。

ニイナは祐人を先にソファーに座らせ、本棚から四つ折りにされている屋敷《やしき》の見取り図を取り出すとテーブルの前に広げた。

「こちらが屋敷の見取り図です。自由に見て結構ですよ。それと何でも聞いて下さいね」

「ありがとうございます。では、失礼しますね」

祐人はそう言い、見取り図を自分に見やすいように回転させた。

この大きな屋敷は三階建てで、それ以外は特徴《とくちょう》もなく何か工夫《くふう》を凝らしているようには見えなかった。取りあえず、建物よりもその周囲を見る方が先かな、と祐人は考える。

他に重要なことと言えば、マットウの所在を把握《はあく》しておくことだろう。

「ニイナさん、失礼ですがマットウ将軍の寝室《しんしつ》やこちらに居《お》られるときによくいる場所を教えてもらえますか？」

「ええ、いいですよ」

ニイナは祐人の前のソファーから立ち上がると祐人の横に座り細かく説明を始める。

「三階にあるこの部屋が父の寝室です。それで今、行われている会議は一階のこの部屋で、そうですね、父は普段は三階にある書斎《しょさい》にいることが多いですかね」

「なるほど……」

ニイナは祐人に肩《かた》が触《ふ》れるほど近づき、細かく説明をしてくれる。

祐人は真剣に説明を聞き、考えるように見取り図を眺めていた。

そこに祐人たちのいる応接室のドアがノックされる。

「失礼いたします。お飲み物をお持ちしました……ハッ！　お嬢様！」

アローカウネは部屋のドアを開けた途端《とたん》、大きな声を出したので祐人は吃驚《びっくり》してアローカウネに目を向けた。

「お嬢様！　そのように見知らぬ殿方《とのがた》と親し気にされるものではありません！　ささ、そこから離れて」

「別にいいじゃない。堂杜さんは父の護衛に来られた人よ。見知らぬ殿方っていうのも失礼でしょう、アローカウネ」

「え⁉　あ、ごめんなさい！」

ここで祐人はニイナが思ったよりも近くにいることに気付き、慌ててニイナと距離《きょり》をとった。ニイナはつまらなそうに嘆息《たんそく》すると立ち上がり祐人の対面のソファーに腰《こし》を掛《か》ける。

アローカウネはコースターを置き、二つのグラスを祐人とニイナの前に差し出すと姿勢を正した。

「ニイナお嬢様は殿方の本性《ほんしょう》を知らないのです。殿方というものは隙《すき》あらばいつでも野《や》獣《じゅう》のようになる生き物です。堂杜様も無害な顔をしていますが、その内側ではどんな邪《よこしま》なことを考えているか分かりません。ましてやニイナお嬢様のように穢《けが》れのない可憐《かれん》なレディーを前にするとその抑《おさ》えも効かなくなり……」

「ははは、抑えって……」

（このジジイ……）

祐人が何とも言えない笑顔のままで固まっているとニイナは片方の肘《ひじ》をソファーの上にかけて、足を組み、先ほどからの品のある様子と打って変わり面倒そうな顔をする。

（あれ？　態度が大分変わったような……）

「ああ、もう、分かった、分かったから。アローカウネはこの手のことに煩《うるさ》すぎるわ。この方はこの私があんなに必要以上に近づいているのに何にも気付かない人よ？　こんな木《ぼく》石《じき》みたいな人が父のいる家で私に何かする勇気なんてあるわけないじゃない」

ニイナはそう言い、空いている右手でアローカウネを制止する。

(木石？　木石って何？　うん、後で調べよう……何となくいい意味ではなさそうだ)

「それとアローカウネ、あなたの発言はお客様に失礼だったわ。今すぐに謝罪なさい。客人をもてなすのがあなたの仕事でしょう」

(いや、ニイナさんも負けじと失礼じゃ……)

「ぐぬぬ」

(あ、このおっさん、ぐぬぬって言ったよ！　リアルのぐぬぬって初めて聞いたよ！)

ニイナに無礼を指摘《してき》され、祐人に謝罪をすることを指示されるとアローカウネはぎこちない態度で祐人に体を向けた。

そして深々と頭を下げる……が、下げた頭と祐人の顔が異様に近い。

「堂杜様、まことに申し訳ありませんでした。お客人に向けてあるまじき発言でした。このアローカウネ、どのような罰《ばつ》も受けます。そして、いざという時はこの老体を使い、相《あい》討《う》ちも辞さない覚悟《かくご》で……」

「あ、気になさらないで下さい、アローカウネさん。僕《ぼく》は全然、気にしていない……って相討ち？」

アローカウネは相当に無理をした笑顔《えがお》というものを、祐人に至近で見せて体を起こすと部屋を出て行った。

（もう……なんだかな～）

アローカウネが出て行くとニイナはふうーと息を吐《は》き、祐人に顔を向ける。

「申し訳なかったわね、堂杜さん。アローカウネはいつもこうなの！　私のことになると、もう本当に！　私って小さい頃から周りが大人ばっかりでしたし、みんな私のことを大事にしてくれているのは分かっているんですけど、どうにも変わった人ばっかりで……」

「はあ、でもニイナさんも十分に変わって……」

「何かしら？」

「何でもないです」

「まあ、あなたの言うことは分かるわ。堂杜さん……ああ、そういえば下の名前は？」

「あ、祐人です」

「じゃあ、祐人でいいわね。私は堅苦《かたくる》しいのが本当は苦手だから、お互《たが》いに気を遣《つか》わないでお話ししましょう」

「え？　はい……」

（いきなり、呼び捨て？）

「もちろん、私のことはニイナさん、でいいわ」

（……立ち位置に差を感じるんですけど）

「分かった？」

「分かりました！」

ニイナは頷くとアローカウネの持ってきたグラスに口をつける。そういったところの所作は相変わらず上品に見え、育ちの良さは伝わってくるものなのだが、祐人には何故か砕《くだ》けた態度を取ってくる。

「祐人、実はあなたを見つけてちょうど良かったと私は思っていたの。あなたとはお話がしたいって思ってましたから」

「僕と？　何故です？　会うのはさっきが初めてですけど」

「そうね、会うのは初めてですけど、あなたのことは父以外からも話を聞いてたのよ」

「そうなんですか⁉　誰《だれ》にです？」

「あなたの友人のガストンさんよ。ガストンさんは祐人と会ったら素《す》の自分で話すのが一番良いって念を押《お》されていたんです」

「え⁉　あ、あいつ～！」

祐人はガストンからニイナのことも含め、色々と聞いてはいたが、ガストンがニイナと接触《せっしょく》していたのは聞いていない。そういう大事なことは先に言って欲《ほ》しかった。

それとガストンには、さん、が付いているのも何か釈然としない。

「ガストンさんの話ですと、あなたのことを一番頼《たよ》れて信頼《しんらい》できる人だ、と言っていたのだけど本当かしら？　私が見る限りそうは見えないのだけど。まあ、ガストンさんは信用ができる人だと思いますから、その辺は納得《なっとく》するしかないわね。父も褒めていましたし……」

「ははは……ガストンの信用の上での評価ですか。それで、僕と話してみたいと思ったんですね？」

「そうね。それもあるんですけど……」

「何です？」

「え、えーとね……実は、その……」

今まで滑舌《かつぜつ》が良かったニイナが突然、しどろもどろな感じになって祐人は首を傾《かし》げる。

何故かモジモジしているニイナが話し出すのを待っているとニイナは意を決したような顔になった。

「わ、私は同世代の人と話したことがほとんどないの！　だから、話をしてみたかったの！」

祐人はニイナがそっぽを向き、少々顔を紅潮させているのを見てニイナの言っている言葉が入ってきた。

「え？　ニイナさんって……」

ニイナは祐人の疑問に先回りするように背筋を伸ばして正面を向き、話し出す。その表情には、ほんの僅《わず》かだが寂《さび》しさを感じさせる影のようなものを祐人は感じ取った。

「私はマットウという父をもって、そして、その父が民主化を推進する盟主になっていくにつれて周りの子たちと違《ちが》う境遇《きょうぐう》で育てられたわ。本当に小さい頃はそうじゃなかったんですけど、今は外出にも許可がいりますし、どこに行くにも護衛が付くの。あ、別に不満があるわけじゃないのよ？　それが立場だっていうのも分かっていますから」

「そうですか……あ、でも、学校には通っていないんですか？」

「行ったことがないわ。私の知識と教養はすべて家庭教師たちに教わったものよ。それにミレマーの高等教育機関はほぼすべて軍の管理で、父の考えている教育と違うものだったみたいですから。だから、私は同世代の知り合いすらできなかったの。小さい時に遊んでいた友達とも、会うこともなくなってしまって……」

「……そうなんですね」

「だから、祐人だけじゃなくて、あの二人の護衛の女の子たちとも話がしたいと思っていたの。私にとってそれはすごく新鮮《しんせん》なことだから」

「なるほど……分かりました！　後で瑞穂さんとマリオンさんにも話しておきますよ。あ、その二人のことです。仕事中は難しいかもしれませんけど、それ以外に時間がとれたら、こうやって話せるように」

祐人のその申し出を聞くと、ニイナは初めて年相応の嬉しそうな顔を見せる。

「本当に⁉　それはすごく嬉しいわ。もちろん無理は言えないですけど時間があれば是非《ぜひ》お話ししたいわ。実はさっき言った家庭教師の中には日本人もいたの。ちょっと変わった人でしたけど、その人から日本のことを聞いたことがあるのよ。文化や考え方、それと日本の学校のことも聞きました。その話が私は大好きで夢中で聞いていたわ。だから、祐人たちの話を聞いた時、一番最初に頭に浮《う》かんだのが日本の話を聞きたい！　だったの」

「はは、そんなのお安い御用《ごよう》ですよ」

ニイナのはしゃぐ姿を見て祐人は笑顔で応じた。ただ、祐人はそれと同時に不思議にも思う。ニイナは自分たちが能力者であることを知っているはずだ。

そういった場合、ほとんどの人は能力者についての質問に集中してくることが多い。

能力者のような異質な存在を知った人はどうしてもそうなる。

好奇心《こうきしん》、興味、そして恐怖《きょうふ》といったものが湧《わ》くのが自然だからだ。

ところがニイナはそんなことよりも同世代の人間との触《ふ》れ合《あ》いの渇望《かつぼう》が先にくるみたい

であった。

その証拠《しょうこ》に今のニイナの表情は好きなことに夢中になっている少女そのものだった。

「でも、ニイナさんも大変ですね」

「何が？」

「だって僕と年齢《ねんれい》がほとんど変わらないのに立場を気にしなくてはならないんでしょう？」

「それは仕方ないわ。それは私の義務でもあるのだから。確かに他の子たちとはちょっと境遇が特殊《とくしゅ》かもしれないですけど、その代わりに生活に不自由がないどころか苦労だって少ないわ。ミレマーでは明日の食べ物にも困る人だっているのが現実。だから、私は将来、ミレマーの……ミレマーに住む人たちの役に立たなくてはならないと心に誓《ちか》っているの」

ニイナの真剣《しんけん》になった顔を祐人は見つめた。

「なんか……すごいですね、ニイナさんは。僕と同世代だなんて思えないです」

「すごくなんてないわ。あなたも父の護衛で忙《いそが》しかったかもしれないですけど、少しは見たでしょう？　このミレマーの状況《じょうきょう》を」

「……」

「私は父を心から尊敬しているわ。父はいつもミレマーのことを考えている。そして、私もミレマーが大好きよ。だから私は何でも我慢《がまん》ができる。勉強をして、将来、父が描《えが》くミレマーという国の発展に貢献《こうけん》したいの。私が小さい頃に少しだけ関《かか》わった友達たちは、皆《みな》貧しかったわ。着ている服もいつも同じだし、私と違って夕飯のない日だっていっぱいあった。でも、みんな優《やさ》しかったわ……それに、みんなで笑うことだってできた。それだけが私の同世代の人たちの思い出……」

この人は……と祐人はニイナの話を聞きながら思う。この人もミレマーという国を良くしようと心を砕いているのだ。気丈《きじょう》で高潔で生真面目《きまじめ》な少女だ。

ニイナは表情を硬くし、ソファーから立ち上がると応接室の窓の前に立つ。

「だから、私は今の腐敗《ふはい》した軍事政権が許せないんです。国民の貧しさを顧《かえり》みることのないカリグダ元帥、そして、その片棒をかつぐグアラン首相《しゅしょう》のような人間が」

祐人はニイナの姿を追い、その言葉にハッとする。

（……グアラン首相。そうか、ニイナさんは知らないのか……そのグアラン首相がニイナさんの実父である可能性が高いことを）

ガストンの情報から考えられる可能性を頭に浮かべ、祐人は目に力を籠《こ》める。

「私の母は私の小さい時に亡《な》くなったのですけど、少しだけ母の記憶《きおく》はあるの。とても温かくて、いい匂《にお》いのする人だった。父からもよく聞くの、母がどんな人だったかって」

「どんな人だったんです？」

窓の外を見るニイナに祐人は気づかわしげな声で聞いた。

「春のような人だった……って」

「春のような？」

「ええ、そう。母がいるとどんなにつらいことがあっても、まるでこれから草木が芽を出し、花が咲《さ》くように希望が持てたって。どんなにつらい状況でも母が笑うと、冷たい冬の風が暖かな風に変わるみたいだったって。私はそれを父から聞いて、それだけで父が母を心から愛しているのが分かって本当に嬉しかった。だから父がニイナはお母さんに……ソーナインにそっくりだね、って言ってくれた時、私はあまりに嬉しくて父に抱《だ》きついたわ」

ニイナは祐人の方に振《ふ》り返《かえ》り、優し気《げ》な笑顔を見せた。祐人もその笑顔に釣《つ》られるように笑顔を返す。

だが、ニイナの笑顔が暗い色彩《しきさい》の絵の具で塗《ぬ》りつぶされるように厳しい顔になっていく。

「でも……その母も今の軍事政権に殺されたわ」

「……ニイナさん」

「物心ついた頃《ころ》に父からしつこいくらいに聞いていたの。母もこのミレマーを心から愛した人だったって。小さな私に繰《く》り返し、繰り返し言っていた。思えばその頃からだった。父の帰りが遅《おそ》くなり始めて、鬼気迫《ききせま》るように仕事をしてどんどん出世していったのも。その時、正直言うと私は寂しかったわ。それで父に我《わ》が儘《まま》も言って困らせたこともあった。でも今になって分かった気がするの。父が……母が亡くなった時に何を決意したのかが」

祐人は表情を消し、ニイナの目を見る。

「父は、この母の愛したミレマーにその身を捧《ささ》げたんだって」

ニイナは再び、祐人の座るソファーの前に座り、姿勢良く凛とした表情で祐人を見据《みす》えた。

「だから私、ニイナ・エス・ヒュールも父マットウ・ネス・ヒュールに続き、祖国ミレマーにこの身を捧げることを誓ったわ。小さい頃に一緒に遊んだあの子供たちのように今日の夕飯の心配なんてさせない国にするために。カリグダやグアランのようなミレマーに巣食う寄生虫を父が追い落とした後……私はミレマーを支える人柱になるわ」

「……」

祐人は自分を見ているようで、その内実、もっと遠くを見ているニイナの目に覚悟を見た。

最初はわがままなところのあるご令嬢《れいじょう》かとも思った。

だが違う。

この少女も戦っているのだ。祐人にとってこの異国の土地であるミレマーの将来のために。そして、これからくるであろう、もっと厳しい戦いに備えるために。

彼女は己《おのれ》の立場や運命を己の意志によって受け入れたのだ。

祐人は真剣にニイナを見つめていると彼女はちょっと恥《は》ずかしそうに祐人から目を逸《そ》らし、氷が半分近く溶《と》けたジュースに口をつける。

「ご、ごめんなさい。こんな話をするつもりじゃなかったのに。こんなこと言われても祐人には関係なかったわね、忘れてちょうだい」

そう言うとニイナは軽く頭を下げた。祐人は慌てて手を振る。

「そんなことないですよ。色んな話が聞けて良かったです。それにほら、色んな話が出来るのが同世代ってものですよ、きっと」

「そうかしら」

「そうですよ！　周りが大人ばっかりだからニイナさんも勘《かん》が鈍《にぶ》ってるんですよ。だから、全然、気にしないで下さい」

「ふふふ、ありがとう、祐人」

まるで不器用なフォローの仕方ね、と言っているような顔に祐人は赤面する。

「あ、そういえばニイナさんっておいくつです？　ひょっとして僕よりも年上ですかね？」

「レディーの年齢を聞くなんて祐人は失礼ね。それに何で年上なんて思うのよ」

「あ、すみません！　いや、僕なんかよりすごいしっかりしてるから、つい、そう思っただけで……他意はないです。忘れてください」

拙《まず》かったと祐人はあたふたしてしまう。

その祐人の滑稽《こっけい》な仕草を見て、ニイナは思わず吹《ふ》き出《だ》した。

「あはは！　そんなの気にしてないわ。私は十五歳よ、私ぐらいの歳の女の子が年齢を聞かれて失礼だなんて思わないわ。もう、本当に面白《おもしろ》い人ね、祐人は」

「ははは……ああ、じゃあ、同い年ですね。瑞穂さんやマリオンさんも同い年だから、気《き》兼《が》ねなくいけますね」

「そうなのね、それは良かったわ。短い間だと思いますけど、よろしくお願いね、祐人」

「はい、よろしくお願いします」

「じゃあ、今度、学校のお話とか教えて欲しいわ、授業のこととかも」

「あ、はい。でもニイナさんの方が勉強は進んでいるかもしれないですけど」

「そうね、実は私、四日後の朝には父がアメリカに行くのに付いていって、そのままアメリカの大学に留学する予定なんです。だから経験することのない高校の話とか特に聞いてみたいの」

「え!?　そうなんですか？　やっぱりすごいなぁ」

「そこで政治学と経済学、特に民法と商法を修めてくるつもりです。その後は父に従ってミレマーの仕事に従事するつもりよ」

「へー、でも分かりました。今度、学校の話をしますね」

ニイナは笑って頷くと時計を確認した。

「あ、そろそろ夕食の支度《したく》ができたのじゃないかしら。じゃあ、後ほど、祐人」

「あ、はい。僕も一旦《いったん》、部屋に戻《もど》ります」

ニイナは立ち上がると、ミレマーのお辞儀《じぎ》なのか右手で腹部を押さえ、左手でスカート部分を摘《つま》み、深々と頭を下げたので祐人もとにかく頭を下げた。

ニイナが先に部屋を後にすると祐人は一人真剣な顔になる。

「こんなにもミレマーのために戦っている人たちがいる……僕は……」

そう言うとガストンの言う敵能力者の存在が祐人の頭から離れなかった。

祐人は部屋にいると使用人に声をかけられ、夕食の席に案内をされた。

長引いていた会議も終わり、夕食に間に合ったマットウは祐人たちにニイナを紹介《しょうかい》した。

この屋敷に相応しい長大なテーブルで瑞穂、マリオン、祐人と並び、その前にマットウとニイナが座り談笑《だんしょう》する。

この時、マットウが娘《むすめ》であるニイナの自慢《じまん》ばかりすると、突然《とつぜん》、マットウが軽い悲鳴を上げたので、恐《おそ》らくニイナに足を踏まれたのだと祐人は想像した。

瑞穂とマリオンは気付かないふりをして、自然な笑顔で応対している。この辺の社交性の高さは場数を踏んでいる経験か、教養なのかなと祐人は感心した。

食事も終わり、それぞれの前にコーヒーをアローカウネが用意する。この時、話題も少々尽《つ》きかけ始めると、ニイナがこちらを軽く睨んでいることに祐人は気付いた。

（え？　何？　ニイナさん、なんかこちらばかり見てるような……あ！）

「そう言えば、瑞穂さん、マリオンさん、夕食前にニイナさんと二人で話す機会があったんだけど、ニイナさんって日本のこととか興味があるんだって」

祐人は極力自然に話題を提供しようと横に座る少女二人に話しかけた。

するとどういう訳か、先ほどまでにこやかだった二人の少女とマットウがピクッと反応した。三人の視線がジロリと祐人に向けられる。

「二人で……？　いつ、そんな時間が？」

「祐人さん、私が仕事で会議に参加していた時にですか？　二人で話をしていたのは」

「堂杜君、私も君と二人きりで話がしたくなった」

「え!?　あれ？」

（何故、急に緊迫感《きんぱく》が⁉）

よく見るとニイナも祐人を残念な人を見るような目で見つめている。

そして軽く息を吐いたニイナは笑顔を作った。

「はい、たまたま、祐人……さんが、護衛のために屋敷を見回られていたのでご挨拶したのですが、その時にお仕事のお役に立てばと屋敷の見取り図をお見せしたんです。そこで私が同世代の友人が少ないので四天寺さんとシュリアンさんと個人的にお話がしてみたいと、ちょっとお話を……お邪魔《じゃま》してすみませんでした」

ニイナはそう言うと申し訳なさそうに祐人に頭を下げた。

「あ、いえ！　とんでもないです。こちらこそ、どうもありがとうございました」

「そういうことね……うん？　祐人……さん？」

「そうだったんですね……って祐人さん？」

「私も祐人君でいいかな？　で、私たちも後で二人で話をしようか、祐人君」

「あ！　ニイナさんにはすごい気を遣ってもらって、ニイナさんに名前でどうぞと言われたので、自分も祐人でいいですって言ったんですよ！　あははは」

「こちらこそ気を遣って頂きありがとうございます、祐人さん」

ニイナのリズムの良い相づちで祐人がなんとか三人の不可思議な緊張《きんちょう》を強引《ごういん》におさめた。

「でも、本当にお時間があった時で結構ですので、四天寺さん、シュリアンさんとお話したいです。私、日本のことも興味があるので」

ニイナが恐縮《きょうしゅく》しながら言うと瑞穂とマリオンは微笑《びしょう》をしながら快諾《かいだく》した。

「ニイナさん、私たちも瑞穂とマリオンでいいですよ。ね、マリオン」

「そうです。ニイナさん、あ、じゃあ、この後でもどうです？」

「本当ですか⁉　是非、お願いしたいです！　では、私の部屋でいかがでしょう。あ、でもお二人には仕事があるでしょうし、短時間でも嬉《うれ》しいです」

「いいえ、大丈夫《だいじょうぶ》です。マットウ将軍の護衛は祐人が朝まできっちりといたしますので」

「はい、祐人さんがいますので大丈夫です。日本で言う女子会をしましょう！　時間はいくらでもあります」

「え⁉　そうなの？　朝まで護衛って前から決まってたっけ……？」

「女子会……ですか！　わー、何だか楽しそうです！」

三人が盛り上がっている傍《かたわ》らで、どうも決まっているらしいと祐人は諦《あきら》めた。

するとする、笑顔を作っているマットウが祐人に話しかける。

「そうか、祐人君、申し訳ないね。ちょうど良かった、祐人君とはじっくりと話がしたいこともあるし、今夜は私と語ろうか。これは男子会？　というものかな？」

「そんなのないです」

「はっはっは！　まあ、よろしく頼む。アローカウネ」

「はい」

「私の部屋にバーボンを用意してくれ。グラスは二つで」

「承知いたしました、旦那様《だんなさま》」

「いい⁉　マットウ将軍、僕は未成年でお酒は！　それに護衛の仕事もありますので」

「ミレマーでは十五歳でもう一人前だよ。私も十五で軍に入った。では、行こうか、祐人君」

「は、はい……でもお酒だけは……」

祐人はさすがにお酒だけはまずいと思い、断ろうとするとアローカウネが祐人の横で背筋を伸ばし、綺麗《きれい》なお辞儀をする。

「旦那様、こちらの堂杜様は応接室でニイナ様とじっくりと結構な時間、二人きりで屋敷の護衛についてのご相談をされた用意周到《よういしゅうとう》、かつ抜《ぬ》け目《め》のないお方でございますので、安心して今夜の護衛をお任せすることができると私も安心でございます」

（はあーん⁉　なにその微妙《びみょう》な言い回しは！）

「……アローカウネ」

「はい、旦那様」

「バーボンを三本用意してくれ」

「承知いたしました、旦那様」

「え――――!!」

「では、行くぞ、祐人君!」

「ひー!」

学者のような風貌《ふうぼう》のマットウだが、やはり軍人、そのごつい手に祐人は腕《うで》を掴《つか》まれてマットウの寝室に引っ張られる。

そこに瑞穂とマリオンが祐人に近づいて来た。さすがに、お酒はまずいと諫《いさ》めに来てくれたと思った祐人は二人に助けてほしいという目を送る。

「マットウ将軍」

「うん? 何かね? 瑞穂君」

「今日はゆっくりと」

「ええ! んなアホな!」

「それと祐人」

「な、何?」

「明日の朝、話があるから。この依頼《いらい》のリーダーとして」

「私もあります。機関の品位に関わることです」

「へ？　それじゃ僕は、いつ眠《ねむ》れば？」

「では、行こうか、祐人君！　今夜は長い夜になりそうだ！　はっはっはっは――！」

「いや――!!」

引きずられるように連れて行かれる祐人をニイナは見つめる。

「なんだか……祐人の普段の生活が目に浮かぶわね。あの人、大丈夫かしら？」

祐人はマットウに引かれ、ドアから姿を消した。

第5章　スルトの剣

大峰日紗枝《おおみねひさえ》は深夜の携帯《けいたい》のコールで目を覚ました。

無意識に時計に目をやり、既《すで》に日付が変わっている時間だということが分かる。日紗枝は発信者が秘書の垣楯志摩《かきだてしま》のものと確認《かくにん》し、まだ定まらない意識のまま電話に出た。

「はい、志摩ちゃん。どうしたの？　こんな遅くに。まだ、仕事をしているの？」

〝大峰様、夜分遅くに申し訳ありません！　ですが緊急《きんきゅう》案件です！〟

日紗枝は志摩のその口調だけですぐに体を起こした。

「……何があったの？」

〝瑞穂《みずほ》さんから緊急フォームでの報告書を確認いたしました。この内容が事実ですと機関での最上位保護情報の案件になり、ローマ本部への報告が義務化されているものでした〟

「なんですって⁉」

〝すでに規定通りにローマ本部に上位緊急案件ホームで報告済みです。早ければ数時間後には本部とホットラインを繋《つな》げることになります。大峰様には……〟

「分かったわ、すぐにそちらに向かう！　経緯《けいい》は移動中に聞くから、電話を取れるようにしていてちょうだい。それと……」

〝分かっています、もうそちらに機関の車をまわしています〟

「さすがね！　では後で」

日紗枝は携帯を切ると素早《すばや》くベッドから立ち上がり、世界能力者機関日本支部のある新宿に向かうため準備を急いだ。

日紗枝が自宅である高層マンションの玄関《げんかん》に出ると機関の車が到着《とうちゃく》しており、素早くその後部座席に乗り込むと秘匿性《ひとくせい》の高い機関の専用回線で志摩に連絡《れんらく》をする。

〝はい、垣楯です。大峰様、もう出られましたか？〟

「今、車に乗ったわ。それで状況を教えて。瑞穂ちゃんの報告には何が書いてあったの？」

志摩は事の経緯を説明した。瑞穂から緊急ホームのメールで調査依頼があったこと。

そして、その中に敵能力者の名前と思われる情報をキャッチしたので、どんな連中か調べて欲しいということがあったと伝える。

「ふむ、その敵能力者がまずい連中だったのね？」

〝はい。私がそのニーズベック、ロキアルムという名で機関のデータベースを調べましたところ、機関の最上位情報の案件に触れ、この情報を手に入れた場合、すぐにローマ本部へ連絡せよ、とのことでした〟

「ニーズベック？　ロキアルム……うん？　ロキアルム……どこかで」

〝ご存じですか？〟

「いえ、思い出せないわ。ただ、どこかで聞いたような……」

〝そうですか……あ、その敵の組織名だけは開示されていました〟

「組織名？　それは……？」

〝はい、スルトの剣、とありました〟

「スルトの……スルトの剣⁉　まさか！　大変よ、志摩ちゃん！　瑞穂ちゃんたちに連絡！　すぐに撤収《てっしゅう》準備を！　それが本当なら瑞穂ちゃんたちが危ない！」

〝お、落ち着いてください大峰様、依頼を受けた以上、それは機関の契約違反《けいやくいはん》になります！　どういうことですか？　一体、スルトの剣とは……〟

「まさか中国支部もインド支部もこの情報を得ていて、その可能性を疑い、日本支部に応《おう》援《えん》を頼《たの》んできたんじゃ……いえ、そこまで考えるのは早計ね、彼《かれ》らにとっても地理的に大問題を放置することになるものね」

〝大峰様？〟

「あ、ごめんなさい、志摩ちゃん。詳《くわ》しくはそちらで私がデータベースから情報を取るわ。

ただ、スルトの剣、が本当ならば、それはS級の魔神《まじん》と相対するレベルだと考えて」

〝なっ！　一体、どんな連中なんですか……〟

「志摩ちゃんは百年前の能力者同士の凄惨《せいさん》な戦いは知っているわね？」

〝はい、機関幹部の末席に加わるとき、機密情報の研修を受けました際に学んだことがあります。たしか……第一次世界大戦の裏側で私たち能力者同士が相争ったと〟

「そうよ……私も機関からの情報と祖父母から伝えられた話でしか知らないけれど、それは相争うなんていう言葉では表せないほどのものだったと聞いているわ。そして、この戦いが発端《ほったん》になってこの機関の前身、能力者ギルドが発足《ほっそく》したのよ」

〝では、機関の理念の能力者を公《おおやけ》にして世間に溶け込み、社会の役割の一端《いったん》を担《にな》うというのは……〟

「実はその考えは、この時に形となったと聞いているわ。いえ、正確に言うとその前からこの考えはあったのよ。ただ、それを良しとしない能力者たちも多数いたの。この考えの違う二つのグループは勢力としては拮抗《きっこう》していて、ある意味バランスがとれていた。けれども、時が経《た》つにつれてこの二つのグループは、小さなすれ違いを何度も起こし、それが大きくなり、そのうちに互いを憎《にく》しみに近い感情で見るようになっていった……」

〝……〟

「そんな時に勃発《ぼっぱつ》した表側の第一次世界大戦。裏で活動していた能力者たちも互いに膨《ふく》れ上《あ》がった不満がついに大戦をきっかけに爆発《ばくはつ》して……血で血を洗う戦いにまでなったと聞いているわ」

〝そんなことが……〟

「これは志摩ちゃんも覚えておいて。私たち能力者も機関も努力なしには今の状態を保てないことを……ね」

〝……承知いたしました〟

「それで、そのスルトの剣はね、その百年前の能力者同士の戦いで反ギルド側に立った急《きゅう》先鋒《せんぽう》の組織だったのよ。反ギルド側の中でも最も過激な思想を持っていた連中……。そして、その実力もグループ内でトップクラスだったと記憶しているわ」

〝そんな……百年前の組織が今でも存在していると〟

日紗枝の言うその内容に志摩は驚愕《きょうがく》し言葉を失う。

〝では、瑞穂さんたちは〟

「ええ、この敵情報が事実ならランクA二人でも厳しい、最上級危険案件になる！　知らなかったとはいえ、そこにランクDの堂杜《どうもり》君も送ってしまった。ランクDなんて、ものの役にも立たないぐらいの相手よ」

〝すぐに撤収の指示を出します！　これでは新人たちが！〟

「落ち着いて志摩ちゃん……私もそう言ったけど、確かに志摩ちゃんの言う通り、この理由で依頼の反故《ほご》は難しいわ。だから、派遣《はけん》能力者の差《さ》し替《か》えをするしかない」

〝差し替えですか？　それは……〟

「ランクS以上の能力者を送り込む。すぐに毅成《たけなり》様に出陣要請《しゅつじんようせい》。あと、これは機関全体の問題よ。各国の支部にも私の名前で直接、応援要請《おうえんようせい》をするの、緊急フォームでいいわ。ローマ本部には私が事後承諾《しょうだく》を必ずもらう。場合によってはこの瞬間《しゅんかん》にも私たちの貴重な新人たちが危ない。もちろん、本人たちにも最大限の警戒《けいかい》の指示もお願い」

〝分かりました！　すぐに準備します。あ……たった今、本部から返信が来ました！〟

「何て言っている？」

〝少々お待ちください……。大峰様、本部もほぼ大峰様と同じことを言っています！　各国の支部に本部の方で通達を流してくれるようです。それと……え⁉　すでに一人、ランクSSの能力者に依頼を出したと言っています！〟

「なんですって！　誰⁉」

〝これは中国支部の……【天衣無縫《てんいむほう》】王俊豪《おうしゅんごう》！　すぐに条件次第《しだい》で動けるそうです！〟

「それは本当なの⁉　あの【天衣無縫】が出るの？　それはそれで……面倒《めんどう》な……」

〝はい、そのように書いてあります。ただ、条件次第と……この条件とは？〟

「ああ、志摩ちゃんは知らないのね……王俊豪はもう一つの名を持っているのよ。まあ、周りが言っているだけだけど」

〝もう一つですか？　それは……〟

「簡単な呼び名よ。こいつはね、ただの【守銭奴《しゅせんど》】と言われてるわ。まあ、極度の拝金主義とも言うわね」

〝それは……ランクSSが拝金主義って……〟

「こいつの要求する報酬《ほうしゅう》はいつも桁違《けたちが》いなのよ。もちろん元々、最上位のランクSSが扱《あつか》う案件はそれ相応の報酬が用意されてるわ……。でも、それで見ても、この王俊豪はその十倍近い報酬でなければ動かないの」

〝じゅ、十倍ですか〟

「ただ実力は……まさしくランクSSよ。あいつをドルトムント魔神討伐戦《まじんとうばつせん》で一度だけ見たことがあるわ。あいつがドルトムント魔神と槍《やり》一本で戦っているのを後方から見て、何でもっと早く来てくれなかったのかって思ったものよ」

〝すぐに来なかったのですか？　ランクSSがその一大事に……まさか、その時も〟

「そう……こいつは契約条項《けいやくじょうこう》にも記載《きさい》されている機関が緊急時に発する強制依頼なのにも

かかわらず、金額を提示しろと難色を示して、すぐには来なかったのよ」

〝何という……ランクSSにも色んな問題児……いや、変わった方が……〟

「あ、志摩ちゃんもう着くわ。続きは直接話す」

〝畏《かしこ》まりました！　大峰様、本部から三十分後にホットラインを繋げるそうです！　本部も対応が早いです〟

「相手がスルトの剣の可能性があるとなればね……うん？　ということはランクSSに依頼を出すスピードから考えて、これはもう事実と見た方がいいわね……」

日紗枝は回線を切り、深夜の西新宿を車窓から眺《なが》めると自らがミレマーに送り出した新人たちを頭に浮かべる。

「みんな、無事でいて……」

日本支部のあるビルに到着すると日紗枝は足早に志摩のいる支部長室に向かった。

支部長室に着くと志摩が準備した通信モニターが天井《てんじょう》から下りてきており、日紗枝は画面の前に座《すわ》るとその後ろに志摩が控《ひか》える。すると、数秒経《た》たずに画面が切《き》り替わった。

画面にはローマ本部の長、つまり世界能力者機関の長であり自身も機関の最高ランクであるランクSS【サルヴァトーレ】ジョルジョ・ボルトロッティーが現れた。

「久しいね、日紗枝。今回は災難だった」

ジョルジョは少しくすんだ金髪《きんぱつ》の前髪《まえがみ》を軽く払《はら》い、いかにも人の良い笑顔《えがお》を見せた。

日紗枝は、軽く会釈《えしやく》をして社交性の高い笑《え》みを見せて礼儀《れいぎ》正《ただ》しく応じる。

「いえ、ジョルジョ様、お忙しいところお時間を頂きましてありがとうございます」

「もう……ジョルジョでいいよ。日紗枝と僕《ぼく》の仲じゃない？」

ニコッとジョルジョは白い歯を見せ、自分の好きな角度なのか少し左斜めに顔を向けて髪《かみ》をかき上げる。

日紗枝はジョルジョの自信に満《み》ち溢《あふ》れた顔に無表情に口だけ動かした。

「あ、はい、ただの上司と部下の間柄《あいだがら》ですので、ジョルジョ様でいいです」

「ハッハッハー、もうほんとに日紗枝は照れ屋……」

さわやかに笑う機関の長のジョルジョの椅子《いす》が画面から横にスライドして消える。

すると、ジョルジョの代わりに初老の男性が出てきた。その生真面目そうな容貌《ようぼう》と白髪《しらが》を短髪《たんぱつ》にカットした姿はまるで頭の固い退役《たいえき》軍人といった雰囲気《ふんいき》を感じさせる。

「ジョルジョ様、もういいです」

「あ、バルトロさん！　お久しぶりです」

日紗枝は懐《なつ》かしいというように素《す》の笑顔を見せた。

画面の見えないところから「日紗枝、僕と扱いがちがうじゃなーい」と聞こえてきたような気がするが、日紗枝は聞こえないことにした。

「うむ、日紗枝も元気そうでなによりだ。それで早速だが今回の件《けん》のことだ」

「はい」

日紗枝は顔を引《ひ》き締《し》めると目じりの皺《しわ》の彫《ほり》が深いバルトロの目を見た。

「日紗枝のことだ。もう気付いていることかもしれないが、今回の新人の情報は信憑性《しんぴょうせい》が高いと我々も考えている。恐らく、その依頼主《いらいぬし》を襲《おそ》ってきている能力者はスルトの剣で間《ま》違《ちが》いないだろう」

「やはり……」

「こちらでも数年、スルトの剣の行方《ゆくえ》は追っていたのだ。機関本部の直属の能力者たちでな。だが、こちらの力不足で申し訳ないが、毎回、ここぞというところで逃《のが》してきた」

「今回もバルトロさんたちが動けば逃《に》げるのではないんですか？」

「いや、今回はそうとも限らん」

「……と言うのは？」

「こいつらの目的だ。どうやら今回はこいつらの目的が成就《じょうじゅ》する可能性があるのかもしれん。何しろ、身も隠《かく》さずに派手に動いているのがその証拠だ」

「目的……それは把握《はあく》してるんですか？」

「把握も何もない。スルトの剣なら自然に目的は絞《しぼ》られる。まずは能力者の存在を公表した上で世界能力者機関の破壊《はかい》、もしくはその存在理由の失墜《しっつい》。そして、その後、自らの存在と目的を世界に発信したいのだろう」

「そ、それは……！」

「そうだ、我々の考える最悪のパターンでの公表だよ。これでは表世界と事を構えることになりかねんし、能力者を戦力と考えている国家がより能力者を抱《かか》え込みに走るだろう。現在でも機関に所属しない国家お抱えの能力者たちが多数いる。今は機関に配慮《はいりょ》して大々的にそういった動きはないが、機関の力が弱まったと思えばどうなるか分からん」

志摩はバルトロの話で事の重大性を再確認し、顔を引き締める。

「それで王俊豪《ワンジュンハオ》様ですか……」

「そうだ。今、表世界に機関の弱みを見せるわけにはいかん。あの男なら申し分ない。王《ワン》家は代々、強力な能力があり、ギルド発足時からの機関の功労者とも言える家柄《いえがら》だ。スルトの剣は生半可な敵ではないのと同時にその目的は我々、機関にとって最悪のものだ。そうであるなら王家の連中も渋《しぶ》りはすまい。この機関発足に大きく関わったのだからな」

「ですが……あの方は」

「ああ、案の定、吹っかけてきたよ。だが、あの男にしては随分《ずいぶん》と報酬額《ほうしゅうがく》をまけてきた。

相手がスルトの剣と聞いて、さすがに渋っている場合ではないと思ったんだろう。だが、それでも、ちと高額でな。悪いが各支部にも援助金《えんじょきん》を拠出《きょしゅつ》してもらう。もちろん当事者の日本には相当額を負担してほしい」

「な！　バルトロさん！　それなら我々が毅成様に出陣《しゅつじん》をお願いします！　実力的にも人格的にも問題は……」

「日紗枝、こちらでも各支部の能力者の稼働状況《かどうじょうきょう》は確認している。毅成が今、受けている依頼はあと最短で一日はかかろう？　他の支部でもそうだ。Sランク以上がほとんど出払《ではら》っている。それでだ……これを聞いて日紗枝はおかしいとは思わんか？」

日紗枝はこのバルトロの問いかけに目を細める。

「まさか……これは偶然《ぐうぜん》ではないと。いくらなんでもそこまでの組織力がスルトの剣に」

「そこまでは分からん。だが、随分とスルトの剣に都合が良い状況だ。しかも、ミレマーと地理的に近い、日本、中国、インドはほぼフル稼働《かどう》……そう考えると、ありえなくもないということだ。この仮定が正しければ、たった一日の遅《おく》れでも手遅《ておく》れになる可能性がある」

「そ、それはいくらスルトの剣でも最盛期なら分かりますが……まさか！　バルトロさんは、今回のスルトの剣の動きに呼応している組織があるとお考えなのですか？」

バルトロは日紗枝の質問に答えず、苦笑いだけ見せた。

「ただ、あちらの連中にも誤算がある。最もミレマーに近い支部である中国支部の最高戦力が空いていたのだからな。まあ、あの男のがめつさが、今回、この状況打開の切り札、かつ、最も信頼《しんらい》のおける人材になったというわけだ。あの男の望む報酬額のせいで中国支部も王俊豪はほとんどいない人材として扱われていたのが、今回は良かった」

日紗枝はため息を吐《つ》き、若干俯《じゃっかんうつむ》くが、すぐに顔を上げた。

一番大事なことを聞かなければならない。

「それで……日本の請負分《うけおい》は？」

「ああ、それはこれぐらいかな？　まあ、全体の四割ほどだな」

日紗枝にそう言われ、バルトロは画面に向かい何本かの指を立ててみせる。

それを見て日紗枝は目を向いて大声を上げる。

「え!?　バルトロさん！　それはいくら何でも！」

「え？　え？　大峰様？　あれは、どれほどの？」

志摩がいまいち理解が及《およ》ばず、驚愕している日紗枝に問いかける。

「志摩ちゃん……今、志摩ちゃんが考えている金額を十倍にして。それと通貨はＵＳドルでね。あいつの報酬はいつもＵＳドルなのよ！」

「ええ――――!!」

先ほどまで王俊豪に様、をつけていた日紗枝は無意識にあいつ呼ばわりになってしまう。

「本部も当然、それ相応に負担するが、日本は当事者だろう?」

「それにしたってバルトロさん！　それだと今年の日本支部の予算が！」

「大事な日本支部の新人が三人も危ないのだぞ?　将来の稼《かせ》ぎ頭《がしら》たちを救出すると考えれば良かろう。あ、ランクDの少年はそこまで稼ぎ頭でもないか。だが将来性がなくもないだろう?」

「……ッ！　わ、分かりました。こちらも新人たちをどうしても守りたいですから」

「まあ、日紗枝の気持ちもわかる。我々も王俊豪の条件をそのまま受け入れたわけではない。我々にとっても大きな出費になるのだからな」

「……というと?」

「今回は、王俊豪に完全出来高制の報酬だという条件を飲ませた。つまり、さっき言った日本の報酬の負担額は最高額の場合、というものだ。これであの男も必死に働くだろう」

日紗枝はバルトロに驚《おどろ》いた顔を向けた。

能力者との契約《けいやく》の主流は事前報酬と成功報酬に分けることが多いのだ。

まれに出来高制の依頼もなくはないが、ランクSSにそれを承諾させるのは聞いたことがない。ましてや相手があの【守銭奴】王俊豪ならなおさらだった。

「よく、その条件を飲ませましたね……。一体、何をしたんですか?」

「随分な言いようだな、日紗枝は。私は彼と紳士的《しんしてき》に話し合っただけだよ。まあ、私は少々、あの男の母親とも知己《ちき》の仲でね。彼との交渉《こうしょう》の前にその母親に、過去の遺物であるスルトの剣が暴れれば暴れるほど機関発足の最高かつ最大の功労者である王家の功績や名誉《めいよ》に傷がつく可能性がなきにしもあらず、なんてことにならなければ良いですな、と雑談をしてから交渉に及んだくらいだが」

「……………」

「ただ王俊豪も中々、プライドの高い男でな。先ほど言った報酬の最高額を前払《まえばら》いでよこせと言ってきた。相当、息まいた様子だったのでな、私はそれを、やる気、と受け取って承諾したよ。というわけで、彼は最高額だった場合の報酬が振《ふ》り込まれたのを確認して働くとのことだ。そういうことだから、先ほどの負担額の振り込みは早急《さっきゅう》に頼むぞ、日紗枝」

日紗枝はバルトロの話を聞きながら、軽く頭が痛くなってきた。

「分かりました。すぐに振り込みます……」

「うむ、頼んだ。おいおい、そんな顔をするな、日紗枝。我々もすでにミレマーへ出立の準備を終えて、この後すぐに向かう予定なのだからな」

「は？　王俊豪様に頼んだのではないのですか？」

「うん？　頼んだが我々が動かない理由にはならんだろう？　我々だってずっとこのスルトの剣を追ってきたのだ。それに我々がスルトの剣を捕らえ、討《う》ち果《は》たせれば、王俊豪に比べて随分と格安に依頼が達成されるだろう。あ、そちらが送ったランクAの二人が活躍《かつやく》してもいいのだぞ？　無理には勧《すす》めんがな。あと、ランクDにはすぐに退散させた方がいい」

ここで、バルトロはニヤッと笑う。

日紗枝は半目になってバルトロの嫌《いや》な笑みを見つめた。

「それで、完全出来高制ですか……」

「日紗枝！　私も日本支部の新人たちが心配で、私も一緒《いっしょ》に行こうと思ってるんだ！」

画面横から再び、椅子を滑《すべ》らせて世界能力者機関の長、ジョルジョ・ボルトロッティーが現れる。

「え！　ジョルジョ様が自ら⁉　ですが、ジョルジョ様はお忙《いそが》しい身でしょう」

さすがにこの機関の長の申し出に驚いた日紗枝は大きな声を出してしまう。志摩も同様に驚き、目を大きく開けた。それではランクSSが二人も出陣することになる。

ジョルジョはまた得意の左斜めに顔を向けて白い歯をさわやかに見せる。

「ああ、日紗枝が困っているのを放ってはおけないと、このジョルジョ・ボルトロッティーは考えているんだ」

バルトロは決め顔をしている上司に構わずに話を続ける。

「では、日紗枝頼む。こちらもすぐにミレマーに出立する。それとジョルジョ様は書類整理が残っていますので、そちらをお願いします」

「なな！　待ってくれ！　私も日紗枝の役に立とうと……」

「あなたが出る時は機関の最終的な危機のみです。それにあなたを動かすのもタダではないのです」

「じゃ、じゃあ、十分の一の報酬でいい！」

「書類が溜《た》まっております。今日はデスクで食事をお願いします」

「バルトロ！　百分の一！」

「……考えておきましょう」

そこでブチッと通信が切れた。

日紗枝は暗くなった画面をしばらく眺めるとハッとする。

「志摩ちゃん、申し訳ないけど、すぐに入金の準備をお願い。支部のプール金を出し切っていいわ。それと場合によっては私もミレマーに出る！」

「分かりました！　すぐに準備いたします。ですが……大峰様が日本から離《はな》れるのは得策ではありません。お気持ちは分かりますが、ここは控えてください」

「し、しかし、新人たちが……」

「バルトロ様の話では、この現在の依頼過多の状況《じょうきょう》は敵の謀略《ぼうりゃく》の可能性も否定できないというものです。それで今、大峰様が日本を不在にするのはリスクが高すぎます。ここはバルトロ様たちにまかせましょう……私も悔《くや》しいですが」

日紗枝は志摩の真剣《しんけん》な表情を見て軽く目を瞑《つぶ》った。

「分かったわ……。では私たちは私たちのできることをしましょう。とりあえず毅成様にだけにはこの状況を伝えておきましょう」

「承知いたしました」

志摩は深く頭を下げて、足早に部屋を出て行った。

それを見送ると日紗枝は固《かた》く拳《こぶし》を握《にぎ》りしめる。

「私も何とも不便な役職に就《つ》いたもんだわ……」

そう言い、絨毯《じゅうたん》が敷《し》きつめられた床《ゆか》に目を落とした。

◆

「あんの、バルトロのジジイ！　よりによって母ちゃんに話を通しやがって！」

「ははは……相手が一枚上手だったね、俊豪」

王俊豪は空港の自身のプライベートジェットに向かうバスで足を大きく投げ出し、ジーパンの外側からでも鍛《きた》えぬかれたと分かる両脚《りょうあし》を組む。そしてその俊豪の横にはあどけなさが残る風貌の少年がタブレットＰＣを片手に苦笑いをしていた。

「こうなりゃ、すぐにミレマーに行くぞ！　亮小弟弟《リャンシャオディディ》！」

「小弟弟は止《や》めてって言ってるでしょう、俊豪！　僕はもう十二歳《さい》だよ！」

「わあったよ！　小さいんだから、いいじゃねーか」

「今……なんて言った？　俊豪」

「あ……な、何でもねーって、亮」

顔に小さな影《かげ》を作った亮に身長百八十五センチを超《こ》え、半袖《はんそで》から太い腕をさらした巨躯《きょく》の俊豪が慌《あわ》てて手を振る。

（亮は気にしすぎなんだよ。俺《おれ》といるから余計、可愛《かわい》らしく見えちまうんだろうからな）

亮の二倍近く年上である俊豪もこのあどけない少年には頭の上がらないことがある。

顔から影がスーと消えた亮はタブレットＰＣの画面を見ながら現状を説明する。

「俊豪、まだ離陸《りりく》の許可が下りてないよ。俊豪がいきなり飛び込んできたから管制も慌てているみたい」

「はあーん？　ふざけんなよ！　何やってんだ、管制ども！　何のためにこの俺がすぐに来たんだと思ってんだよ。バルトロのジジイが先にミレマーに着いたら獲物《えもの》を横取りされんだろうが。見え見えなんだよ、あのジジイの考えることなんぞ」

「まあ、俊豪は獲物よりおばさんが怖《こわ》かったという方が正解だろうけどね。【天衣無縫】もおばさんの前では形無しだから」

「バッ！　んなわけあるか！　この俺に出来高制を吹《ふ》っかけてきたんだ！　これだけ舐《な》めたまねをしてきたことが許せねーんだよ。獲物はすべて俺がやる。一銭も返金しねーからな」

「ははは、確かにお金が振り込まれてないのに俊豪が行動を起こすのは初めてだもんね」

「いや、二度目だ。前はドルトムントの時だ」

「へえー、そんなこともあったんだ」

「まあ、今回は現地で振り込みを確認した途端《とたん》に動くぞ！」

「だったら、すぐに動いちゃえばいいじゃない。振り込み前に敵を倒《たお》しても報酬が無効ってこともないでしょう？」

「いや、そこは譲《ゆず》れねーな。機関を信用してねー訳じゃねーんだ。だが、それを許しちまうのは俺のポリシーに反する」

「もう、こうして行動を起こしてんだから一緒だと思うけどね……」

「いいや、それは違《ちが》えー。今回、現地に向かっておくのは出来高制対策だ！」

「まあ、そういうことにしておくよ。あ、俊豪、とりあえず飛行機に乗り込もう。管制には僕から急《せ》かすから」

「頼むぜ、亮。それと敵の居場所はすぐに分かんのか？」

「それは任せといて。スルトの剣の目的から考えて、あいつらがこんな辺境のミレマーに拘《こだわ》る理由は一つしかないもん。恐《おそ》らく強力な霊地《れいち》、もしくは魔地《まち》を見つけたんだよ。それは軍事政権側から情報を取れば場所の特定はすぐにできると思うよ。すでに機関もその辺は動いてるみたいだし、情報の出《だ》し渋りはいくらなんでも機関ならしないでしょ」

「はん！　ならいいけどな。まあ、あのバルトロもそこまでセコくはねーか。でなきゃ、そもそもこの【天衣無縫】に依頼なんぞしてこねーだろうからな」

「そりゃね。一応、上手《うま》くいった場合のお金は先に振り込むって言っているんだから。払うつもりは間違いなくあるってことだよ。ただ、俊豪は高すぎるからね。その辺りは機関も苦しいんでしょ？　懐《ふところ》的に」

「そこがムカつくんだよ！　俺は金さえ払って貰《もら》えれば手は抜かねー。今までもそうだったし、これからもそうだ。でなけりゃ俺の価値が下がんだろうが！」

「てことは、俊豪を出し抜こうと本気で考えているのかもね、あのバルトロさんは。そうすれば、返金だからね」

「そうはさせるか！　始まったらいきなり全開で行くぞ、亮！　すぐにスルトの剣とかいう連中を強襲《きょうしゅう》する！　亮はマットウとかいう奴《やつ》を守ってろ！」

「これもバルトロさんの狙《ねら》いなら、本当に食えない人だよ」

俊豪のプライベートジェットはすでに格納庫を出て、エンジンには火を入れてあった。

俊豪はぶつくさ言いながら機内に入る階段をのぼり、片手には俊豪の体よりも大きい布に覆《おお》われた偃月刀《えんげつとう》を携《たずさ》えている。

その後ろを困った笑顔を浮《う》かべた少年、王亮《ワンリャオ》がそれに続いた。

この約一時間後、ようやく管制のＯＫが出たジェットは王俊豪を乗せ、ミレマーとの中継地《ちゅうけいち》であるホーチミンに飛び立った。

第6章　ニイナの丘

夜が明けたばかりの早朝、瑞穂《みずほ》たちの部屋に祐人《ひろと》は呼び出されていた。

祐人は頭痛の残る状態で瑞穂とマリオンの説教を受けている。

因《ちな》みにマットウとニイナの部屋には何があってもすぐに気付けるように、昨夜の間にマリオンが結界を張っている。

「祐人聞いてるの？　依頼相手の、しかもマットウ将軍という大物のご令嬢《れいじょう》と変な噂《うわさ》がたったら機関の顔に泥《どろ》を塗《ぬ》るのよ。そんなことになったらリーダーの私の責任にもなるじゃない！」

「いや、だから、ニイナさんとはちょっと話をしただけで……」

「祐人さん、問題は事実でなくても噂がたつような行動が問題なんです」

普段《ふだん》、優《やさ》しいマリオンに言われると、少々、怖いと思う祐人。

「そ、その噂をたてようとしてるのが、あの執事《しつじ》のジジ……アローカウネさんで、過剰《かじょう》に反応しているあの人が問題で……」

「祐人！」

「祐人さん！」

「はひ！」

「本当はニイナさんが綺麗《きれい》だから、声をかけたんでしょう！」

「そうです！　昨日、お話しした感じで分かりました。あのお嬢様然《じょうさま》とした雰囲気に引き寄せられたんじゃないんですか？」

「そ、そんな……それにお嬢様っぽいって言ったら、二人だってそうじゃない……」

「え？　そ、そう？」

「え？　私もですか？」

たった今、舌鋒鋭《ぜっぽうするど》かった二人の少女が突然《とつぜん》、柔《やわ》らかい表情になる。

（あ、あれ？　これはチャンス！）

「そ、そうだよ！　だから全部、アローカウネさんがニイナさんを大事に思うばかりに、あんな誤解を招くような言い方を……」

この祐人の発言中にこの上ないタイミングでドアがノックされた。

その音で我に返った瑞穂は「どうぞ」と応答する。

「失礼いたします、皆《みな》さま。ご朝食の準備ができましたので、食堂の方までお越《こ》しいただければと存じます」

　祐人が説教から逃れるため畳《たた》みかけようとしたところ、この現状を作ったともいえる天敵アローカウネがすました顔で入ってきてお辞儀《じぎ》をした。

（ぬぬぬ、また、タイミングを見計らったみたいに……わざとじゃないだろうな？　この人）

「あ、分かりましたわ。すぐに準備してそちらに参りますわ」

「わたくしも、そういたしますわ」

　急に変な話し方になった瑞穂とマリオンは、「ほほほ」と笑顔を見せた。

　その変わりようについていけない祐人は二人を半目で見つめる。

　アローカウネは祐人がソファーに小さく座らされて二人の少女に責められていたことを確認《かくにん》するように見つめると……ニヤッと笑った。

「あ！　今、笑ったよ！　瑞穂さん、マリオンさん！　この人、今、すっごい悪い顔で笑ったよ！」

「それでは、食堂でお待ちしております。お嬢様方」

　アローカウネは必要以上に華麗《かれい》なお辞儀を瑞穂とマリオンにだけした。

「承知いたしましたわ、アローカウネさん」

「ええ、後ほど」

瑞穂とマリオンをまるでお姫様《ひめさま》のように扱う執事は部屋を出て行く。

「ぐぬう！　あのおっさん、絶対、外で話を聞いてたよ！」

祐人が憎々《にくにく》し気《げ》にアローカウネの出て行ったドアの方を睨《にら》んだ。

「祐人！　訳の分からないことを言ってないで、あなたは先に食堂に行ってなさい」

「あ、うん、分かった」

瑞穂にそう言われ、渋々《しぶしぶ》と祐人は立ち上がり部屋を出ると一階の食堂に歩を進めた。

「うぷ……まだ頭が痛いよ。バーボンの度数って、どれくらいなんだろう？」

昨日、遅《おそ》くまでマットウに付き合わされた祐人は頭を軽く押さえた。

バーボンは三本用意されたが、一本目を空けたところでマットウが寝《ね》てしまったことから祐人は胸を撫《な》で下《お》ろした。それでも祐人にはきつかったが。

（マットウ将軍が言うほどお酒が強くなくて良かったよ……うぷ）

その後、朝食に遅れてきた瑞穂とマリオンが、そんな服、持って来てたの？　というくらいの可愛らしい姿で来たので、マットウをはじめニイナもアローカウネも褒《ほ》めちぎり、二人は上機嫌《じょうきげん》だった。

そして朝食も終わり、本日の予定をマットウとニイナも含《ふく》めて祐人たちは話し合う。

「祐人君」

昨日からマットウは祐人のことを名前で呼んでいる。

「はい」

「頼《たの》んでいた護衛の話なんだが、今日の昼過ぎからお願いできるかね？」

「あ、分かりました」

祐人はそう返答すると、瑞穂たちに振り返《かえ》った。

瑞穂は祐人に頷《うなず》くとマットウに顔を向ける。

「マットウ将軍、念のために私たちにも行先だけは教えていただけませんか？　マットウ将軍のご意向は分かっておりますが、万が一を考えると私たちも居場所くらいは把握しておきたいのです」

「ふむ……」

珍《めず》しくマットウが渋い顔を見せた。そして、しばし考えるようにマットウは顎《あご》をさする。

「うむ、分かった……では、行き場所はアローカウネから伝えるようにしよう」

「ありがとうございます、マットウ将軍」

するとアローカウネがマットウの背後に近寄り、二人は小声でやり取りをする。

（よろしいのですか？　旦那様《だんなさま》……）

（うむ、考えてみれば、もうすぐあの場所の意味はなくなる。いや、過去のものにしなくてはならない。もう、そこまで来ているのだからな……。ニイナを連れて行っても良いとも思うが……どちらにせよ私が帰って来た時にはすべてが明らかになるものだ。それに私にも心の準備があるのでね）

アローカウネは無言で頭を下げて、瑞穂たちに顔を向ける。

「今、場所を承《うけたまわ》りました。後で地図をご用意しましょう」

そう言うアローカウネとマットウをニイナは静かに見つめていた……。

昼過ぎになり祐人は予定通りにマットウと出掛《でか》けるため、屋敷《やしき》の玄関《げんかん》前にやって来た。

すでに車が用意されており、その車の後部座席にマットウと一緒に乗車した。

乗車して祐人は運転手を何気なく見たところ、思わず驚いてしまう。

そこには二日ぶりに見た護衛隊長であるテインタンがいたのだ。

「テインタンさん！　もうお体は大丈夫《だいじょうぶ》なのですか？」

「はい、堂杜《どうもり》様、この度は本当にご迷惑《めいわく》をおかけしました。シュリアン様のお蔭《かげ》で心も体もスッキリしています。元々、体に負担をかけていたわけではないですし……それに、今は私も寝込んでいる場合ではありませんから」

そう言うとテインタンは車を出し、マットウは後部座席の背もたれに体を預けた。

「テインタンには申し訳ないと思っているのだが、今日のこれにはテインタン以外に連れて行ける者がなくてね」

祐人はマットウのその言いようが引っかかり真剣な顔になる。

暫《しばら》く走り続けると……祐人は意を決したようにマットウに話《はな》し掛《か》けた。

「マットウ将軍……今日のこれは、ひょっとしてすごい重要な……」

「うむ……これから、ある人物に会いに行く。いや、迎《むか》えに行くと言った方が正解かな？」

祐人はマットウの横顔を見つめた。

実は祐人にはマットウの言うその人物に心当たりがあるのだが、何故《なぜ》、今？　という考えが頭を巡《めぐ》る。そして、本当にこの辺りにまで来ているのか、とも思った。

「ふふふ、その顔は何か掴《つか》んでいるような顔だな、祐人君。それとも機関の方かな？　中々、侮《あなど》れない情報網《じょうほうもう》だな。まあ、能力者たちというのは我々の思いもよらない情報収集方法を持っているのかね？」

「え！　いや、そういう訳では……」

マットウの見透《みす》かしたような発言に祐人は驚くが、祐人にとって隠しておいて得になる話でもない。それに間違っている可能性もある。

「マットウ将軍、ある人物とは……グアラン首相《しゅしょう》でしょうか」

祐人がそう言うと運転席にいるテインタンの顔色が変わる。

「まさか、そこまでご存じとは……」

テインタンがそう呟《つぶや》き、マットウは静かに苦笑いを見せた。

「ああ、そうだ。私の生涯《しょうがい》の友であり、私の半身でもある男だ。よく、分かったものだ、こちらに来て一週間も経《た》っていないというのにな。今まで誰《だれ》にも感付かれたことがなかったというのに……」

当然、祐人は知っていたわけではない。それはすべてガストンからもたらされた情報のおかげで推測できたものだ。

「テインタンさんはご存じだったので？」

「いや、テインタンには今朝、初めて伝えた。こいつの驚きようは見ていられなかったぞ」

「か、閣下、それはそうです。敵のナンバー2と閣下が繋《つな》がっていたなんて思いもよりませんでした。ですが、そう聞いていくつかは合点《がてん》のいくことも今更《いまさら》ながらあります。それに今となっては聞かされてなくて良かったです。それを知っていれば今頃《いまごろ》、私は敵にこの情報を漏洩《ろうえい》していた可能性が高いですから……」

最後の方は苦し気に話すテインタンの肩《かた》を後部座席からマットウが軽くポンポンと叩《たた》い

た。

「済まないな、テインタン。私も苦しかった。だが、お前に言う、言わずに限らず、これがもし漏《も》れれば危害が広範囲《こうはんい》に及ぶものだったのだ、許してくれ。ただ、これだけは信じてもらうしかないが、すべてはミレマーのためだった。私とグアランの誓《ちか》いも、これから行く場所で始まったのだ」

祐人は居たたまれない空気にマットウに告げられるだけのことは告げる。

「マットウ将軍、私のさっきの情報は私独自の情報源から手に入れたものです。ですので、このことは機関はもちろん、瑞穂さんたちも知りません」

「そうか、それは良かったと言うべきなのかな？　まあ、今日の夕方にはすべてが明かされることになろう。ただ、ここまで知った二人には先に伝えておく。今日、我が友《とも》を迎えに行くことは、本来の計画とズレが生じたのだよ。我々が合流するのは本当はもっと後のはずだった」

「それは……？」

祐人はマットウの言葉に嫌な予感がする。

「我々の関係が軍事政権側に露見《ろけん》した可能性が高いとグアランから連絡《れんらく》があったのだ。あいつが連絡してくるということは相当、切羽詰《せっぱつ》まった状況だろう。取りあえずテインタン、覚悟《かくご》はしておいてくれ。場合によってはカリグダと全面戦争になるかもしれん」

「何を言います、閣下。我々はとうにその覚悟はできていました！」

「ふふふ、そうか……私とグアランはそれを極力避《さ》けるために二つの組織に分かれたのだがな。グアランが陰で稼いだ莫大《ばくだい》な金をこちらに流してもらい、今までやってきた。我々の装備もそこから捻出《ねんしゅつ》しているのだよ。我々民主派はミレマーの民の支持を得るために、民から過酷《かこく》な徴収《ちょうしゅう》をしたくなかったのでな」

テインタンはそれを聞くと目を見開く。

「そうだったのですね……マットウ将軍が私財を投げうっていたのは存じ上げていましたが。また、それに感動した有力者たちが資金援助《えんじょ》を申し出てきたお蔭で今があると思っていました」

「いや、それも事実だよ。それで装備品や食料、兵たちの給料も何とかなった。だが、戦争となればそうもいかん。戦争は一大消耗戦《しょうもうせん》だ。それだけの資金力では数ヵ月と持たんのだ。一応、この最悪の事態に備えての資金はグアランのお蔭で潤沢《じゅんたく》にはある。だが、本来の私とグアランの計画では、この金を新政権発足《ほっそく》時に生じるだろう混乱に備え、国民に生活必需品《ひつじゅひん》を供給できるようにするためのものだったのだよ。西側諸国にも協力を仰《あお》いでな……」

「……なんと」

「まあ、そんなに心配するな。カリグダの足元も相当揺《ゆ》らいできている。国連での演説がうまくいけば、やり方次第《しだい》で利に聡《さと》い連中が相当数こちらへ寝返《ねがえ》るだろう。その兆候はすでにあった。実際、グアランに操《あやつ》られているとは知らずに、こちらと通じている上層部も多いのだ。聞いたら驚く名前も多く混じっているぞ、テインタン！　はっはっはー！」

最後は陽気に笑うマットウだが、祐人はマットウが今、親友の身を案じているに違いないとその心中を慮《おもんぱか》る。

「それで……マットウ将軍、行き場所は？」

「ああ、そんなに遠くはない。このミンラとグアランの故郷であるジーゴンの中間にある名もない丘だ。そこで幼少のころからよくグアランと……ニイナの母であるソーナインと遊んだところだ。私たちはそこをニイナの丘と名付け、そう呼んでいた。実はそこにある木のうろに唯一《ゆいいつ》の連絡手段として手紙を隠していたのだ。私たち三人だけが知っている宝物の隠し場所だったのだが、これが意外に役立った」

そう言うとマットウはフッと笑《え》みをこぼした。

「ニイナの丘……。それじゃあ、ニイナさんの名前は……」

「ああ、そこからとった。ニイナという言葉はこの地方の古い言葉で『結ばれる、結ばれた』という意味があるのだよ」

祐人は目を瞑った。

人と人が結ばれた丘……。

祐人は人と人の繋がりの素晴《すば》らしさと嬉《うれ》しさをよく知っている。

そして、この人たちはそこで結ばれたが故に、このミレマーという祖国を良きものにしようという目的が生まれたのだろう。

また、その後のマットウとグアランの悲壮《ひそう》とも思える覚悟と決心。

マットウはここで多くは語らなかったが、想像するにソーナインという女性との別れが、その時の二人の男の今後を決定づけたのだろうと思う。

今、祐人の心の中に敵の組織、スルトの剣《けん》がよぎった。

スルトの剣はこれらの人の思いとは別の論理で動いている。

そして、この組織の行く先の途上《とじょう》にミレマーの幸せはないだろう。

今、祐人の心は大きく揺らいでいた。

◆

祐人たちが出発する前、屋敷の三階からマットウたちが乗った車をニイナは見つめていた。そして、その車が屋敷の敷地《しきち》を過ぎ去るのを見ると護衛のためにニイナの自室に訪《おとず》れていた瑞穂とマリオンに振り返る。

「瑞穂さん、マリオンさん、お願いがあるの！」

突然のニイナの申し出に瑞穂とマリオンは驚いた。

「一体、どうしたの？　ニイナさん」

「私と一緒に来て欲しいんです！」

「今からお出かけですか？　何処《どこ》に行くんです？」

「名も知れない大きな木のある丘です。車も用意してあります、急ぎましょう！」

ニイナの真剣な表情に、瑞穂とマリオンは顔をお互《たが》いに見合わせた。

マットウが出発してすぐにニイナは瑞穂とマリオンを急かせて玄関前《げんかんまえ》に用意してある車に乗り込んだ。

「すぐに出発して、アローカウネ！　お父様を追って」

ニイナは助手席に乗り、瑞穂とマリオンは後部座席に座《すわ》った。

「承知いたしました。お嬢様……」

アローカウネは神妙《しんみよう》な顔で応じる。

アローカウネにしてみればこれは主人の言いつけを破ったことにもなる。

だが、昨夜にアローカウネはこのニイナのお願いを受けると約束したのだった。

昨晩の夕食後、瑞穂とマリオンが来る前にアローカウネはニイナの自室に呼び出された。

そして、ニイナから明日、マットウが行くであろう、あの丘に連れて行って欲しいと懇《こん》願《がん》されたのだ。もちろんアローカウネは丁重《ていちよう》に断り、また諫《いさ》めもした。

だが、切実な表情でニイナにお願いされ、そして、たとえここで止めたとしても、一人だけでも追いかけかねない気迫《きはく》を感じとった。

この時、アローカウネは誰かと比べるようにニイナの顔をしばし見つめ返した。

そして、静かに目を瞑り……再び目を開けると覚悟を決めた表情をする。

「分かりました……マットウ様が出た後にすぐに車をまわします」

「ありがとう、アローカウネ！　私、どうしても知りたいの。お父様がここに帰ってこれる時、必ず一人で、あの大きな木のある丘に足を運んでいることは知っていたわ。私はそれに気づいてから父がそこで何をしているのか気になって仕方がなかったの。実は一度だけ、父がいない時に一人で行ったこともあったわ。でも別に何もなかった。でも、でもね、やっぱりあそこには何かがある気がしてならないのよ！」

ニイナの言っていることに理屈《りくつ》はないかもしれない。だが、父マットウを尊敬し、ずっと見続けてきたニイナにとってはどうしても気になる場所であった。

それでいて何故か自分とまったく関係のない場所とはニイナには思えなかったのだ。

「やはり……ニイナお嬢様はあの方によく似ていらっしゃいます」

「え？」

「ニイナ様のお母様であられる……ソーナイン様に」

「ええ……お父様にいつもそう言われているわ」

「ニイナお嬢様、何はともあれ、このアローカウネは承りました。この職をかけてもニイナお嬢様をお連れいたしましょう」

「うん、お願い。でも、アローカウネを追い出すなんてことは絶対にないわ。もし、そんなことになったら私も出て行って、お父様を困らせてあげる」

「ふふふ……そんなところもソーナイン様にそっくりです、ニイナ様」

アローカウネの車が出発すると助手席に座るニイナは体をかがめてゴソゴソとしていると、小さなスピーカーのついた機械を取り出した。

それを後ろから怪訝《けげん》そうに見ていたマリオンと瑞穂は首を傾《かし》げ、目を合わせる。

「ニイナさん、それは？」

「ふふふ、これは今朝、お父様の服に仕掛《しか》けた高性能の盗聴器《とうちょうき》よ。軍から拝借したの。結構な距離《きょり》まで受信できるのよ」

「え⁉」

思わず声を上げる瑞穂とマリオン。

さすがのアローカウネも驚《おどろ》き、何とも言えない困った表情をした。

「私が現地に行っても誤魔化《ごまか》されて、何かあっても隠《かく》されるかもしれないと思ったの」

ニイナの言うことも分からないでもないが、それはやり過ぎではないかと瑞穂たちも考える。だが本人の真剣な顔に口出しも出来ず、顔を引《ひ》き攣《つ》らせただけになった。

「ニイナお嬢様……」

「大丈夫よ、当たり前だけど全部私が勝手にやったことだから。あ、イヤホンがない！　仕方ないわ……アローカウネは口が堅《かた》いし、瑞穂さんたちは部外者で仕事が終われば日本に帰る人たちだし、もうスイッチを入れるわね」

「え？　いいんですか⁉　もし、重要なことを話していたら……」

「いいのよ、それにそうしないと私も聞けないし、車の中には祐人さんもいるから、どちらにしろ同じようなものよ」

意外に大胆《だいたん》で適当なところがある子だったんだな、と瑞穂もマリオンもニイナの性格の意外な一面を知った。

ニイナが盗聴器のスイッチを入れると電波を受信し始め、小さな雑音が聞こえてくる。

「えっと、音が小さいかしら？」

ニイナは音量を調節しているとマットウの乗る車の中の会話らしき声が聞こえてきた。

ニイナはよし！　という感じで車の中央にある台にスピーカーを置いた。

〝うむ……これから、ある人物に会いに行く。いや、迎えに行くと言った方が正解かな？〟

「あ、お父様の声よ！」

〝ふふふ、その顔は何か掴んでいるような顔だな、祐人君。それとも機関の方かな？　中々、侮れない情報網だな。まあ、能力者たちというのは我々の思いもよらない情報収集方法を持っているのかね？〟

〝え！　いや、そういう訳では……。マットウ将軍、ある人物とは……グアラン首相ですか？〟

黙《だま》って聞いていたニイナのいる車中全員が祐人の発言で驚きに包まれる。

そして、それに対するマットウの応答にも。

〝ああ、そうだ。私の生涯の親友であり、私の半身でもある男だ。よく、分かったものだ、こちらに来て一週間も経っていないというのにな。今まで誰にも感付かれたことがなかったというのに……〟

盗聴器のスイッチを入れた途端に聞こえてきた驚愕《きょうがく》の事実にニイナは半ば放心状態になる。ニイナしてみればグアランとは父マットウの最大の政敵なのだ。それを己《おのれ》の半身とまでマットウに言わしめる言葉の意味するところがどうしても理解できない。

ニイナたちを乗せる車中はシーンと静寂《せいじゃく》が支配する。

そして、瑞穂とマリオンはニイナとは別の理由で同様の状況だった。

グアランの件もそうだが二人は祐人が何故、このことを知ったのか？　どうやって情報を掴んでいたのかが想像できない。

このような中、アローカウネだけは表情を変えず前を向き、ハンドルを握っていた。

スピーカーからはマットウたちの会話が進んでいる。

〝――ただ、これだけは信じてもらうしかないが、すべてはミレマーのためだった。私とグアランの誓いも、これから行く場所で始まった〟

〝マットウ将軍、私のさっきの情報は私独自の情報源から手に入れたものです。ですので、このことは機関はもちろん、瑞穂さんたちも知りません〟

瑞穂とマリオンはその祐人の発言に真剣な目を合わせる。

独自の情報源とは……一体。

別にそれがあったからといって問題があるわけではない。

今、マットウの車中で話されている内容も、まったくとは言わないが敵能力者からマットウを護衛することに密接に関《かか》わることではない。これはいわば高度に政治的な裏話だ。

とはいえ……何故？　と瑞穂たちは思ってしまう。

〝そうか、それは良かったと言うべきなのかな？　まあ、今日の夕方にはすべてが明かされることになろう。ただ、ここまで知った二人には先に伝えておく。今日、我が友を迎えに行くことは、本来の計画とズレが生じたのだよ。我々が合流するのは本当はもっと後のはずだった〟

ニイナは今、表情を消しスピーカーに耳を傾《かたむ》けている。

そして、そのニイナをアローカウネは気づかわし気に見つめていた。

「ニイナ様……」

「私は大丈夫よ、アローカウネ。ちょっと驚きはしたけど……お父様にも色々な過去があるのは当然なこと。考えてみれば、たった数年でミレマー国内の状況は急変したわ。その中心にはいつもお父様がいたのは偶然《ぐうぜん》ではなかったということだけよ。グアラン首相が共謀《きょうぼう》していたのは、さすがに想像もできなかったけど」

〝それで、マットウ将軍、行き場所は？〟

〝ああ、そんなに遠くはない。このミンラとグアランの故郷であるジーゴンの中間にある名もない丘だ。そこで幼少のころからよくグアランと……ニイナの母であるソーナインと遊んだところだ。私たちはそこをニイナの丘と名付け、そう呼んでいた。実はそこにある木のうろに唯一の連絡手段として手紙を隠していたのだ。私たち三人だけが知っている宝物の隠し場所だったのだが、これが意外に役立った〟

　ここでニイナ、という名前が出てきてニイナは驚いた。こんな話は父マットウからも聞いたことはないのだ。

〝ニイナの丘……。それじゃあ、ニイナさんの名前は……〟

〝ああ、そこからとった。ニイナという言葉はこの地方の古い言葉で、『結ばれる、結ばれた』という意味があるのだよ〟

　ニイナは静かに耳を傾けながら力を込めて強く口を結んだ。

（あの場所は……私の名前の由来になった丘だった？　お父様たちはどんな思いをあの場所に残したの……？）

　マットウを乗せた車中で祐人は窓の外を眺《なが》めた。車は山際《やまぎわ》の道を進む。

祐人側からはミレマーの美しい田園風景とその奥《おく》にある山々、また、所々に小さな森が点々と見え、青々とした空から注がれる太陽の光と田園を駆《か》け抜《ぬ》ける緩《ゆる》やかな風を目で確認することができた。

これはミレマーの原風景とでも言うべきものだろうな、と祐人は心静かに感じていた。

車の進む前方には平野部に広がった山林が見え、今進んでいる道もその山林の中に続いているのが分かる。そんなに深い山林ではない。

また、それらの木々の頭を越《こ》えた先には大きな丘の頂上が見え、その丘の頂上に一際《ひときわ》大きな一本の木が根を下ろしているのが分かった。

祐人はそれを見て、あれがマットウの言っていたニイナの丘であると直感した。

「……ム！」

この時突然、祐人が緊張《きんちょう》の走った顔をする。

そして、祐人は車の窓を開け、顔を車の向かう前方に向けた。

マットウは横でどうしたのか？　と祐人を見る。すると祐人はすぐに車に顔を戻《もど》しテインタンに大きな声を出した。

「テインタンさん！　車を止めて！」

「え⁉」

「どうしたのかね？　祐人君」

「前方から銃声《じゅうせい》らしきものが聞こえます。しかも、多数の……」

テインタンもマットウも顔色を変える。三人は車を降りて、祐人の言う方向を睨んだ。

「私には何も聞こえんが……テインタンは？」

「私にも……」

だが、祐人は車の外に出たことでさらに確信を強めた。そして、丘の上空のさらにその先、人の視力では確認できないほどの距離にある空間を祐人は睨んだ。

途端に祐人の顔に戦慄《せんりつ》が走り顔色を変えてマットウに訴《うった》える。

「あ、あれは！　マットウ将軍、敵の妖魔《ようま》がいます！　あ、あれはすごい数だ、あそこで何が起きて……いや、それよりマットウ将軍、すぐに引き返しましょう！」

だが、マットウはそれを祐人に言われるとハッとしたような顔になる。

「テインタン！」

「はい！」

「丘に急ぐぞ！」

「分かりました！」

そのマットウの言葉を聞いて祐人は目を剥《む》いた。

テインタンはマットウの命令に従い、素早《すばや》く運転席に戻り、マットウも飛び込むように車に乗り込んだ。祐人もその二人の行動に反射的に車に乗り込む。

テインタンは車を急発進させて、猛《もう》スピードで前方の丘に向かい車を走らせていく。

「将軍！　一体、何を！　危険すぎます！」

「祐人君の言っていることが正しければ、あの丘の向こうにいるのは……グアランだ。うちの部隊はあのようなところに展開はしていない」

「あ……」

「何故、グアランが敵の妖魔に……いや、それよりも、あいつをここで見殺しにはできん！」

「し、しかし、マットウ将軍！　あの数は尋常《じんじょう》じゃないです！　もし、あの妖魔たちが波状攻撃《こうげき》をしてくれれば僕《ぼく》ではマットウ将軍を守るのが精一杯《せいいっぱい》です！　僕じゃ広範囲をカバーできません！　せめて……瑞穂さんとマリオンさんがいてくれれば……」

「祐人君、すまぬ。護衛の仕事をしている君から見たら、確かに私はとんでもない大馬鹿《ばか》者《もの》だよ。だが、これは私たちだけの問題ではないのだ。グアランと会うことはこのミレマーの未来にも関わる！」

マットウは顔を前方に向けたまま力のこもった重い声を出した。

「祐人君……君は最悪の場合、我々を置いて逃《に》げなさい。いや、ここで車を降りてもいい。

これは君の忠告を守らなかった私の責任だ。いくら護衛の仕事とはいえ、ここまでついて来ることもないだろう。心配しなくても、機関には報酬《ほうしゅう》も全額払《はら》う。これは君たちのせいではないのだからな……」

「何を馬鹿《ばか》なことを！　グアラン首相がいなくてもマットウ将軍が生きていれば、まだ……！」

祐人はさらに続きを言いかけて言葉に詰《つ》まってしまった。

何故《なぜ》なら……マットウが笑っていたからだ。

それは静かに、これから死地に向かう人間とは思えない笑顔《えがお》を祐人に向ける。

それは、すべてを覚悟し、受け入れて、それでもなお捨てられないものを拾いに行くという表情だ。

祐人は言葉を失った……。

祐人はこの顔をした人たちを魔界《まかい》でも見たことがあるのだ。

暫くその顔を見つめ返し……祐人は目を瞑《つぶ》るとマットウのその笑顔に苦笑いで返す。

「分かりました、マットウ将軍。もう止めませんよ。ただ、僕も全力でマットウ将軍を守らせて頂きます」

祐人の言葉にマットウは笑顔から驚きの顔になるが、祐人の力強い目と顔を見つめ……

今度はマットウが苦笑いをした。

「ふふふ……何とも、君も随分《ずいぶん》と……酔狂《すいきょう》なことだ」

テインタンも運転をしつつ笑みを漏らしている。

そこに、マットウの車に設置してある無線機が突然、鳴った。

テインタンが何事かと無線機を取る。

〝マットウ将軍！　こちらは四天寺《してんじ》とシュリアンです。私たちもそちらに向かっています。私たちが着くまで軽率《けいそつ》な行動は避けてください。あと、祐人！　馬鹿なことを言っていないで、こういう時はすぐに連絡！　分かった？〟

無線から聞こえてきた瑞穂の声に驚いた祐人。

盗聴《とうちょう》されていることを知らない祐人にすれば何故、こんなにもタイミング良く、また現状を把握《はあく》しているのかと思わなくもなかったが、今はこんなに有難《ありがた》い応援《おうえん》はない。

「分かった、瑞穂さん！　何とか瑞穂さんたちが来るまで持ちこたえるよ！」

〝こっちもそんなにかからずに着くから待ってなさい。マットウ将軍を絶対守るのよ！〟

そう言って無線が切れた。

祐人とマットウは顔を見合わせると、この難関ともいえる状況《じょうきょう》を切りぬけられる望みが大きくなったことを確認するように頷き合った。

◆

「グアラン閣下！　ここは引いてください！」

「ガルバン！　私はいい！　それよりも若い連中を先に下がらせるのだ！」

グアランは異形の化け物どもを前に軍人時代からの信頼《しんらい》のおける老兵のガルバンに大声を張り上げた。

グアラン自身もマシンガンを放ちつつ、部下とともに徐々《じょじょ》に後退していく。

（ロキアルムめ……何のためにこのような真似《まね》を！）

グアラン一行は首都ネーピーを深夜に脱出《だっしゅつ》し、危機《きき》一髪《いっぱつ》でカリグダの派遣《はけん》したグアランを捕《と》らえにきたMPたちをやり過ごすことに成功した。

その後、カリグダからの命令が各所に回り、グアランの部隊と散発的に戦闘《せんとう》が発生したがグアランも以前から手をこまねいていた訳ではない。

こういった事態に対処するために自分のシンパを各関所となるところに配属させていた。

これは本来、最悪の場合を想定し、マットウとカリグダが全面的に衝突《しょうとつ》する際に工作が出来るよう放っていた者たちだった。

それが今、その者たちのお陰《かげ》でグアランとグアランの直属の忠誠心の厚い配下たちをミンラに逃《のが》すよう各々《おのおの》が動いてくれ、最小限の被害《ひがい》でミンラの近くまで来ることができた。

ところが……ミンラにあと十数キロという山道で、グアランとグアランに付き従う兵たちは、どこからか耳に響《ひび》く、不愉快《ふゆかい》でゾッとするような声に慄《おのの》く。

〝ククク、グアラン閣下、何とも国に巣食うネズミに相応《ふさわ》しい、有様ですな〟

「こ、これは⁉　何だ？」

グアランはこの不可思議な現象に驚き、軍用トラックから辺りを見回す。

他の兵たちも同様で、一体何だ？　と、この耳障《みみざわ》りな声に動揺《どうよう》が走った。

〝あなたのお蔭でマットウ暗殺も我々の根拠地《こんきょち》になるグルワ山の土地の入手も随分と手こずらされた。今からそのお礼も含めての私たちの実験をさせて頂こう〟

「グルワ山……貴様は、ロキアルムか！」

〝閣下、ここは素晴らしいですよ！　あなたがいなければもっと早く手に入れることができたのですが、まあいい。さあ、受け取りなさい！　我が弟子《でし》の血肉を使って召喚《しょうかん》した数《あま》多《た》の妖魔、魔獣《まじゅう》、異形の化け物どもが、閣下にあの世までお供するでしょう〟

「弟子の血肉だと？　貴様は……」

〝ハッハッハー！　この実験が成功すれば、愛弟子《まなでし》を生贄《いけにえ》に捧《ささ》げた私の心の痛みも和《やわ》らぐことでしょう！〟

「貴様、まさか自分の弟子を生贄に……？」

〝さて、実験が成功し、あなたを片付けましたら、この後はミレマーの各都市に数千の異形を送り込むことにしましょう。カリグダにもお礼をしなくてはなりません。あの豚もミレマーと共に沈《しず》むのならば本望《ほんもう》でしょう〟

「貴様！　このミレマーをどうするつもりだ！　貴様のそれに何の意味がある！　弟子を殺してまで何を望む！　貴様はそれでも人の心を持っているのか!?　答えろ！」

〝私も弟子の忠義の死には心を痛めていると申し上げましたでしょう。ミレマーの滅亡《めつぼう》はただの足がかりですよ、特に我々にとってそれがミレマーである意味はありません。では、さらばです、閣下。ミレマーも国ごとあなたの後を追う。あの世でマットウと一緒《いっしょ》に政治ごっこを続けるがよろしいでしょう〟

「待て、ロキアルム！　貴様は……ハッ！　来るぞ、ガルバン、戦闘準備！　ここを切り抜けるぞ、何としてもミンラに行かねばならん！」

「ハッ！　閣下！　お前ら怯《ひる》むなよ！　これぐらいの化け物どもなんぞ何とでもなる！聞けばマットウ将軍も何度もこんな危機を乗り切ったというではないか！　それで我々が

切り抜けられないわけがない！」

『「「おおー!!」」』

歴戦の古豪《こごう》であるガルバンが一喝《いっかつ》すると兵たちの士気は上がり、雄叫《おたけ》びを上げる。

するとグアランの部隊の左右の木々から数えきれないほどの魔獣や妖魔の目が光った。

「行け！　ミンラに向けて走り抜けろ！」

ガルバンの指揮を受け、各軍用車はアクセルを踏《ふ》み込んだ。その後、グアランの部隊はなんとかマットウと合流を約束した丘《おか》の麓《ふもと》まで到達《とうたつ》したのだった。

グアランとガルバンは自ら前線で指揮をし、執拗《しつよう》に追いかけてくる魔獣に火力を集中して進撃《しんげき》を抑《おさ》えている。

「グアラン閣下！　早く我らとお引き下さい！」

そこにグアランの背後から若い男女の兵士たちが大声を張り上げた。

すると普段《ふだん》から冷静さを無くさないグアランが烈火《れっか》の怒《いか》りを込めた顔で怒鳴《どな》りつけた。

「この馬鹿者ども!!　お前らは先にあの丘へ向かえと言ったはずだ！　あそこにマットウが迎えに来る！　あいつが来るまで密集隊形で死角を作らず時間を稼《かせ》いでマットウと合流するのだ！　急げ！」

激高したグアランに若い兵たちは肩を縮めるが、それでも涙目《なみだめ》になって食い下がる。

「ですが閣下が！　このままでは閣下の御身《おんみ》が！」

「黙れ！」

グアランは目をつり上げ、その若い兵の頬を拳《こぶし》で張《は》り倒《たお》した。

「よく聞け！　ひよっこども！　お前たちにはこのグアラン・セス・イェンが数年をかけて私のすべてを伝えた！　お前らはこのミレマーの明日を担《にな》うんだ！　お前らの戦いはここではない！　それが何故、分からんのか！　お前らにはもっと苦しい戦いを用意したのだ！　その時に私に恨《うら》みごとを言いつつ働けるように！」

「グアラン閣下……」

「いいから行け！　お前らにはマットウの甘ちゃんが新政権を立ち上げたときに必ず起こる政治の混乱を抑える貴重な知識と知恵《ちえ》があるはずだ。ササン！　コマデーン！　エスリアイン！　マウンサン！　お前らは私の分身である！　いや、私を超えるのだ！　そして、ミレマーのために、決してその命を無駄《むだ》にすること罷《まか》りならん！」

この四人の男女の若者はそれぞれに貧しい出であったが、グアランに見いだされ、常にグアランのそばに仕えたグアランの愛弟子とも言える者たちだった。そして中には既《すで》に親兄弟のいない者もいた。

　この若者たちにとってグアランは実の父親と並ぶ厳父ともいえ、グアランの厳しい中にある優《やさ》しさや愛情を肌《はだ》で感じている者たちでもあった。

　グアランの厳しい眼差《まなざ》しを受けた四人のミレマーの若者は涙を拭《ふ》き敬礼をする。

「……承知しました。我々は先に行きます！　閣下も急がれますよう！」

『うむ、分かった。さあ行け！』

「「「「はい！」」」」

　その若者たちは体を翻《ひるがえ》すと全力で走り、グアランの言った丘に向かい走り出す。そして、若者たちは全員、顔を涙で濡《ぬ》らし、この時のグアランの言葉をその心に刻みこんだ。

　走り去る若者たちを見つめ、グアランは頷《うなず》くと横で隊を指揮する戦友に声をかける。

「ガルバン！」

「はい、閣下！」

「あいつらに数名、護衛を！」

「ハッハッハー！　ここが手薄《てうす》になりますが！　閣下！」

「構わん！　先行投資だ！　十二分に価値がある！」

「ハッ！　甘《あま》いなあ、閣下は！　おい、お前！」

　ガルバンの前でサブマシンガンを乱射している兵に声をかけた。

「はい！」

「貴様は何歳《なんさい》だ！」

「今年で二十五歳《さい》になります！」

「そうか！　お前とお前！　二十五歳以下の兵を連れてあの丘に向かえ！」

「は⁉　今なんと？」

「ここは年齢《ねんれい》制限を設けた！　お前らでは荷が重い！　とっとと行け！」

「は、はい！」

ガルバンはそう言うと兵の前列に並び、古参の兵たちと銃《じゅう》を乱射する。

そのガルバンを見てフッと笑ったグアランもそのガルバンの横に並び、前方から来る魔《ま》狼《ろう》にマシンガンを叩きつけた。

「お前に甘いと言われる筋合いはないがな！」

マットウたちを乗せた車は丘の麓まで来ていた。

マットウは丘を駆け上《あ》がるグアランの兵らしき人影《ひとかげ》を確認《かくにん》するとテインタンに叫《さけ》ぶ。

「テインタン！　このままあの丘の上に駆け上がれ！　この車をあいつらの防御壁《ぼうぎょへき》にする！」

「はい！」

テインタンはアクセルをベタ踏みして丘の頂上に車を走らせた。

「祐人君！」

「はい！」

「ここはまだしばらくは大丈夫《だいじょうぶ》だ！　申し訳ないが我が半身、グアランの援護《えんご》を頼《たの》む！」

正直、祐人はマットウの傍《そば》を離《はな》れたくはない。だが、マットウのそのお願いを今は拒《こば》めなかった。周囲を確認し、マットウの状況判断も間違《まちが》えていないとも考える。

「分かりました！　マットウ将軍、危なくなったら必ず、ご自身の安全を最優先にしてください。すぐに僕が向かいますから」

そう言うと祐人は猛スピードで丘を駆け上がる車から異常な跳躍《ちょうやく》で飛び出し、銃声の鳴《な》り止《や》まない山林へ飛び込んでその姿を消した。

祐人はテインタンの運転する車と分かれた後、銃声が特に集中する方向へ急ぐ。

（どこだ！　グアラン首相《しゅしょう》は！）

直後、祐人は前方にグアランの兵士たちらしき人影を木々の間から確認した。

そして、その兵たちの前面に魔狼と筋骨隆々《りゅうりゅう》の異形の妖魔が多数、迫《せま》ってきているのを見て、グアランたちの状況が極度に切迫《せっぱく》しているのを理解する。

(あれではもう！　逃げることもできず、全滅《ぜんめつ》に！)

グアランの部隊が壊滅《かいめつ》寸前だと知ると顔色を変えた祐人は仙氣を込めた怒号《どごう》を発する。

その怒号は広範囲《こうはんい》に響き、辺りの山林が震《ふる》えるほどのものだった。

さらに、それだけの音量にもかかわらずその仙氣怒声《どせい》は祐人により、範囲《はんい》がコントロールされ、兵士たちの鼓膜《こまく》には支障がないようにしている。

「うおお――！　そこから失せろぉぉ――!!」

今まさに兵たちの目前で兵たちの生殺与奪《せいさつよだつ》を握《にぎ》っていた魔狼や異形の筋肉人形ともいえる妖魔たちは、祐人の凄《すさ》まじい怒声をもろに浴びて、動きを止められ、中には後方に吹《ふ》き飛《と》ばされ、特に兵たちの正面にいた妖魔は三半規管を完全に破壊《はかい》された。

聴力《ちょうりょく》が破壊された妖魔や魔獣は痛みと混乱で正常な動きを取れずにのたうち回る。

グアランの兵たちはその敵か味方かも分からない少年が突然《とつぜん》、現れたことに驚き、既に化け物との戦いで精神をすり切らせていたこともあって動くこともできなかった。

忽然《こつぜん》と現れた少年はまるで自分たちを守るように大きく腕《うで》を広げている。

肩《かた》で息をしている兵たちには自分たちよりもはるかに年下と分かるその少年の背中が、どんな武器や援軍《えんぐん》よりも頼もしく、さらには生きる希望にも見えた。

「来い！　倚白《いはく》」

そう呟《つぶや》いた祐人の右手首の辺りから白金の鍔刀《つばがたな》が現れ、祐人はその柄《え》を握りしめた。

途端《とたん》に兵たちの視界から祐人の姿が消えてなくなる。

そしてコンマ数秒後、祐人がこちらを向いて兵たちの目の前に再び、地滑《じすべ》りするように現れた。

すると……信じられない光景が兵たちの目に入る。

今、前方にいた数十体の魔獣と妖魔が一匹《ぴき》残らず切り捨てられ、その一筋の線にしか見えない傷跡《きずあと》から時間差で血しぶきが上がり、なんと視野に収まるすべての異形が絶命した。

夢でも見ているのかと呆然《ぼうぜん》とする兵たちに祐人は芯《しん》の通った大きな声を出す。

「皆《みな》さん！　しんがりは僕にまかせて、あの丘に引いて下さい！　あと、グアラン首相はおられませんか⁉」

その祐人の言葉で正気を取り戻した兵たちは、自分たちが命をかけて守ってきた背後にいる主人に振《ふ》り返《かえ》り、それを見せるように祐人の視線上から退いた。

「そ、そんな、まさか……その方がグアラン首相ですか」

そこには、いかにも歴戦の古豪と思わせる老兵に抱《だ》かれ、腹部に重傷を負った高級指揮官の軍服を着る……グアランがいた。

マットウとテインタンは丘の頂上で車を急停止して飛び降りると、そこまで退却《たいきゃく》してきている兵たちと合流し状況を聞く。

「おまえら、大丈夫か！　グアランはどうした⁉」

そう言いながらもマットウはここにいる兵たちが若者たちばかりだとすぐに気付いた。

それだけでマットウの顔はみるみる深刻なものに変わっていく。

マットウには分かるのだ。

このことだけでグアランの出した命令やグアランの置かれた状況が。

数名の若い兵士が涙を流しながら、マットウに何かを言いかける。

「いい！　お前らは僅《わず》かな時間になると思うが取りあえず休め！　テインタン！」

マットウはその若い兵士の報告をさえぎってテインタンに向かって大きな声を出した。

「はい！」

「こいつらに水を！　あと、武器弾薬《だんやく》はどの程度持って来てるか？　それとミンラの我《わ》が軍はどこまで来てるか！」

「武器はトランクに詰められるだけ積んでます！　味方は先ほど連絡《れんらく》済みですから十数分後には先行した部隊が来るはずです。今、もう一度、連絡します！」

そう言い、テインタンは急ぎ車のトランクから携帯《けいたい》用の水をグアランの兵たちの目に無造作にあるだけ投げ出した。グアランの兵たちがその水を慌《あわ》てて拾い、互いに分け合いながら飲みだす。

そして、よくも収納していたものだというくらいの武器弾薬を次々に取りだす。テインタンは素早く後部座席のシートをはぎ取るとその下にも武器が納められており、それも無造作に辺りに置いていく。

それを見たマットウは頷き、疲《つか》れ切っているグアランの若い兵たちに声をかけた。

「ここまでの行軍ご苦労だった！　お前たちは私の部隊が来たら、すぐにミンラまで行くのだ！」

「なっ！　私たちもここで戦います！　グアラン閣下を残してミンラに行くことなんてできません！　閣下は！　閣下は……私たちのために！」

マットウの言葉に若い兵たちは感情を露《あら》わに異を唱える。

だが、マットウは若者たちを諭《さと》すように、それでいて眼光は鋭《するど》く有無《うむ》をも言わさない迫力で命令した。

「君らはグアランに何か言われなかったかね？　君らの使命は……君らの戦いはここではないと！　グアランの気持ちを汲《く》めない愚《おろ》か者《もの》をグアランは先に逃したとでも言うのか！　君たちは！」

「……っ！」

「グアランがここに来たら、すぐに君らの後を追わせる。ここは私たちに任せて、君らは君らのできる最高の仕事をするがいい！」

マットウはそう言い、左頬が赤く腫《は》れている若い兵の肩に優しく手を乗せた。

ミレマーの若者たちは悔《くや》しそうに、しかし、己のしなくてはならないこと……グアランの言葉を思い出して固く拳を握った。

「分かりました……。援軍が到着次第《とうちゃくしだい》、この場はマットウ将軍たちに任せます」

「うむ、それでいい……」

「将軍！」

「どうした!?」

突然、テインタンが叫ぶ。

テインタンは丘の下方の山林に目を凝《こ》らしている。

「あれは……堂杜様です！　敵に追われています！」

「何!?　テインタン援護だ！　皆もすまん！　我が軍が来るまで力を貸してくれ！」

「はい！」

山林から飛び出してきた祐人はグアランの兵たちと共に丘を駆け上がってくる。

さらによく見れば、祐人は誰《だれ》か負傷兵らしき者を背負っていた。

マットウにはその祐人が背負っている人物がグアランであることがすぐに分かる。

「あ、あれは、グアラン！　怪我《けが》をしているのか!?」

マットウはすぐさま自身もライフル銃を拾い、祐人たちの後方に狙《ねら》いをつけた。

その直後、マットウは目を疑うような光景を見る。

夥《おびただ》しい数の化け物たちが、その山林から所狭《ところせま》しと姿を現したのだ。その化け物たちは我先にと祐人たちを追いかけ、魔狼は咆哮《ほうこう》を上げて攻撃を仕掛けている。

祐人はグアランの容体を気にしてか、いつもの動きに精彩《せいさい》がないことが窺《うかが》え、それ故《ゆえ》にグアランの傷の深刻さが伝わってきた。

「将軍！　空からも！」

グアランの心配をする暇《ひま》もなく、テインタンが悲鳴にも近い叫び声《ごえ》を上げながら指さす。

見れば空と山を覆《おお》わんばかりのガーゴイルが大きな暗雲のように蠢《うごめ》き、こちらに迫ってくるのが分かる。

「な、なんという数……」

思わず唸《うな》るマットウの背後でこの絶望的な状況に膝《ひざ》が笑い、力が抜けて座《すわ》り込んでしまう兵もいた。現在、ただでさえ劣勢《れっせい》なところに数えんばかりのガーゴイルが兵たちの希望を奪《うば》っていく。

だが、マットウは奥歯《おくば》を噛《か》みしめて振り返り、背後にいる戦意《せんい》喪失《そうしつ》寸前の若い兵たちに檄《げき》を飛ばした。

「狼狽《うろた》えるな！　全員、構え！　私は何度もこの難敵を退けてきた！　お前らは死なさん！　いいか！　決して、あきらめるなよ！　あそこにいる少年は化け物退治のスペシャリストだ！　味方が来れば何とかなる！」

マットウのその言葉に僅かな希望を取り戻した兵たちは、ハッとし立ちあがると隊列を組んで銃を構える。

「味方に当てるなよ！　あの後ろから来る化け物どもに鉛玉《なまりだま》を叩《たた》きつけろ！」

「「「おおー！」」」

そのマットウの号令を受け、兵たちは一斉《いっせい》に射撃《しゃげき》を始めた。

重傷のグアランを背負い、祐人は大量の血の生温かさをその背に感じていた。

（クッ、止血したところが！　出血が止まり切らない……このままではグアラン首相が！）

祐人に治癒能力《ちゆのうりょく》はない。仙氣をグアランの経穴に送り込み、止血とグアラン自身の治癒《ちゆ》力《りょく》が上がるように処置をし、応急手当とした。

本来はそのまま安静にさせて、本格的な治療《ちりょう》が必要であるのだが、そのような状況ではないため、祐人がグアランを背負い退却することになった。

この処置の間にガルバンという老指揮官と横で泣いている若い兵からグアランの怪我の経緯《けいい》を聞いた。

グアランは妖魔との交戦中にグアランの命令に背《そむ》いてこの場に残り、戦っていたこの若い兵士を見つけ、すぐに引けと怒鳴りつけた。

若い兵士は涙を流し、ようやく言いつけ通りに退却しようとしたところ、その若い兵士を狙った魔狼の咆哮に気付いたグアランがとっさに自らが盾《たて》になって庇《かば》ったのだ。

（この人は死なせたくない！　それに……この人はニイナさんの実の父親……）

祐人たちはすぐにその場から退却し、敵妖魔の執拗な攻撃を避《よ》けながら丘に向かって走る。祐人の背中ではグアランは意識を朦朧《もうろう》とさせている。

すると祐人の眼前に丘の裾野《すその》が見えてきた。

「皆さん！　そこを抜けたら丘を駆け上がって下さい！　丘の上にマットウ将軍がいます！　援軍もこちらに向かってます！　身を隠《かく》すところはないですが、僕の仲間にそれでこそ力を発揮する能力者がもうすぐ来ます。この妖魔たちの撃退《げきたい》も可能ですから！」

先ほどの祐人の信じられない戦闘力《せんとうりょく》を見せられたこともあり、ガルバンをはじめとした兵たちもその言葉に一縷《いちる》の望みをかけ、最後の力を振り絞《しぼ》る。

祐人たちが山林を抜けると、マットウの指揮で一斉に背後の妖魔たちに援護《えんご》射撃《しゃげき》が入り、僅かだが祐人たちに退却だけに集中する時間ができた。

祐人は共に退却してきたガルバンたちを置き去りに、まずはグアランを丘の上に運ぶことを考えると移動速度を上げ、丘の上にいるマットウたちのところまでやってきた。

「グアラン！」

「閣下！」

マットウがグアランを背負う祐人に駆け寄《よ》り、グアランの容体を見る。

祐人はそっとグアランを横に寝《ね》かせ、改めて止血のために経穴へ仙氣を送る。

グアランの愛弟子たちも、とっさにグアランの周りに集まり、泣《な》き叫ぶ。

そしてこの間に疲労困憊《ひろうこんぱい》のガルバンたちも到着《とうちゃく》し、祐人は立ち上がった。

「細かいことは後で説明します！　このままではグアラン首相の容体が危ない。すぐに本格的な治療が必要です。ですが今は、この状況の対処です！　皆さん！　僕が敵に突っ込みますから、僕に気にせずに撃《う》ちまくって下さい！」

その戦場の理論を無視した祐人の指示にテインタンが思わず声を上げる。

「無茶《むちゃ》です！　それでは堂杜様に当たります！」

「テインタンさん、大丈夫です！　決して僕には当たりません。それに遠慮《えんりょ》している状況じゃないです！　あのガーゴイルの大群が来る前にできるだけ多くの地上の妖魔を駆逐《くちく》する！　火力を落としては絶対にダメです。必ず全員、生きて帰りますよ！」

祐人の鬼気《きき》せまる気迫《きはく》にテインタンは口を閉ざし、その祐人に戦士の顔を見た。

「分かりました……堂杜様。いいか！　皆、よく聞け！　今からこの堂杜様があの薄汚《うすぎたな》い化け物どもを殺《や》りにいく！　だが堂杜様は気にするな！　撃って撃って撃ちまくれ！この方はあの化け物どもと違《ちが》い、お前らのハエの止まるような弾《たま》には当たらんからな！」

テインタンにそのように言われるが、やはり数名の兵士は常識的ではないその命令に戸惑《まど》っているようだった。

祐人はテインタンに軽くお辞儀《じぎ》すると、臍下丹田《せいかたんでん》に仙氣を急速度で昇華《しょうか》させていく。

途端に兵たちは、祐人から形容しがたい圧迫《あっぱく》感を覚え、無意識に何かがこの少年に起きていることを感じ取った。

祐人は地面に並べられていた拳銃《けんじゅう》を拾い、テインタンたちの眼前に歩き、敵が迫ってくる方向との間に立つ。そして振り返り、兵たちに向かい合うと何を思ったか、その手に持つ銃を自分のこめかみに当てた。

一体、何をするのかと息を飲む兵たちの前で、なんと祐人はその銃の引き金を絞り込む。

銃声が眼前で鳴り響き、テインタンもマットウもその祐人の常識外の行動に驚愕《きょうがく》した。

だが……、

「ははは、ちょっと痛いや。でも、皆さん、分かったでしょう？　皆さんの弾に当たりはしませんが、当たったところで何の問題はありません！　いいですか？　徹底的《てっていてき》に撃ち込んで下さい！　僕はあのザコ妖魔とは違う！　何度も言いますが、全員、生きて帰りますよ！」

祐人はこめかみのあたりを何事もなかったようにさすり大声を上げる。

この信じられない光景に兵たちは呆然とするが、段々、呆《あき》れたような笑い声が所々に漏れてくる。そして、萎《しぼ》みかけていた兵たちの士気が目に見えて上昇《じょうしょう》したのが分かった。

ガルバンも丘の頂上に到着早々、とんでもないものを見せられて笑《え》みを零《こぼ》す。

「ははは！　分かりました！　撃ちまくりますよ！　当たっても文句は無さそうだしな！」

「信じられん！　でも、望みはある！」

「あなたは一体……何かの化身《けしん》なのでは……」

「ハッハ！　帰ったら一杯《いっぱい》奢《おご》らせてくれ！　少年！」

祐人も笑みを見せると、この間にも丘を駆け上がってくる妖魔たちに顔を向ける。

「行きますよ！　皆さん！」

そう怒鳴ると、祐人は敵の大群の中央に鍔刀一本で丘を滑走《かっそう》するように走り出し、祐人が飛び込んだ妖魔の群れから、人のものではない大量の血しぶきが吹き上がった。

その少年の人間離《にんげんばな》れした働きに兵たちは目を奪われるが、それと同時に気力と闘志《とうし》が湧《わ》き上がる。

「さあ、堂杜様の仕事を減らすんだ！　撃ちまくれ！　残弾は気にするな！　まだまだ、ある！」

「俺《おれ》たちもやるぞ！　あの少年の帰るところを死守する！」

「「「「おおー！」」」」

テインタンが叫び、ガルバンが怒鳴ると雄叫びをあげた兵たちが我先にと引き金を絞り始めた。


祐人は、所狭しと群がる妖魔たちの間をまるで舞《まい》を踊《おど》るように剣《けん》を振るう。

そして、祐人が剣を振るうたびに複数の妖魔が断末魔《だんまつま》の叫びをあげた。

（中距離攻撃《ちゅうきょりこうげき》が可能な魔狼を中心に叩く！　近距離《きんきょり》型は一太刀《ひとたち》でもダメージを与《あた》えておけばいい！　魔狼の数を減らせば、みんなの生存率が上がるはずだ！）

祐人は魔狼に狙いを絞って移動しながら、移動上にいる妖魔にも深い傷を負わせていく。

祐人のその狙いは徐々に効果を発揮し、丘の上にいるマットウたちに対する妖魔の攻撃圧力は明らかに減じた。

そのおかげで、兵たちもただひたすら攻撃に集中することができ、妖魔たちの丘の上へ登る速度を抑えることに成功する。

「まるでダンスを踊っているようじゃないか！　祐人君は！」

「はい！　堂杜様がステップを踏むたびに敵の血のシャワーが吹き荒れてます！」

そのマットウとテインタンのやりとりは、それだけで周りにいる兵たちの希望を膨《ふく》れ上がらせた。

マットウはこのような中、背後に寝かされているグアランの容体を確認するように見ると眉間《みけん》に皺《しわ》を刻み、臍《ほぞ》を噛む。

重傷を負ったグアランの姿から、明らかに命の灯《ひ》が消えていくように感じられるのだ。

それは徐々にではあるが、確実にグアランの生気が消えていくのが見て取れる。

（グアラン！　ここで死ぬんじゃない！　まだお前はニイナの成長した姿を見てもいないじゃないか！　グアラン・セス・イェン！　お前はそれでいいのか？　お前とソーナインが守ろうとしたミレマーの行く末とそのために危険にさらされないよう私に手放したお前の実の娘《むすめ》を見ずして逝《い》くのか！）

マットウはあの日……ソーナインを失った次の日、グアランとこの丘での誓《ちか》いを思い出す。

今から十三年前。

マットウ、グアラン、ソーナインの三人が名付けた丘……ニイナの丘。

そのニイナの丘の上に広がる空は分厚く薄暗《うすぐら》い雲が覆い、二人のミレマーの青年将校が丘の頂上にある大木の前で睨《にら》み合っていた。

「い、今、何て言った⁉　グアラン！」

「俺は……この軍事政権の中枢《ちゅうすう》に食い込む。どんな手を使ってもだ」

マットウはグアランの言葉を聞くと考える前に体が動き、グアランの襟《えり》を激しく掴《つか》む。

「お前、正気か⁉　この腐《くさ》ったカリグダの軍事政権に！　ソーナインを殺した政権に！　ふざけるな！　お前は気でも狂《くる》ったのか！」

「俺は本気だ。俺は何としても出世して、この政権に深い根を下ろし権力を握る！」

「この大馬鹿野郎《おおばかやろう》！」

マットウはグアランを殴《なぐ》り飛ばし、グアランの体は大木の幹に強《したた》かに叩きつけられ、地面に腰《こし》を落とした。

「お前は！　お前が！　ソーナインの気持ちを分からないはずがないだろう！　ソーナインがそんなことを望むわけがない！　ソーナインはただ、優しい日常を望んだだけだ！　お前がいて、その横で健《すこ》やかに成長するお前たちの娘、ニイナの笑顔を眺《なが》める。ただ、それだけだったはずだ！　そのソーナインを殺した軍事政権に加担して、お前は何を成すんだ！　それに幼いニイナはどうするつもりだ！」

「そんなことは分かっている！　だが、ソーナインはもういない！　残ったのは腐ったこの国の権力機構と心に開いた消えようのない大きな穴だけだ！　だから、俺は変えられるものを変える！　この心の穴は消えん！　だが、この国は変えられるはずだ！　どんなに困難でも、それはそこに実際に存在しているんだ！　俺はそれを変える！」

「何を絵空事を！　そんなことが可能だとでも思ってるのか！　だったら仲間を増やしてこの国を力づくでぶっ潰《つぶ》すというぐらいのことを言ってみせろ！　ソーナインの仇《かたき》を取ると言ってみせろ！　それだったら俺も喜んで協力してやる。今、政権中枢への不満は今までにないぐらいにくすぶっている。これをうまく煽《あお》って糾合《きゅうごう》すれば無視できない勢力になるはずだ！」

マットウとグアランは睨み合《あ》い、そして、ソーナインを失うというお互《たが》いに癒《い》えない心の深い傷をぶつけ合う。

「そうだ……俺はこの軍事政権をぶっ潰してやる！　だから力を貸せ、マットウ！」

「だったら！」

グアランは切れた唇《くちびる》の血を拭《ぬぐ》いながら立ち上がる。

分厚い雲からついに雨が降り出した。

その雨は草木にとって恵《めぐ》みだった。晴れた日に見せる艶《つや》のある深緑や色鮮《いろあざ》やかな花々はこの恵みの雨によってこそ成り立つものだとミレマーでは教えられる。

『それだけでは駄目《だめ》だ……外からだけでは中々、倒せん。いや、倒せるかもしれんが、時間がかかる。それに……』

グアランは今しがたから強く降りそそぐ雨にうたれ、マットウの前に歩み寄った。

視界も定かではなくなるほどの大雨の中、グアランとマットウはしっかりとお互いの姿を確認している。

「それはミレマーの人々を苦しめる長い戦いになることは必至だ。これはソーナインの望んだものとは違う。それではソーナインを悲しませるだけだ」

「……！」

「マットウ、だから、俺が中枢に食い込む！　お前は国内の不満分子を集めろ。そして、大きな流れを作るんだ！　俺は政権の内部から切り崩《くず》しを図《はか》る！　それで中と外からカリグダの豚野郎《ぶたやろう》を追い込む！」

「グアラン……お前……」

マットウは親友のグアランの目に尋常《じんじょう》ならざる決意を見た。

普段から冷静沈着《れいせいちんちゃく》のグアランの中にある激しい怒り、口惜《くちお》しさ、悲しみが今、大きな波のようにマットウに打ち寄せてくる。

「上手《うま》くいくかなんぞ分からん！　また、上手くいっても全く血が流れないなんてことが不可能なのは知っている！　だが、民衆の血を最小限に抑えるためにも、この価値のない政権を蝕《むしば》む、大きな病が必要だ。俺は！　この政権を蝕む大病になる！　徐々《じょじょ》にでも、だが確実に進む不治の病の元凶《げんきょう》にな！」

グアランはマットウの肩を力強く掴む。

「マットウ！　お前はこの国の……ミレマーの英雄《えいゆう》になれ！　常に民衆側に立ち、常にミレマーの民衆に望まれ、そして、悪《あ》しき軍事政権を俺ごと倒せ！」

「なっ⁉　お前、まさか……」

グアランはマットウに壮絶《そうぜつ》な笑みを見せる。

「宿主を蝕んだ病原菌《びょうげんきん》は死体と一緒に焼き捨てるのが一番いいんだ。そして、それを肥料として豊かな土壌《どじょう》を作る！」

　マットウは自分の肩を掴むグアランの腕を掴んだ。

「ば、馬鹿《ばか》なことを言うな！　じゃあニイナはどうする！　あの子は昨日、母を亡《な》くし、そして、今日、父まで失うのか！　お前がこの国の苗床《なえどこ》になっても、たった一人の娘を守らずして何がミレマーを変えるだ！　豊かにするだ！　ニイナはソーナインの忘れ形見だぞ！」

　自分を睨むマットウをグアランは見つめ返し……フッと笑う。

「ニイナは父親を失わない」

「何を！」

「マットウ、お前がいる」

「……！」

「マットウ、頼む！　あの子の……ニイナの父親になってくれ！　あの子を軍事政権の悪党の娘ではなく、このミレマーを救う英雄の娘にしてやってくれ！　俺の進む道は魑魅魍魎《ちみもうりょう》の住む軍事政権中枢だ。ニイナを連れて行けば俺の弱みとして危険に晒《さら》される可能性は高い。俺の進む道に守るべきものはいらないんだ！」

「グ、グアラン……お前は……」

　グアランはまるで縋《すが》るようにマットウを見つめる。

「同じ女を愛し、その女と結ばれた俺と今も変わらず親交を結んでくれているお前にしか頼めないんだ！　頼む、マットウ！　ニイナを！　俺の娘を守ってくれ！　そして、この俺と手を組み、ミレマーをソーナインの望んだ笑顔《えがお》の絶えない国にするために、お前の人生を俺にくれ！」

マットウはグアランをしばし見つめた。

グアランの決意と覚悟《かくご》の瞳《ひとみ》の中に捨てきれない娘への深い愛情を見つける。

そして……マットウはグアランの腕を放し、代わりにグアランの肩に手を置いた。

「グアラン……泣くのはまだ早い。その涙は軍事政権を打倒《だとう》し、お前がニイナを……お前の娘を、お前が胸を張ってこのミンラに迎《むか》えに来る時まで……とっておけ！」

マットウはそう言うと、再びグアランを殴り飛ばした。

マットウは地に這《は》うグアランを見下ろし、大きな声を出す。

「いいか、グアラン！　お前はいつからそんなに謙虚《けんきよ》になった！　お前らしくもっと強欲《ごうよく》でいろ！　この国もニイナも両方とも諦《あきら》めるな！　それがお前らしく、そしてそれこそがグアラン・セス・イェンの力を最も発揮することを俺は知っているぞ！　ソーナインの心を最後の最後に奪っていったときのように！」

グアランはハッとしたようにマットウを見上げる。

そして……マットウはそのグアランへ静かに手を差し出した。

「グアラン行くぞ、俺たちの進む道は決まった。それはやはり、ソーナインと俺たち二人を引き合わせた……この結ばれた丘でな。そして、俺たちの娘、ニイナの未来を……ミレマーの若者の未来を、必ずや良きものにするぞ！」

この時、分厚い雲から降っていた雨は弱まり、その雲の隙間《すきま》からミレマーの大地を照らすいくつもの光の筋が現れた。そしてこのニイナの丘にも光の筋が降りてくる。

グアランは……その空を割る光を背景に立つマットウの差し出した手を力強く掴み、立ち上がったのだった。

この後、若いこの二人はミレマーの慣習でもある年功序列を念頭に置き、年齢を十歳近く上に改める。これはしばし戸籍情報《こせきじょうほう》が未発達であるミレマーでよく行われることだったが、十歳以上というのは中々なかった。

この時、この年齢調整に大いに力を貸してくれたのが、当時のマットウとグアランの上官であったアローカウネとガルバンであった。

そして、このことを知っている者も今はもうほとんどいない。

◆

ニイナの丘《おか》では、祐人がまさに鬼神《きじん》のごとき働きをしている。

祐人は敵妖魔《ようま》の中央部から敵の密度の多いところを選び、まるで何も遮蔽物《しゃへいぶつ》がないグラウンドのように自由に移動すると派手に暴れまわる。

それはできるだけ自分に妖魔の注意を集中させているようでもあった。

祐人は大きく跳躍し敵の密集した中央に飛び込むと愛剣の倚白を右手首から出した鞘《さや》に納め、居合いの構えを見せる。

そして、静かに、だが激しい仙氣を体全体に巡《めぐ》らせ、倚白を体の一部とした。敵妖魔が動きを止めたこの格好の獲物《えもの》に三百六十度全方位から一斉に攻撃《こうげき》を仕掛《しか》ける。

祐人は歯を食いしばり、犬歯を露わにする。

すると祐人の氣の円に妖魔が触《ふ》れるその瞬間《しゅんかん》、倚白の刃《は》を抜《ぬ》き放った。

「はああ！　仙闘術！　鐘音《しょうおん》！」

祐人が倚白をチン、と鞘に納めた。

それを合図に祐人の周囲十メートルにいた妖魔の上半身は地面に落ち、丘から見下ろす兵たちからは敵の群れの中に、突然、祐人を中心に半径十メートルの妖魔の屍《しかばね》の広場が姿を現したようだった。

これを皮切りに敵妖魔たちは祐人に背を向けることの愚かさに気付き、祐人に狙いを絞り始めた。

（よし！　こっちに来い！　でもまだ敵が多い！　それにガーゴイルがもうそこまで来ている！　瑞穂さんたちはまだか⁉）

舞を踊る修羅《しゅら》と化した祐人は妖魔を細切れにしつつ、ガーゴイルの群れを確認していた。

ガーゴイルはもう丘の裾《すそ》の上空至近まで来ており、あと数秒でこの戦線に突入《とつにゅう》してくることは明らかだった。

祐人は敵妖魔をまさに蹂躙《じゅうりん》しながらも舌打ちをする。

その時だった……。

今にも上空から突入を開始しようとする無数のガーゴイルが蠢く群れの中央に眩《まばゆ》い閃光《せんこう》を放つ光の塊《かたまり》が現れる。

「あれは！」

祐人がその空を覆い隠さんとするガーゴイルたちの中心に現れた閃光に目を移したと同時に、その閃光は弾《はじ》け、空が割れんばかりの凄まじい轟音《ごうおん》が周囲を襲《おそ》った。

轟音は大地までを揺《ゆ》らし、そして、そこから発生した爆風《ばくふう》が丘の上の兵たちにも届き、思わずテインタンもその爆風から身を守る。

祐人が再び上空に視線をやると、なんとガーゴイルの大群は目測だけで三分の二は吹き飛び、ガーゴイルたちの体の破片《はへん》がボトボトと山林に降りそそいでいる。

「ふう、何とか間に合ったようね」

瑞穂が息を吐《は》き、上空にかざしていた両手を下ろす。

マリオンは瑞穂の大技《おおわざ》に感嘆《かんたん》しつつも、すぐに車の中からこの状況を呆然と見つめているアローカウネとニイナに顔を向けた。

「ニイナさんたちは、すぐにミンラへ帰って下さい！　ここは危険です！」

マリオンの言葉でハッとしたニイナはマリオンに顔を向け、続いて丘の上に目を移す。

「いえ、私は父のところに行きます。この状況で父たちを置いては帰れません！」

そのニイナの言葉に瑞穂は驚《おどろ》き、そして怒《いか》りの声を上げた。

「何を馬鹿なことを言っているんですか！　見ていなかったんですか、この状況《じょうきょう》を！　ニイナさんには申し訳ないですが、この戦場では足手まといです。早くミンラに戻《もど》って下さい！」

「嫌《いや》です！　私は……私は今ここで、ここを去ってしまうことの方が怖《こわ》い！　父があそこで、この丘で命をかけてまで何を守っているのか、この目で見たいんです！　お願いです！　何でもしますから！」

ニイナは瑞穂に突《つ》き付けられた言葉が正しいと分かっていても食い下がる。

自分の名前の由来になったというこの丘、この名もない丘にこのニイナと名付けたのは父マットウと母のソーナイン、そして、宿敵だと思っていたグアランだということが、余計にニイナを駆《か》り立《た》てる。

しかも、今、その重傷を負ったとみられるグアランのために父は戦っているではないか。

そして……ニイナという言葉の『結ばれる、結ばれた』という意味。

娘にまで秘密にしていたこのことを、マットウは今日、すべてを明かそうとしていた節もあった。

また、ニイナは何故《なぜ》だか分からないが、今まで敵だと思っていたグアランと直接話がしたいと強く思うのだ。

「ニイナお嬢様《じょうさま》」

そこに冷静な声でアローカウネが瑞穂たちとニイナの仲裁《ちゅうさい》に入る。

「瑞穂様たちの仰《おっしゃ》ることが正しいとこのアローカウネも考えます。私もお嬢様もこの場ではただの足手まといでしかありません」

「アローカウネ！　私は！」

アローカウネは無表情に瑞穂たちに顔を向ける。

「ですが、マットウ様のところには負傷者がいるようです。そこで私たちは今のうちに負傷者たちだけを回収してミンラに即座《そくざ》に戻る。そのようにしたらいかがでしょう?」

瑞穂とマリオンに問いかけるアローカウネ。

瑞穂とマリオンは顔を見合わせて、軽く息を吐いた。

「……分かりました。それでお願いします。ですが、その後はすぐに退去してください。ここは何が起きるか分からない戦場なんです。しかも、非常に危険な戦場です」

アローカウネは運転席から瑞穂たちに感謝の意を示すように、目を閉じ軽く会釈《えしやく》すると前を向く。

「分かりました。では急ぎますよ、お嬢様!」

そう言い、ニイナの言葉を待たずアローカウネはアクセルを強く踏《ふ》み出《だ》した。

ニイナはアローカウネの顔を助手席から見つめる。

「……アローカウネ、ありがとう」

ニイナはアローカウネにお礼を言ったが、アローカウネはそれが聞こえなかったかのように何も返事はしなかった。

祐人はマットウたちのいる丘の頂上に向かい駆け上《あ》がってくる車とその後ろから瑞穂とマリオンが人間離れした跳躍《ちようやく》でこちらに向かってくるのを見た。

「瑞穂さん！　マリオンさん！」

祐人は周囲にいる妖魔を切り捨て、瑞穂とマリオンに大声を上げた。

丘の上からはその頼《たの》もしい援軍の到来《とうらい》に兵たちが狂喜《きょうき》している。

「二人は、丘の上に行ってガーゴイルの相手をお願い！　ここは僕《ぼく》が受け持つ！　さっきの瑞穂さんの攻撃でガーゴイルらは散開して襲ってくる！　気を付けて！」

瑞穂の大技で密集するガーゴイルの大半を撃破《げきは》することに成功したが、まだ多数のガーゴイルが残っている。

そして、大技を警戒《けいかい》して散開したことから、まだまだ安心できる状況ではない。

しかも、そのガーゴイルは祐人を無視してマットウたちを襲う構えも見せているのだ。

その祐人の言うことを瑞穂とマリオンは即座に理解し、表情を引《ひ》き締《し》めた。

「分かったわ！　マリオンは先に丘の上へ！　私はあのガーゴイルどもを牽制《けんせい》しながら丘に向かうわ！」

「はい！」

互いのやることを確認《かくにん》し、三人はそれぞれに散開した。

「ニイナ様！　何故《なぜ》、こんなところへ!?」

突然《とつぜん》、横付けされた車の中のニイナを見てテインタンが驚きの声を上げる。

ガルバンはチラッと運転してきたアローカウネと目を合わせるが、ニッと軽く笑うだけですぐに目を前に戻し、敵妖魔へサブマシンガンを打ち続けた。

マットウはテインタンの言葉に驚き、自分の娘に振《ふ》り返《かえ》る。

「話は後でいたします、お父様！　私たちは負傷者を連れてミンラに戻りたいと思います！　よろしいですか？」

「ニ、ニイナ！　この馬鹿者《ばかもの》……いや、いい。話は帰ってからだ。では急ぎ、負傷者を頼む！」

「はい、お父様！」

「これも……ソーナインの想《おも》いが、お前をここに誘《いざな》ったのかもしれん……」

「え？」

「いい！　テインタン、アローカウネ！　グアランを車に！」

「はい！」

「承知いたしました」

ニイナは車を降り、テインタンたちに運ばれるグアランの横に並ぶとグアランの深刻な容体に言葉をなくし、慌ててハンカチでグアランの額の汗《あせ》を拭った。

「ソ……ナイン……ソーナイン」

意識が混濁《こんだく》しているグアランから弱々しく言葉が漏《も》れる。

その思いがけない言葉にニイナは目を見開いた。

（え!?　今、母の名を！　この人はこのような状況で思《おも》い浮《う》かぶ人の名が……何故、私の母なの？）

テインタンたちが重傷のグアランを車の後部座席に慎重《しんちょう》に乗せる。ニイナはグアランを気遣《きづか》うように一緒《いっしょ》に後部座席に乗り込み、グアランの頭をその膝の上に乗せた。

「ニ、ニイナ……」

「……!?」

（今、私の名を……？）

驚くそのニイナの表情をマットウとアローカウネは静かに見ている。

アローカウネは後部座席の扉《とびら》を閉めると、マットウにお辞儀をする。

「マットウ様、では、このままミンラの病院に直行します！」

「分かった！　急いでくれ、アローカウネ！　グアランと、そして……ニイナを頼む」

「……承知いたしました」

そう言うとアローカウネは運転席に乗り込み、敵妖魔の大群を相手に獅子《しし》奮迅《ふんじん》の働きをみせている祐人の戦場を左に避けて、ここに来た道のりを戻り始めた。

アローカウネは右方に祐人の姿を確認すると自分たちのために戦ってくれている祐人の無事を心から祈《いの》り、ハンドルを強く握《にぎ》りしめた。

ミンラに続く道に出て、アローカウネはスピードを上げる。

アローカウネはバックミラーで再びグアランの様子を見ると……顔を深く曇《くも》らせる。

すると、アローカウネは意を決したようにニイナに何かを伝えようとしたその時、前方に土煙《つちけむり》を上げてこちらに来る部隊が目に入った。

「あれは！　援軍《えんぐん》のようですね」

ニイナはグアランを気にかけつつ、アローカウネの言葉に安堵感《あんどかん》が湧《わ》いた。

そのマットウの部隊はニイナたちの車とすれ違い、急ぎ丘に向かっていく。

だが、アローカウネはそれを見て眉《まゆ》を顰《ひそ》める。

「部隊の数が少ない……何をもたもたしているのか。いや、もしくは何か……」

「どうしたの？　アローカウネ……」

「いえ、何でもありません。それよりも……ニイナお嬢様にお話があります」

「お話？　どうしたの？　こんなときに……」

「大事な……ニイナお嬢様にとって、とても大事なお話です」

「……」

「恐《おそ》らく……グアラン首相《しゅしょう》は助かりません。非常に残念なことではありますが……」

「……！　そ、そんな……」

ニイナは手を震《ふる》わせ、そして、何とも言えぬ喪失感を感じ、自分の膝の上に顔を乗せて苦しそうにしているグアランを見つめる。

「そこで……このアローカウネからニイナお嬢様にお願いがあります」

「お願い？　それは……今、このようなときに言うことなの？」

「はい……今しか……もう今しかないのです」

アローカウネは車を停《と》めると後ろに振り返り、真剣《しんけん》な顔でニイナの目を見つめる。

ニイナはこんな表情をアローカウネから受けるのは初めてだった。

ニイナはアローカウネの瞳の奥《おく》から愛情や悲しみと言ってもいい想いのようなものを感じ取り、アローカウネの言う、お願い、を待った。

「ニイナお嬢様。一度だけでいいです。一度だけでもいいので、そこにいるグアラン首相を……グアラン首相の手を握って……〝お父様〟と、呼んであげて下さい……」

アローカウネのそのお願いにニイナは大きく目を見開き……、
そして……膝の上にいるグアランに目を落とした。

丘の頂上でマットウたちが合流したマリオンと瑞穂と力を合わせ奮戦している。

マリオンの敵妖魔の攻撃の無力化と瑞穂のガーゴイルに集中した攻撃とで何とか生き残る希望が増したところにテインタンが大きな声で朗報を伝える。

「マットウ将軍、援軍です！　我《わ》が部隊の第一陣《だいいちじん》が到着しました！」

「おお、来たか！　全員聞け！　援軍だ！　グアランの部隊のものは交代の準備をしろ！　でも、まだ気を抜くなよ！」

「おお！」

そのマットウの言葉に疲《つか》れ切《き》ったグアランの部隊は喜びに顔をほころばせる。

そして、丘の頂上にその待ちわびた援軍が到着した。その到着した部隊の隊長は軍用ジープを飛び降り、マットウに報告のために走って近寄ってくる。

だが、その顔は必死の形相だ。

マットウはその表情に嫌な予感を覚えた……すると報告は想像を絶するものだった。

「将軍、緊急事態《きんきゅう》です！　現在、ミンラに向かい多数の化け物どもが向かっております！　今すぐミンラへの帰還《きかん》を！　しんがりは私たちが受け持ちます！」

「な、何だと！」

「そ、それだけではありません！　現在、詳細《しょうさい》は分かりませんが、ミレマー国内の主要都市にこれと似たような情報が流れてきています！　今、首都ネーピーの軍部はこの事態へ対処のために大混乱をきたしているようです！」

悲鳴のような報告にマットウは驚愕する。

「ば、馬鹿な！　何故、カリグダのいるネーピーにまで！　何が起こっている！　あいつらの狙《ねら》いは私ではないのか！」

「わ、分かりません！　ですが、今はミンラに戻り迎撃《げいげき》の準備を‼」

これを横で聞いていた瑞穂とマリオンはその信じられない報告に驚き、さすがに一瞬《いっしゅん》、信じていいものなのか判断がつかなかった。

正直、瑞穂はこの報告に対し、どうしていいか分からない。

とりあえずはマットウの護衛なのは変わらないが、もはや起きている事態のスケールが大きすぎる。

すると……マリオンが瑞穂に声をかける。

「瑞穂さん！　祐人さんにこのことを伝えて下さい！　祐人さんなら何か！」

そう言われると、瑞穂もその方が良いように感じられてくる。

この時、自分たちよりも頼《たよ》れるのはこの少年しかいないと思うのだ。

「分かったわ！　祐人、大変よ！　……」

実は……マリオンも本当はどうしていいかなんて分かってはいなかった。

それほどの信じられない報告なのだ。

しかし、マリオンがこのことに対し考えを巡らそうとした時、すぐに頭に浮かんだのが、あの普段《ふだん》は優《やさ》しい、そして頼りない印象の少年だったのだ。

今、瑞穂とマリオンの二人はこのミレマーを襲っている未曾有《みぞう》の事態にも、最後の段階で混乱をきたすことはなかった。

それは、何故か分からない。

だが、この二人の気持ちは一致《いっち》していた。

(祐人なら！)

(祐人さんなら！)

何か道を示してくれる、と。

祐人は瑞穂の風からミレマー全土を襲っている恐るべき事態を聞いた。

祐人はまったく疲れを見せない舞で敵をなぎ倒《たお》していきながらも顔色を変えて対処を考える。今、丘に来た敵妖魔の大多数を祐人の働きで倒した。

あと厄介《やっかい》なのは僅《わず》かに残る上空のガーゴイルだと考える。

「瑞穂さん、今からそっちに行く！　みんなに全弾、撃ち尽《つ》くすつもりで火力を集中させて！」

「分かったわ！」

そう言うと祐人は目の前の妖魔を一刀両断し、味方からの銃撃《じゅうげき》の中を猛《もう》スピードで丘の上に戻ってきた。

これを当たり前のようにこなす祐人に瑞穂とマリオンは驚きを隠《かく》せない。

能力者といえど、この乱戦で銃撃を避《さ》けながら難なく戻って来られる者なんて一体、如《い》何《か》ほどいるのか、と思うからだ。

二人は祐人を機関が認定《にんてい》したランクDという評価で祐人を見ることを完全に放棄《ほうき》した。

瑞穂でさえ、この少年を……一対一で相手すれば、ランクAの自分たちでも敵《かな》わないだろうことを素直《すなお》に受け入れる。

祐人は到着《とうちゃく》するとすぐに瑞穂、マリオン、テインタンに意見を出す。

「提案だけど、このまま撤退《てったい》するにはあのガーゴイルが邪魔《じゃま》だよ。だから、まず瑞穂さんとマリオンさんはあのガーゴイルの殲滅《せんめつ》を優先して。殲滅後、すぐにマットウ将軍とミンラに戻るんだ。もちろん、援軍も含《ふく》め、全員撤退をしてもらう。ミンラが危ないなら、もうここに留《とど》まる理由はない。現地に着いたらマリオンさんはマットウさんの護衛に、瑞穂さんは機関に連絡《れんらく》。ひょっとしたら既《すで》に何か情報を掴んでいるかもしれない」

「分かったわ」

そう言い、三人とも頷《うなず》く。瑞穂とマリオンは祐人の話を提案とは捉《とら》えていない。

まるで指示を受けたように素直に承諾《しょうだく》した。

「祐人さんはどうするんですか？」

「僕は撤退の援護《えんご》をする。ガーゴイルさえいなければ僕だけで何とでもなる！」

「そんな！　危険です！　だいぶ減らしましたが、まだまだ、敵は多いですよ！　地上の妖魔だってまだ山林から湧いて出てきています！」

「僕は大丈夫《だいじょうぶ》。そちらが安全圏《あんぜんけん》に出たと思ったら僕もミンラに戻るから。僕の足ならさほどタイムラグなくミンラで合流できる。それにもう考えている暇《ひま》はないよ！　ガーゴイルを早急《さっきゅう》にお願い！」

こんな簡単なことではないのだ。

この少年だからこそできる大雑把《おおざっぱ》な作戦。

だが、この少年ができると言えばできるはずだ、と瑞穂とマリオンは思う。

瑞穂とマリオンは残り十数体にまで撃《う》ち減らしたガーゴイルに狙いを絞《しぼ》り、術を発動。

この間にテインタンはマットウとグアランの兵たちに撤退準備を指示した。

マットウは車に乗り込みながら、依然《いぜん》として敵妖魔たちに突っ込み、睨みをきかせている少年を見つめる。

「祐人君は……」

「大丈夫です、将軍！　彼《かれ》はすぐに我々の後を追ってきます」

「……分かった」

マットウは自分たちのために敵を引きつけ、いまだに最前線に身を置いている少年の姿を心に刻むように見ながら車に乗り込んだ。

『祐人！　ガーゴイルをやったわ！』

先陣《せんじん》をきる敵妖魔から徹底的《てっていてき》に潰している祐人は返事をする。

「分かった！　じゃあ、皆《みな》、撤退して！」

祐人の合図で全員が車両に乗り込み撤退が始まる。

祐人は残り、この車両に近づくことを全く許さない。

常に車両と妖魔との間に移動しつつ、愛剣を振り続ける。車両群は丘を下り、ミンラへ続く道へ出てきた。後はミンラに急ぐだけだ。

だが……その最後のところで道と丘の境目の山林から撤退部隊を逃《のが》さんとばかりに多数の妖魔が出現してきた。

「まさか！　こんなところにまで⁉」

咄嗟《とっさ》に瑞穂とマリオンが車から降りて敵に対処しようと車両のドアを開けたその時、道上に現れた妖魔たちは細切れにされた。

この状況を把握《はあく》していた祐人が援護に来ていたのだ。

そして……祐人は振り返ると皆に笑顔を見せる。

「早く行って、瑞穂さん、マリオンさん。ここは僕に任せればいい！」

「え⁉」

「ハッ⁉」

その祐人の姿に瑞穂とマリオンに衝撃《しょうげき》が走った。

己《おのれ》を盾《たて》にし、自分たちを逃そうとする、この頼もしい背中と安心感を与《あた》える笑顔……。

この時……このような状況をどこかで見たことがあると二人は確信させられたのだ。

今までにもあったこのむず痒《がゆ》さ……。

だが、今回は違《ちが》う。

瑞穂とマリオンに明らかな実感が湧き上がった。

（これと同じようなことが確かにあったわ……ええ、間違《まちが》いなくあった。どこで私はこの場面を……）

（あの笑顔に……私はあの背中に救われたことがある！　それはきっとあった……いつなの？　あ、新人……試験？）

二人の少女の中にある靄《もや》のかかった記憶《きおく》や映像、心がクリアになっていく。

そして、今までもあった既視感《きしかん》が、胸の奥にある祐人への不可思議な気持ちや疑問のすべてが……繋《つな》がる。

祐人の横を軍の車両は通《とお》り抜けると、兵たちは全員祐人に敬礼をした。

中には涙《なみだ》を流している者もいる。

瑞穂とマリオンは祐人の横を通り抜けたその時、衝動的《しょうどうてき》に軍用車両の窓から上半身を出し、大きな声を上げる。

「祐人！」

「祐人さん！」

祐人はこんな時に何事かと瑞穂とマリオンの乗る車両を振り返る。

すると、二人は声を合わせるように芯《しん》のある声で祐人に言った。

「ミンラで合流したら話があるから！」

「そうです！　話があります！」

「え！　なんの話⁉」

祐人が聞き返すと瑞穂とマリオンがさらに大きな声で応《こた》える。

「主に説教よ！」

「主に説教です！」

「え――――！　なんで⁉　僕、何かした⁉」

「だから早く帰って来なさい！」

「そうです、早く帰って来なければ許しません！」

「わ、分かった！」

（よく分からないけど……これ以上怒《おこ》られるのは嫌だし）

その祐人の返事に満足したように瑞穂とマリオンはシートに腰《こし》を下ろした。

瑞穂はミンラに戻ったとしても、大変な苦難が来るだろうと分かっているにもかかわらず、こんなにも自分の心が躍《おど》っていることに驚く。

そして、横にいるマリオンもきっとそうであろうと窺《うかが》うように見た。

「マリオン、あなた思い出したんでしょう」

「な、何のことですか？」

マリオンは必死に冷静そうに嘯《うそぶ》く。

「ふふん、隠しても無駄《むだ》よ。だって、あなた……今、笑っているじゃない」

「え⁉　でも、瑞穂さんだって！」

瑞穂はマリオンの言葉を否定せずに大人びた微笑《びしょう》を見せた。

「ねえ、マリオン覚えてる？　病室での話」

この瑞穂の質問にマリオンも少女らしからぬ大人びた微笑を返す。

「……はい、もちろん」

二人は目を合わせると満足そうに頷いた。

「マリオン、私ね、今はどんな敵が来ても負ける気がしないわ」

「奇遇《きぐう》ですね。私もです」

「ミンラに来る大群の妖魔？　ふざけるんじゃないわよ！」

「はい！　冗談《じょうだん》じゃないです！」

「今の私たちを邪魔する敵は……」

「徹底的に潰《つぶ》す！」

「潰します！」

「「ひっ！」」

少女二人から上がる猛烈《もうれつ》な闘志《とうし》に同乗する兵たちから軽い悲鳴が上がった。

ミレマー北部にある山々の中でひときわ標高の高い山がグルワ山と呼ばれている。

今、その中腹にある洞窟《どうくつ》の奥から正気とは思えない狂喜した人間の声が響《ひび》き渡《わた》っていた。

「おおおお！　素晴《すば》らしい、素晴らしいぞ！　無尽蔵《むじんぞう》の魔力《まりょく》がこの体から湧き上がる！　ハッハッハー、想像以上だ。いくらでも召喚《しょうかん》できる！　見ていろ、この私が、このロキアルムが世界の常識を破壊《はかい》するその瞬間を！　待っていろ、機関の軟弱《なんじゃく》な者ども！　ミレマーの惨状《さんじょう》が、すぐにも世界中に広がる様をなぁ！」

広大な空間のある洞窟の中で松明《たいまつ》だけの薄暗《うすぐら》い明かりの中、狂喜で涙を流し、魔法陣《まほうじん》の中央で仁王立《におうだ》ちしている老人の高笑いが反響《はんきょう》している。

その足元には……祐人たちを苦しめたニーズベックが瞳孔《どうこう》を開いたまま倒れている。

口から流れていたであろう血は既に乾《かわ》き、ロキアルムの笑い声の反響音《はんきょうおん》でポロポロと小さな瘡蓋《かさぶた》を地面に落としていた。

エピローグ

ミンラに到着するとすぐにマットウは状況確認《じょうきょうかくにん》のため、マットウ邸《てい》の会議室に幹部を集めた。マリオンは祐人《ひろと》の指示通りマットウの護衛のために会議に出席し、瑞穂《みずほ》は機関と連絡をとるために自室へ向かった。

この時、二人はミレマーを襲う未曽有《みぞう》の事態を知ることになる。

マリオンは会議室でミレマーの現状の説明を聞き、みるみる顔色が変わっていく。

瑞穂は自室ですでに届いていたメールに目を通すと顔色を変え、国際電話の許可を得て機関の日本支部に電話をかけた。

そして……一時間ほど経《た》ち、敵を振り切った祐人がマットウ邸に到着した。

祐人はまず現状の把握のために瑞穂とマリオンを探すと二人は屋敷《やしき》の玄関《げんかん》で祐人を待ってくれていた。

「祐人！　無事？　大丈夫？」

「祐人さん！　怪我《けが》はないですか？」

「僕は大丈夫！　瑞穂さん、マリオンさん！　状況は？」

あの激しい戦いの後にここまで走って移動し、息も切らしていない祐人に呆《あき》れるが、今は事態が緊迫《きんぱく》している。無駄な時間はかけられない。

瑞穂は悔《くや》しそうな顔を見せながら機関とのやり取りの詳細を説明した。

「異常な事態よ。もう私たちの手に負える状況を超《こ》えているわ。機関からも指示を受けた。簡単に言うと私たちはこれから来る能力者と合流し次第《しだい》、交代になるわ」

「え⁉　それは……」

瑞穂の話によれば、現在、機関の最高戦力の一角、ランクＳＳがこちらに向かっており、その能力者がこちらに着き次第、交代だということだ。

また、スルトの剣《けん》という組織がＳ級の危険性を孕《はら》む組織であること、その目的が機関の存在意義の失墜《しっつい》であること、そして、スルトの剣の実力はランクＡの二人を揃《そろ》えていても、敵《かな》う相手ではないということを伝えられる。

機関からの指示内容は祐人自身も理解はできる。

だが……どうしても心情的にスッキリしなかった。

祐人はマットウ、グアラン、そして、ニイナと、この国の未来を切り開こうとした人たちと関《かか》わったことで、心の中に何とも言えぬ気持ちが覆《おお》っていた。

そしてマリオンもミレマーの状況を説明する。

「こちらも大変です。今、ミレマーの主要都市に敵の召喚した数え切れない妖魔が迫《せま》っているようです。対象の都市は首都ネーピーを筆頭にヤングラ、ピンチン、タルケッタ、ソーロー、パサウン、そして、このミンラです。そして、敵は不可解なことに既に到着している都市もあるのですが、他の都市と歩調を合わせているのか街の郊外《こうがい》で待機しています。当然、ミレマー中の軍隊が妖魔を迎《むか》え撃とうと大混乱です」

「……なっ⁉　それだけの数の妖魔を召喚できるなんてことが可能なんて！　スルトの剣という組織……敵の召喚士は一体、何者なんだ。しかもその動き……」

「はい、正直、意味が分からないです。むしろミレマーの軍に迎撃の準備の時間を与えることになっています」

マリオンは怪訝《けげん》そうにすると、祐人も敵の考えを推測する。

恐らく、各都市に一斉攻撃《いっせいこうげき》をしかけようと考えているのは明白だ。

だが、何故そのような遠回りなことをするのかが分からない。

そのまま不意を突いて攻撃した方がミレマー各都市の被害《ひがい》は計り知れなかっただろう。

「恐らく……これは敵のショーなんだよ」

「ショー⁉」

瑞穂は祐人の推測に組んでいた腕《うで》を解いた。

「うん、瑞穂さんの話と照らし合わせて考えると、このスルトの剣の目的にミレマーなんて関係ないはずだ。それを大規模に襲う理由はミレマーの各都市を一斉《いっせい》に襲うというショーを世界中に見せつけて能力者の存在を誇示《こじ》し、機関の存在も明らかにした後、その無力さをアピールしようとしてるんじゃないかな……」

祐人の話を聞くと瑞穂は怒りに震え、マリオンも顔を強張《こわば》らせた。

「何て奴《やつ》らなの！」

「そんな理由で罪のない人たちを……許せない」

それだけではない。

このスルトの剣のしていることはマットウ、グアランをはじめとするこのミレマーを良き国にしようとする人たちの心を何の関係もなく、何の意味もなく、脈絡《みゃくらく》すらなく、ただ、自分たちの目的のために横から現れ、これらを蹂躙、破壊するものだ。

これら自らの人生と命をかけた人たちの心、想い、そして決意を虫けらのようにあざ笑うもの……。

祐人の腹の奥底《おくそこ》から煮《に》えたぎった熱い感情が湧《わ》き上がる。

段々と瞳《ひとみ》に力が籠《こ》められていき、普段、お人好《ひとよ》しの少年の顔は消えてなくなっていく。

瑞穂とマリオンはこの祐人の変化に気付いた。

しかし、何故か二人はまったく驚いた風もなく祐人を見つめている。

何故なら……この祐人の顔を二人は知っているのだ。

あのホテルのパーティー会場で祐人が見せた、他の人たちを守ろうと戦神のような気迫《きはく》を放ったこの姿を。

「祐人……」

「祐人さん……」

「何？　どうしたの？」

瑞穂とマリオンは互《たが》いに目を合わすと同時に頷き、瑞穂が祐人の顔を正視する。

「私たちから祐人に言いたいことを言うわ」

一瞬、祐人はあの丘《おか》で言われた説教がここで始まるのかと身構える。

しかし、今の瑞穂とマリオンにそんな雰囲気《ふんいき》はない。

それは二人が微笑すら浮かべていたからだ。

その少女たちの真剣でいて、包容力のある優し気《げ》な表情に祐人はドキッとしてしまう。

「祐人、今、あなたのしたいことをしなさい。私たち二人はそれを無条件に認めるわ。あなたには、それをするだけの力とそれを私たちに認めさせるだけの実績があるのよ。たとえ、誰《だれ》もあなたのことを認めていなくても、覚えていなくても……少なくともそれを知っている私たち二人だけには」

「そうです、祐人さん。私たちは祐人さんを信じるだけの、出会ってからの積み重ね……があるんです。だから、これから何をするか、どうするか、祐人さんの中で決まったら私たちに言ってください。私たちは必ず、あなたの味方をします」

思いがけない二人の言葉に祐人は目を見開く。

祐人は二人の目を交互《こうご》に見つめ返し、二人の言う言葉の意味を探した。

実績？

出会ってからの積み重ね？

それはいつからの出会い？

一体、どんな意味で？

あの力を使って祐人の記憶を失った人たちがこんなことを言ってきたことはないのだ。

祐人はまるで何かを期待をしているにもかかわらず、でもそうでなかった時のことに怯《おび》えるような情けない顔を見せた。

だが、二人はその情けない祐人の顔にも反応にも動じることもなく、この堂杜《どうもり》祐人という少年を正面からとらえている。

祐人の体が無意識に震えだした。
祐人の目頭《めがしら》が勝手に熱くなり、目の中に涙が溜《た》まりだす。
そして……祐人は二人の微笑した少女を交互に見つめ、何かを言いかける。
だが、祐人はその答えを二人の少女に先に言われた。

「「私たちは…………」」

「思い出したわ……祐人を」
「思い出しました……祐人さんを」

あとがき

たすろうです。

魔界帰りの劣等能力者3巻をお手に取って頂き、誠にありがとうございます。

皆様がこの巻をお手に取ってくださっているということはもう春になっているということでしょうか。時間が経つのは早いものです。

小説を書いていると季節感がなくなります。私だけかもしれませんが、書いている時期と物語の中の季節が違うためなのか、現実と脳内がズレてしまっているのかもしれません。

今回の話の中は夏休み前の話になるので、出てくる人物たちは軽装なイメージになりますね。

さて、魔界帰りの劣等能力者3巻ですが、ミレマーを舞台にしている現在の話も佳境に差し掛かってきました。

読者様が楽しんでくださって頂けると嬉しいです。

読者様もお感じになられているところかもしれませんが、この『魔界帰り』は大きく見て1巻は一章となりまして、現在は二章の途中ということになります。

今巻で二章が終わると考えておられた読者様もいらっしゃったかもしれませんが、申し訳ありません。二章の完結は次巻ということになります。そう考えますと二章は2、3、4巻で上、中、下巻ということになりました。

また、こんなところで終わってしまった！　というお声が聞こえて来そうで恐縮なのですが、次巻を鋭意執筆いたしますのでしばらくお待ちください。

実は二章のお話が量的に膨大となりまして、上下巻でいくか、上中下巻でいくか話し合いになりました。

結果、編集様と相談し、上中下巻で行こうとなった次第です。

二章は私の創作熱意の籠ったプロットでして、そのことを訴えたところ、編集様がこれを受け入れてくれ、短くまとめるのではなく三冊でいきましょう、と仰ってくれました。

これは作者としては感動もので本当に嬉しかったです。

良い編集様を持てて幸せ者ですね。

次巻でございますが、二章のラストまで描かれます。2、3巻で起きたことも4巻で回収されていくでしょう。

それぞれのキャラクターの覚悟、決定、行動が集約される巻ですので、その時にまた皆様とお会いできること心待ちにしています。

最後に改めまして。

ＨＪ文庫の編集の皆さま、営業の方、担当のＳさん、そして、大変お忙しい中、神イラストを描いて頂きましたかるさんに感謝を申し上げます。

そしてこの本をお手に取ってくださいました読者様、この物語を応援してくださいました方々に最大限の感謝を申し上げます。

誠にありがとうございました。

HJ文庫 http://www.hobbyjapan.co.jp/hjbunko/
た08-03-03

魔界帰りの劣等能力者

3．二人の英雄

2020年3月1日　初版発行

著者――たすろう

発行者―松下大介
発行所―株式会社ホビージャパン

〒151-0053
東京都渋谷区代々木2－15－8
電話　03(5304)7604（編集）
03(5304)9112（営業）

印刷所――大日本印刷株式会社

装丁――小沼早苗（Gibbon）／株式会社エストール

ISBN978-4-7986-2142-5　C0193

ファンレター、作品のご感想お待ちしております

〒151－0053　東京都渋谷区代々木2－15－8
(株)ホビージャパン HJ文庫編集部 気付
たすろう 先生／かる 先生